赤色初心

写下就义遗书的人们

李延青　黄军峰——著

北京联合出版公司
Beijing United Publishing Co.,Ltd.
河北教育出版社

图书在版编目（CIP）数据

赤色初心 / 李延青，黄军峰著. -- 北京：北京联合出版公司；石家庄：河北教育出版社，2024.3

ISBN 978 7 5596 5548 6

Ⅰ. ①赤… Ⅱ. ①李… ②黄… Ⅲ. ①报告文学—中国—当代 Ⅳ. ①I25

中国国家版本馆CIP数据核字（2023）第234940号

赤色初心

李延青 黄军峰 著

出 品 人：赵红仕
出版监制：刘 凯 赵鑫玮
责任编辑：周 杨
装帧设计：聯合書莊

北京联合出版公司出版
（北京市西城区德外大街83号楼9层 100088）
北京联合天畅文化传播公司发行
北京美图印务有限公司印刷 新华书店经销
字数227千字 710毫米×1000毫米 1/16 19.5印张
2024年3月第1版 2024年3月第1次印刷
ISBN 978-7-5596-5548-6
定价：48.00元

目 录

引　言

辛丑，又逢辛丑。

2021 年又是辛丑年。然，此辛丑已非彼辛丑。

沿着时间的长河追溯到 120 年前，1901 年，辛丑之年。这年的 7 月 25 日（1901 年 9 月 7 日），清王朝在帝国主义列强欺凌下，被迫屈辱地与 11 个国家签下了《北京议定书》，亦称“辛丑各国合约”。

从此，中国成为半殖民地半封建社会，中华儿女陷入前所未有的水深火热之中……

然而，沉重的苦难压不弯中华儿女的脊梁，险恶的沟壑挡不住中华儿女寻求解放的梦想。

国破家何在？国破民何安？为了民族解放和人民幸福，无数志士仁人走上了寻求挽救民族危亡的艰难之路。

谈何容易啊！

中国的前途在哪里？

中国的出路又在哪里？

迷茫。无措。探寻救国之路、救民之策的步履，是那么艰辛而沉重。

终于，一声炮响从遥远的北方传来，似黑暗中亮起一盏明灯，像久旱的土地迎来甘霖。俄国十月革命，让苦苦寻觅救国之路的中国先进知识分子们，眼前一亮，心头一震，他们苦思焦虑的种种问题，这时才有了一个全新的合理答案。

他们啊，如饥似渴地沉浸在马克思主义的书籍中；他们啊，激动不已地沐浴在共产主义思想的海洋里，思考着，对比着，研究着，探寻着……

终于，一场高举科学与民主大旗的新文化运动滚滚而来，五四爱国运动如火山一样爆发。越来越多的先进知识分子开始为苦难的中国寻求出路。他们认定，只有走社会主义的道路，彻底改造这个社会，才能拯救中国。

在中国人民和中华民族的伟大觉醒中，在马克思主义同中国工人运动的紧密结合中，1921 年 7 月，中国共产党应运而生。她代表中国最广大人民的根本利益，从一开始就旗帜鲜明地确定把实现社会主义和共产主义作为自己的目标和理想，向劳苦大众立下了铮铮誓言，要以革命的手段去实现。

起来，不愿做奴隶的人们！

呼声如雷，震响中华大地。

这又是一条何等艰辛的道路啊。理想的实现，需要付出多大的代价，谁也不知道。

从城市到农村，从学习外国经验到自己在具体实践中摸索，从狭小的山村根据地重返城市，并受到越来越多人的关注和拥护，中国共产党人，举步维艰却矢志不渝，流血牺牲却坚韧不移——一定要建立一个新中国，实现民族独立和人民解放，摆脱被压迫被奴役的命运。

舍小家，为大家。抛头颅，洒热血。北伐战争、土地革命战争、抗日战争、解放战争，在这条艰难而沉重的追求理想之路上，流下了多少血汗，付出了多少生命的代价！

天地英雄气，千秋尚凛然。

2021 年 7 月 1 日，习近平总书记在庆祝中国共产党成立 100 周年大会上的讲话中，深切怀念为建立、捍卫、建设新中国英勇牺牲的革命先烈，“他们为祖国和民族建立的丰功伟绩永载史册！他们的崇高精神永远铭记在人民心中！”

时光飞逝，转瞬已是百年。

从五十多名党员到九千六百多万名党员，从领导中华民族推翻三座大山站起来，到带领全国人民富起来，强起来！面对这天翻地覆的变化，如何认识理解中国共产党与时俱进、生生不息的生命力？百年党史给出了明确答案。

打开厚重的百年党史，在无数壮烈艰苦的斗争中，一封封血染的信札——革命烈士就义遗书，进入了我们的视野，触动了我们的灵魂。

那些共产党人在生命最后时刻留下的文字，是殷殷嘱托，更是高亢誓言。赤胆和柔情发于笔端，是共产党人坚定理想信念的宣言书，表达着共产党人深沉的家国情怀，闪烁着共产党人的人性光辉。

面对敌人的威逼利诱，马克思主义坚定的信仰者们，为实现民族独立和人民解放，纵使刀斧相加，纵使刀山火海，纵使千凌万辱，毅然不改本色。

或许有人会问，他们的理想和信仰从哪里来？他们为何如此坚定和坚强？生命的最后时刻，他们又经历了什么、想到了什么？

这，正是我们决定创作这部作品的初衷。

我们遴选出从 1921 年到 1949 年间，具有代表性的二十位烈士，深入了解他们的英雄事迹，解读他们的就义遗书，以期透过饱含深情的文字与英雄烈士对话，从他们留给我们的最后文字中，去学习英雄们的无畏精神。此外，为了整部作品的系统和条理，我们以二十位烈士的牺牲时间为点，进行了排序。

为完成这部作品，两年来，我们寻觅着，搜集着，采访着，同时也在深化着认识和理解。这些遗书，大多写于黑暗潮湿的牢房和英勇就义的前夕，也有的写于同敌人作战的战场上或被捕的押解途中，在生命的最后时刻，他们毫无例外地表达了自己为信仰而奋斗、为祖国美好未来甘洒热血的伟大精神，抒发着践行使命和初心的壮烈情怀。

时至今日，伟大的中国共产党已经走过百年风雨历程。我们以期通过这样一部作品，希望更多人从那些仓促而满含深情、壮志与血泪的文字中，了解历史，读懂历史，记住历史，更加深刻地体会共产党人的初心与使命、责任与担当。

理想之光不灭，信念之光不灭。

共和国高高飘扬的旗帜，浸满了英雄烈士的鲜血。是的，一个有希望的民族不能没有英雄，一个有前途的国家不能没有先锋。所有人民英雄，都是中华民族的脊梁，他们的精神和事迹是激励我们继续前行的强大力量。

今天，中国正在发生日新月异的变化，我们已经取得脱贫攻坚、抗击疫情等一个个伟大的胜利。

今天，我们比历史上任何时期都更接近、更有信心和能力实现中华民族伟大复兴的目标。实现我们的目标，需要英雄精神，需要信仰的力量。

什么是英雄，什么是英雄精神？理想，信仰，责任，使命，担当，还有从未改变的赤色初心，这些答案，我们可以走进英雄烈士的精神世界，在他们的一封封遗书中去寻觅和领悟。

播火者——李大钊

从 19 世纪中叶至 20 世纪初期，中国陷入灾难深重、屈辱悲惨的深渊。封建专制制度的压迫，帝国主义的侵略欺凌和继之而来的军阀统治……像一座座大山压在积贫积弱的中华民族头上。在这内忧外患、风雨如磐的历史长夜，中华民族的先进分子不屈不挠、前赴后继地寻找着挽救国家和民族危亡的方法、道路，不断地进行尝试和斗争。正是在这样的背景下，十月革命一声炮响，给我们送来了马克思列宁主义。十月革命帮助了全世界也帮助了中国的先进分子，用无产阶级的宇宙观作为观察国家命运的工具，重新考虑自己的问题。

1927年4月6日，这一天恰是清明节。

这天上午，军阀张作霖在帝国主义公使团的暗中支持下，悍然出动宪兵、警察和密探300多人，包围袭击了东交民巷的苏联大使馆及附近的远东银行、中东铁路办事处、庚子赔款委员会……

李大钊和妻子赵纫兰及两个女儿，以及留守在旧兵营内的60多名国共两党工作人员同时被捕。

其实，早在一年前，北京就已经阴云密布，危险重重。

1926年4月，奉军占领京津地区。一进北京就开始疯狂搜捕、迫害革命党人。北京的大街小巷贴满“宣传赤化，主张共产，不分首从，一律死刑”的告示。各种反动势力趁机组织起“国民制赤会”“反赤大同盟”等，猖狂地迫害革命同志。

先是带有进步色彩的《京报》主笔邵飘萍被杀害，后来《社会日报》的主笔林白水也遭处决。人们用“萍水相逢百日间”来形容奉系军阀占领北京后的反动统治！

李星华是李大钊的长女。对于她来说，发生在1927年4月6日上午的那一幕刻骨铭心：早晨起来，天朗气暖。她和妹妹都换上新夹衣，父亲对她们说：“快到外面玩儿去吧，真是春天了。”说完就去忙自己的工作了。

晴朗温暖的天气、随风摇曳的绿柳，让这段时间紧张不安的母亲也变得轻松起来，兴致勃勃地带着妹妹去兵营那边散步。

父亲在里屋伏案工作，李星华坐在外间的长木椅上读报。突然，一声尖厉的枪响打破了春天的宁静，接着就听见庚子赔款委员会那边发出一阵纷乱的喊叫声，接着又听见许多人从那堵矮小的花墙上跳到她家的院子里……

穿着灰制服、长筒皮靴的宪兵，穿黑色制服的警察和胸系红线标记的便衣侦探蜂拥而入，十几个黑洞洞的枪口对准了父亲和李星华……残暴的匪徒们把父亲捆绑起来，簇拥着走了。父亲深情地看了李星华一眼，没有说任何话。

李大钊等人被捕后的第十二天，即 4 月 18 日，张作霖下令，将江振寰等 15 名共产党员和国民党左派人士在天津枪杀。

第二十二天，即 4 月 28 日上午 11 时，由安国军总司令部、京畿卫戍总司令部、京师高等审判所、京师警察厅组成的所谓特别法庭“军法会审”，判处李大钊等 20 人绞刑。

下午 2 时，在西交民巷京师看守所刑场，李大钊英勇就义。

这一年，李大钊 38 岁。

反动军阀绞杀了这位中国共产主义运动的先驱、伟大的马克思主义者、杰出的无产阶级革命家、中国共产党的主要创始人之一，却绞杀不了他所信仰传播的主义和毕生为之奋斗的理想。22 年后，李大钊预见的“试看将来的环球，必是赤旗的世界”，在中国实现。

绞杀李大钊的绞刑架，是从西方进口的，现陈列于中国历史博物馆，成为反动军阀杀害革命者的历史罪证。

一

在狱中的22天里，李大钊多次受审，始终严守党的秘密，沉着机智地与敌人周旋。他以国民党北方执行部负责人的身份，写下了平生最后一篇文章:《狱中自述》。

李大钊是国民党中央执行委员、中央政治委员会委员，这已不是秘密。然而，鉴于工作地点的敏感性和一些落入敌手的文件，多年的对敌斗争经验，使他第一时间就敏锐地意识到，敌人要利用这一事件大做文章!

果不其然，张作霖正是要将这一轰动全国的“党案”诬为“苏联阴谋案”，把共产党认定为“赤俄的工具”，借机大搞“讨赤”“驱赤”行动。

那个时期国民党在北方的活动已处于半公开状态。

孙中山在世时曾一度与张作霖、段祺瑞缔结“三角同盟”，共同反对吴佩孚。奉系军阀采取拉拢国民党，打击共产党的策略，宣称凡是国民党员“将来均可依法释放”。李大钊当然有牺牲的思想准备,《狱中自述》最后一句“又有陈者”，已然具有遗言的意味。

但作为北方国共两党的重要人物，他首先想到的不是个人的生死安危，而是如何减少两党的损失，保护被捕的其他同志。

能够在如此险恶的环境中坚持工作，哪个不是优秀的同志？特别是他身边那些年轻人，很多都是在他的直接影响和引导下走上革命道路的，是十分宝贵的革命力量。活下来，他们还能为党、为革命做很多工作。

因此，李大钊选择利用国民党员这重身份来“自述”，避而不谈共产党，详细叙说自己与孙中山的交往始末，孙中山的对苏政策，工作地点由来和经费来源等问题。他利用奉系军阀拉拢国民党的政策，为被捕的其他同志争取生还的机会。

最后定稿的《狱中自述》不足3000字。李大钊慷慨坦荡地表达了自己致力于挽救民族、振兴国家的坚定信念和伟大抱负，以及为之求索奋斗的大无畏革命精神。他在文章最后说：

> 钊自束发受书，即矢志努力于民族解放之事业，实践其所信，励行其所知，为功为罪，所不暇计。今既被逮，惟有直言。倘因此而重获罪戾，则钊实当负其全责。惟望当局对于此等爱国青年宽大处理，不事株连，则钊感且不尽矣！
>
> 又有陈者：钊夙研史学，平生搜集东西书籍颇不少，如已没收，尚希保存，以利文化。谨呈。

“自述”一开始，李大钊首先回顾了自己近40年的人生道路，直言不讳地宣告了反对帝国主义、再造中国的革命主张。明确指出“今日中国扰乱之本原”，是帝国主义“以其经济势力压迫吾产业落后之国家，用种种不平等条约束制吾法权税权之独立与自由”。如果这些束制民族生机的不平等条约不废除，“则中国将永不能恢复其在国际上自由平等之位置”，“吾之国计民生，必将陷于绝无挽救之境界矣！”由此，进而指出了“谋中国民族之解放”，再造中国的途径和目标。

> 李大钊，字守常，河北乐亭人，现年三十九岁。在襁褓中即失怙恃，既无兄弟，又鲜姊妹，为一垂老之祖父教养成人。幼时在乡村私校，曾读四书经史，年十六，应科举试，试未竟，

而停办科举令下，遂入永平府中学肄业，在永读书二载。其时祖父年逾八旬，只赖内人李赵氏在家服侍。不久，祖父弃世。

钊感于国势危迫，急思深研政理，求得挽救民族、振奋国群之良策，乃赴天津投考北洋法政专门学校。是校为袁世凯氏所创立，收录全国人士。钊既入校，习法政诸学及英、日语学，随政治知识之日进，而再建中国之志趣亦日益腾高。钊在该校肄业六年，均系自费。我家贫，只有薄田数十亩，学费所需，皆赖内人辛苦经营，典当挪借，始得勉强卒业。

——《狱中自述》

李大钊有着孤苦的童年。他尚未出生，父亲便病故了；母亲因哀伤过度，在他刚刚一岁多时也病逝了。爷爷李汝珍和妻子赵纫兰在此后的日子里，成为他生命中的“守护神”。

李汝珍是个秀才，曾被授予“从九品”官衔。后来到东北经商多年，陆续置买了 90 多亩土地，盖起 20 多间砖房，成为村里的富庶人家。

李汝珍为人正直，急公好义，颇受乡里尊重。经历了儿子儿媳相继离世、白发人送黑发人的悲痛之后，老人便将全部希望寄托在襁褓中的孙子身上。他希望孙子将来既明事理又能光耀门楣。所以，李大钊在童年、少年时期，生活上得到了爷爷的呵护和疼爱，在读书、做人上，爷爷对他有着严格要求。所有的孩子都充满好奇心，但爷爷却严禁他观看村里的赌棍们长年累月进行的“扔坑儿”赌博。

无疑，李汝珍就是李大钊最早的家庭教师。

李大钊 3 岁开始识字，四五岁读《百家姓》《千字文》《三字经》等蒙学读物。自他 7 岁起，李汝珍想尽各种办法，总是把他送入附近最好的私塾去读书，直到李大钊 17 岁考入永平府中学。李大钊深知机会来之不易，读书刻苦勤奋。他手不释卷、博闻强记、品学兼优的表现，总是获得老师赞赏。

可是，启蒙他人生志向的并不是书本上的诗文经史，而是一个“故事”。

1903 年腊月，宋家书馆考试结束，等待放寒假的同学聚在一起，说起清政府下诏变法，施行新政的事。老师黄玉堂听后，给他们讲起太平天国洪秀全起义的故事，并说到太平天国的主张：男女平等和“天朝田亩制”。

爱思考、善于发现问题的李大钊问老师：既然洪秀全有那么多好主张，为什么还说他是造反呢？太平天国已有百万大军，占领了十七省，为何失败了呢？

黄老师自然回答不了。

李大钊也没接着再问，却激动地冒出一句：“我长大就效法洪秀全！”

准备回家过年的老师和同学们都没有在意这句话，更没人想到洪秀全会对李大钊的一生产生深远影响。

爷爷的严格督导和良好的私塾教育，为李大钊打下扎实的国学功底。李大钊在永平府中学二年级时，爷爷去世了。

妻子“李赵氏”，名赵纫兰，比李大钊大6岁，1899年嫁给李大钊。

她父亲和李汝珍曾在东北合伙经商，祖母又是李大钊的姑祖母，两家属世交。他们的结合正是传统婚姻所说的“亲上加亲”。

赵纫兰是一个正直朴实、温柔贤惠的农村姑娘。她不仅家务活计都拿得起，也读过书，能看小说。她一生和丈夫生育了 9 个儿女，4 个夭折，活下来的 5 个孩子也主要由她抚育。

在李大钊的生命中，这个大他 6 岁的女人绝不仅仅担当着妻子的角色。所以，尽管后来他们一个是著名学者，一个是家庭妇女，但两人始终相濡以沫，恩爱如初。多年后，他们的孙子李建生说到当年的情形：爷爷的战友、同事和学生到家里多把奶奶错认成保姆，甚至觉得爷爷应该有一位现代知识女性做伴侣，但爷爷对此不以为然，坚守着和奶奶的感情。

李汝珍去世时，家里的财产被姑姑和一个本家叔叔挥霍，家道就此衰落。赵纫兰坚强地操持着家务，“艰苦经营，典当挪借”，坚决支持丈夫读书。

李大钊到北大后，月收入已有二三百块大洋，但因为他时常接济、营救贫困和被捕学生，捐资办报办刊，资助建立社团等，家里竟然经常陷入没钱买米买面的窘境，以致蔡元培不得不给会计打招呼：李大钊的工资每月必须先给夫人留下 50 元，以为家用。

有人说李大钊“没有家庭和私有的观念”，“不知道什么是个人利益”。对此，赵纫兰依然无怨无悔，她更担心的是丈夫的安危。

李大钊牺牲后，由于政治环境和家贫无力，灵柩一直寄厝在宣武门外妙光阁浙寺。直到 1933 年，党组织通过北大师生和他的生前好友，发起为他举行公葬，这才得以在香山万安公墓入土为安。

似乎是完成了此生的使命，赵纫兰不久即含恨病故。

这一生，她没有跟随丈夫走上社会、街头去革命，但谁能说李大钊的丰功伟绩没有她的奉献呢。

1905 年，李大钊从乐亭县出发，来到卢龙城，考入永平府中学读书。卢龙城是永平府治所在地，所以人们就将卢龙城直称为“永平府”。

在这所新式学校，李大钊开始接触、学习启蒙科学和英语。

课余，他以极大的热情阅读着康有为、梁启超等人的文章，眼界和思想随之开阔。在李大钊童年、少年时代，先后发生了中日甲午战争、戊戌变法、义和团运动、八国联军入侵及日俄战争等，列强横行、国势衰颓、民族危亡的现实，唤起了他救国救民的壮志。但他同时也认识到，想要实现自己的抱负，尚须“深研政理”，进一步丰富自己的学识。

1907 年 7 月，李大钊又一次离开家乡，与几个同学结伴，冒着酷暑来到天津报考学校。

此时，爷爷已经去世，困窘的家庭重担落在妻子柔弱的肩上。当时，天津有三种学校在招生：一个是北洋军医学校，一个是长芦银行专修所，一个是北洋法政专门学堂。李大钊不喜欢当军医，没有报考军医学校。为保险起见，他同时报考了另外两所学校，结果两个学校都录取了他。在思想比较时，他认为上银行专修所，将来无非是谋求个人和家庭富裕，这不是他素来追求的志向。所以，他选择了北洋法政专门学堂。

孙犁晚年写到青少年时代的求学往事，说那个时代的农村，即使是地主家庭，如果家里没有买卖，也绝对供不起一个高中生读书。李大钊家只有爷爷留给他的几十亩薄地，经济上自然捉襟见肘。尽管如此，李大钊还是将“致个人之富”的路径“决然弃之”。这个把国家振兴和民族富强视为己任的年轻人，毅然决然地选择去寻找真理，去谋求“挽救民族、振奋国群之良策”。

这是自鸦片战争以来，中国先进分子、仁人志士一致的理想和追求。半个多世纪过去，这条充满艰难险阻的路上，从未间断过追求者。

1907 年 9 月 2 日，李大钊抱着理想，走进坐落在天津新开河西岸的北洋法政专门学堂（民国后“学堂”改称“学校”）。

北洋法政学堂是一所专门培养法律和行政管理人员的学校。采用日本同类学校教学模式，学制六年；前三年是预科，后三年为正科。正科全部采用日语教学，课程也是按照国外设置，教师则直接聘请外国人和留日学成回国人士。日本知名学者今井嘉幸、吉野作造等，都曾在该校任教。所以，它的学历得到日本早稻田等大学承认。

在这6年里，青年李大钊受到严格、系统的西方政治和法律学说的教育，学习英语、日语，阅读到严复翻译的《天演论》和亚当·斯密、孟德斯鸠、斯宾塞等近代西方著名思想家有关政治学、经济学、逻辑学等方面的经典著作。李大钊“随政治知识之日进，而再建中国之志亦日益腾高”。

1910年12月，直隶省立宪派组织要求召开国会的请愿活动。或许和所学专业有关，李大钊和北洋法政学堂的学生在这次活动中表现最为活跃，他被推选为学生代表。但他敬重的史地教师白亚雨却认为，要求清政府开国会，是“与虎谋皮，无济于事”。

白亚雨是同盟会会员，他的革命思想对李大钊和很多同学都有重大影响。1912年年初，白亚雨参与组织发动滦州起义，因寡不敌众，起义失败后被敌人杀害。被捕后，他面对敌人，大义凛然地说：“吾既为我主义而来，吾自当为我主义而死！”他的壮烈形象，在李大钊心里成为一座永远的丰碑。

15年后，当自己面对敌人的绞刑架时，李大钊脑海中或许仍然闪耀着白亚雨老师的光辉形象。

1912年，李大钊加入北洋法政学会。同年10月，日本人中岛端所著《支那分割之运命》出版，公然宣扬侵略中国。李大钊及北洋法政学会的同人，迅速将该书翻译成中文，并附有数万字的“驳议”，“欲为国人当头之棒，警梦之钟”。该书于1912年年底出版，短时间内即风行全国。

是年冬，为筹办学会杂志《言治》，李大钊独自去北京找北洋法政学堂的创办人之一孙洪伊寻求帮助。

孙洪伊是立宪派的著名人物，曾和立宪派领袖张謇发起组织国会同志请愿会，在三次大规模国会请愿运动中担任领衔代表。

在北京，他结识了中国社会党北京支部负责人陈翼龙。经过深入交流，李大钊加入了社会党。

社会党赞同国家统一和民主，主张改良，赞成平等、自由，注重发展实业和教育，反对兵争或以兵为后盾的党争。陈翼龙为实践社会党的主张，开风气之先，在北京创办起一所男女兼收的平民学校，邓颖超的母亲杨宝峰当时就在该校任教。李大钊加入社会党，一是钦佩陈翼龙的抱负和思想；二是他此时的理想和社会党的党纲比较接近。

1913 年 2 月，中国社会党天津支部终于成立，李大钊任干事。

这一时期，李大钊翻译了《托翁言行录》。此后，托尔斯泰的思想对他影响颇深。

1913 年 4 月 1 日，《言治》月刊正式创刊，这是李大钊参与创办的第一份杂志。在未来的岁月里，创办编辑报刊和撰稿成为他工作、事业的重要组成部分。《言治》共发行了六期。李大钊不负“北洋二杰”的美誉，在该刊发表《大哀篇》《暗杀与群德》《隐忧篇》《论民权之旁落》等诗文三十多篇。体现了他这一时期的政治倾向和思想锋芒。

1913 年 6 月，李大钊从北洋法政学校毕业。

同学们纷纷到政府或军中谋职，李大钊不愿做官，被同学邀到北京去编辑《法言报》。不久，孙洪伊介绍他认识了汤化龙。汤化龙亦是民国初期的风云人物。孙汤二人都对李大钊十分器重，正是他们随后资助李大钊留学日本。8月，陈翼龙与国民党人联系，准备在北京发动反袁活动，被捕遇害。中国社会党被宣布为非法组织，勒令解散。

李大钊决定赴日留学。

二

卒业后我仍感学识之不足，乃承朋友之助，赴日本东京留学，入早稻田大学政治本科。留东三年，益感再造中国之不可缓，值洪宪之变而归国，暂留上海。后应北京大学之聘，任图书馆主任。历在北京大学、朝阳大学、女子师范大学、师范大学、中国大学教授史学思想史、社会学等科。数年研究之结果，深知中国今日扰乱之本原，全由于欧洲现代工业勃兴，形成帝国主义，而以其经济势力压迫吾产业落后之国家，用种种不平等条约束制吾法权、税权之独立与自主，而吾之国民经济，遂以江河日下之势而趋于破产。今欲挽此危局，非将束制吾民族生机之不平等条约废止不可。从前英、法联军有事于中国之日，正欧、美强迫日本以与之缔结不平等条约之时，日本之税权、法权，亦一时丧失其独立自主之位置。厥后，日本忧国之志士，不忍见其国运沉沦，乃冒种种困难，完成其维新之大业，尊王覆幕，废止不平等条约，日本遂以回复其民族之独立，今亦列于帝国主义国家之林。惟吾中国，自鸦片战役而后，继之以英、法联军之役，太平天国之变，甲午之战，庚子之变，乃至辛亥革命之变，直到于今，中国民族尚困轭于列强不平等条约之下，而未能解脱。此等不平等条约如不废除，则中国将永不能恢复其在国际上自由平等之位置，而长此以往，吾之国计民生，将必陷于绝无挽救之境界矣！然在今日谋中国民族之解放，已不能再用日本维新时代之政策，因在当时之世界，正是资本主义勃兴之时期，故日本能亦采用资本主义制度，而成其民族解放之伟业。今日之世界，乃为资本主义渐次崩颓之时期，故必须采用一种新政策。对外联合以平等待我之民族及被压迫之弱小民族，并列强本国内之多数民众；对内唤起国内之多数民众，共同团结于一个挽救全民族之政治纲领之下，以抵制列强之压迫，而达到建立一恢复民族自主、保护民众利益、发达国家产业之国家之目的。因此，我乃决心加入中国国民党。

——《狱中自述》

1914年1月，在日本残冬的一个风雪天，李大钊到达东京。

清末以来，日本是中国派出留学生最多的国家，每年数以千计，最多时达8000多人。

明知日本是对中国侵略危害最大的国家，但仍然要到这个国家来学习，学习挽救国家民族危亡的方法。因为，日本具有“榜样”的意义——明治维新，使日本成功实现了由弱到强的蝶变，彻底改变了国家命运。而中国那时的处境正和明治之前的日本很像，亟需找到“再造中国”的途径，摆脱积贫积弱、被列强瓜分的危局。留学日本，对于李大钊和抱有同样目的的中国留学生而言，自是别有一番滋味在心头。

初到异国他乡，李大钊“问难无地，索居寡欢”，大部分时间都在距离早稻田大学不远的中华基督教青年会学习英语和日语，阅读各种报刊书籍。

闲下来，他参观了“游就馆”，看到其中陈列的那些从中国掠夺的“战利品”，内心耻辱、痛恨交集。

他还专门拜访了今井嘉幸老师。这个正直的日本学者刚刚完成自己的博士论文，其中专门论述了外国在中国领事裁判权和“外国行政地域”问题。李大钊读后，深感此文“详于外力侵入中国之迹，且足为吾国将来撤去外国裁判权、收回外国行政地域之考镜”。

第二年，他和同学张润之将今井嘉幸在这篇论文基础上写成的《中国国际法论》一书翻译成中文，在健行社出版。

转眼已是春夏之交。这天翻阅报刊时，李大钊忽然看到章士钊在东京创办《甲寅》杂志的广告，欣喜之余，写了一篇题为《风俗》的文章，署名“李守常”投寄该刊。章士钊读后，“惊其温文醇懿，神似欧公”，当即写信邀这位陌生的作者到杂志社会面。

第二天，李大钊来到位于东京小石川林町的《甲寅》编辑部，见到了自己景仰已久的章士钊。自此，两人开始了长达 14 年的交谊。

章士钊是湖南人，曾先后在日本、英国留学，熟悉近代西方国家的政治法律制度和政治思想。担任过同盟会机关报《民立报》主笔，创办过《独立周报》。这次因为参加反袁斗争失败而逃到日本，于 1914 年 5 月创办《甲寅》杂志。李大钊在北洋法政学校读书时，就是《独立周报》的忠实读者，十分佩服章士钊的见识和主张。

相识后，他们时常见面，讨论东西方哲学理论。有时李大钊还在章士钊家吃饭。二人的关系，用章士钊的话说，“始终情同昆季”。后来李大钊出任北大图书馆主任，就是章士钊推荐的。那时，北京不仅是全国学术中心，更是新文化运动的大本营，李大钊“志在得北大一席”。

在北京，两家交往更为密切。章士钊夫人吴弱男认李星华为义女；李大钊给吴弱男写信，赠白话诗、照片，动员她走出来参加妇女参政运动，关注儿童早期教育等。

李大钊被捕前，章士钊已从杨度那里得到危险的信息，他“窃恐守常不肯趋避”，就让吴弱男假托为儿子签办护照，到苏联大使馆面见李大钊，劝他速速离京。

李大钊被捕后，章士钊找到奉系元老杨宇霆，言辞恳切地奉劝其“切不为一时之意气，杀戮国士，而遗千载恶名”。他说李大钊做学问的特点是：“彼凡持一理，必先视此理是否合于当时环境，及己是否能实行以为断。”非常符合李大钊“矢志努力于民族解放之事业”、学以致用的思想。离开早稻田大学后，李大钊与李墨卿等组织“神州学社”，讨论中国当前政治与世界大势；还与政治经济科同学组织了“中国经济财政学会”，是“以研究东西学者所述原理，调查国内现行事实，以期适用中国”为宗旨。无一不与国家命运相关。由此可见章士钊对李大钊相知之深。

1914 年 9 月 8 日，李大钊进入早稻田大学政治经济学科一年级。因为早稻田大学承认北洋法政学校的学历，所以他被获准不经预科而直接进入了本科。第一学年共有 11 门课程：国家学原理、帝国宪法、应用经济学、经济学原理、近代政治史、民法要论、刑法要论、政治评论、经济评论、英文练习、论文。另外还有 3 门选修课：哲学、明治史、第二外国语。

李大钊本想继续深造，提升自己的学识。然而，深重的灾难又在此时降临到祖国头上：日本借口与德军交战，占领山东，提出“二十一条”要求；同时，袁世凯也在加紧复辟帝制。面对严酷的现实，李大钊以极大精力投入反对“二十一条”的斗争和反对袁世凯的运动。

1915年2月前后，留日学生总会成立，反对“二十一条”的运动掀起高潮。受留学生总会委托，李大钊撰写了《警告全国父老书》，揭露日本帝国主义的阴谋，呼吁全国人民一致反抗日本帝国主义侵略，反对袁世凯卖国政府，挽救祖国危亡。这在留学生中和中国国内都产生了极大影响。

然而仅一个月左右，在袁世凯政府的压迫下，留日学生总会被迫解散。但李大钊并未停止斗争：3月，再版《〈支那分割之运命〉驳议》一书；4月，翻译了《中国国际法论》。5月9日，袁世凯为了做皇帝，几乎全部接受了“二十一条”。这时，早稻田大学第一学年的课程也即将结束，同学们进入紧张的复习考试阶段。李大钊在此时以顽强的斗志，编印了反对“二十一条”的《国耻纪念录》，撰写了《国民之薪胆》一文。11门功课考下来，平均成绩66.9分，在106名同学中排第40名。

暑假后，李大钊刚开始第二学年学习，国内政治情势又发生急剧变化——8月23日，筹安会在北京成立，这等于袁世凯帝制运动公开化。12月31日，袁世凯正式下令，改民国五年为洪宪元年，将总统府改为新华宫，标志着帝制已成现实。

12月25日，蔡锷率云南护国军起而讨袁，并通电宣布独立。

1916年1月16日，在国内革命形势的推动下，被迫令解散的中华民国留日学生总会恢复。李大钊被推选为文事委员会编辑部主任，主编机关刊物《民彝》。

1月底，李大钊因讨袁事宜回上海，停留两周后返回东京。然而，校方以“长期欠席”为由，将他除名。

就在这次回上海的轮船上，他曾写下一诗：

浩淼东流水，客心空太息。
神州悲板荡，丧乱安所极。
八表正同昏，一夫终窃国。
黯黯五彩旗，自兹少颜色。
逆贼稽征讨，机势今已熟。
义声起云南，鼓鼙动河北。
绝域逢知交，慷慨道胸臆。
中宵出江户，明月临幽黑。
鹏鸟将图南，扶摇始张翼。
一翔直冲天，彼何畏荆棘。
相期吾少年，匡时宜努力。
男儿尚雄飞，机失不可得。

在诗中，他揭露袁世凯倒行逆施的窃国行为，表达了改造社会的坚定志向。

毕竟不是以谋求个人名利为目的，被早稻田大学除名后，李大钊并未消沉。他积极筹备《民彝》杂志创刊号；组织神州学会、中国经济财政学会；写作了代表他这一时期研究成果和政治思想的《民彝与政治》和《青春》两篇著名文章。

5 月中旬，李大钊离开东京回到上海。

留学日本期间，对李大钊影响深远、不容忽视的一个人，是担任政治经济学科选修课《城市问题》的教授安部矶雄。李大钊后来曾对日本朋友清水安三说："在东京，我从对安部矶雄的接触中受到他的影响。”在早稻田大学，安部矶雄以社会主义立场讲授经济学而闻名。李大钊通过选修课和课下的交往，接受了安部矶雄的思想影响，从而发现了人民大众生活贫穷的线索。

与安部在1901年一起创立社会民主党的幸德秋水，对李大钊也有较大影响。幸德秋水是日本早期工人运动领袖，1903年创办《平民新闻》。该刊1904年刊登了翻译成日文的《共产党宣言》。

三

到北大前，差不多有一年半的时间，李大钊主要是在编辑报刊。先是主编《晨钟报》，后来又参与《宪法公言》《言治季刊》《甲寅》等杂志的创办编辑，发表了90多篇文章。

1917年，俄国爆发十月革命的消息传到中国。李大钊以敏锐的历史自觉，多方搜集材料，开始对十月革命进行认真的比较研究。

在《狱中自述》中，李大钊提到北大只用了两句话。然而，在北大的8年多，却是李大钊一生中最为重要的阶段。

章士钊说：“守常一入北大，比于临淮治军，旌旗变色，自后凡全国趋向民主之一举一动，从五四说起，几无不唯守常马首是瞻。何也？守常之强，其诚挚性之感人深也。”

1917年12月，章士钊推荐李大钊接替自己担任北大图书馆主任一职，校长蔡元培和学长陈独秀对李大钊都格外推重，自然欢迎。

年底，李大钊怀着愉快的心情入职北大，出任北京大学图书馆主任。北大，在他心里是“黑暗中的灯塔”，是他向往的地方。因为这里是新文化运动的阵营，和新文化运动的主阵地《新青年》有着直接关联。

北大图书馆原系旧式藏书楼，民国后始称图书馆。李大钊一上任，就对图书馆进行了大刀阔斧的改革，使北大图书馆在主要方面接近或达到了当时的世界先进水平。

在担任主任的5年中，他积极参与发起了我国第一个图书馆协会——“北京图书馆协会”、组织图书馆假期讲习班、倡导图书馆专业教育。最早从理论上阐明了大学图书馆的性质和作用。

在中国图书馆从传统藏书楼时代向现代图书馆转变的历史进程中，李大钊是当之无愧的奠基者和开拓者。

在他的领导下，北大图书馆购进了大量关于社会主义和马克思主义的中外书籍，为马克思主义传播研究发挥了积极促进作用。他的办公室也成为进步师生和革命者的活动场地。

1920年7月8日，北京大学评议会一致通过马叙伦的提议：“图书馆主任改为教授。”两周后，文牍课首先向李大钊发出教授聘书。

此后，李大钊开始在北京大学史学系、政治系、经济系任课，并先后在女子高等师范、师范大学、朝阳大学、中国大学等校兼课。他开设的课程有：《现代政治》《社会主义与社会运动》《唯物史观》《史学思想史》《社会学》《社会立法》《社会主义史》《女权运动史》等。

随着知名度的不断提高，他还应邀到各种场合发表演讲。在女师大演讲《日本维新运动与中国国民革命比较观》，在武汉寒期演讲会演讲《进步的历史观》，在湖北女权运动同盟会演讲《现在世界四种妇女运动之潮流及性质，并中国妇女运动进行之方法》，在上海大学演讲《演化与进步》等。《庶民的胜利》一文，就是他在中山公园的演讲稿，后来整理发表在《新青年》上。

李大钊把讲坛和民族解放事业紧密联系在一起，把传播马克思主义原理贯彻在自己的教学中，影响、指导进步青年树立马克思主义世界观和正确的人生观。

五四时期在北京女子高等师范就读的程俊英、罗静轩，回忆说："李大钊老师讲授《社会学》和《女权运动史》两门课，这使我们初步接触到马列主义的理论，了解俄国十月革命的情况，世界劳动妇女争取自由平等的动态。记得李老师在一次上课时，大声疾呼道：'马列主义给妇女指出了一条正确道路，只有社会性质改变，只有共产主义社会，妇女才能获得真正的解放。'到将近考试时，他在黑板上写了一个论文题'论妇女解放'。"

"三一八"惨案中殉难的学生刘和珍，也非常喜欢听李大钊的课。她曾说："我们将来做了教师，也要像大钊老师这样教自己的学生。"

《北京大学档案》保存着 1923 年北大政治系学生贺廷珊的一张试卷，题目是"试述马克思唯物史观的要义并其及于现代史学的影响"。贺廷珊条理清晰、简明扼要地阐述了马克思唯物史观的出处、要义和影响，李大钊显然很是满意，给出了 95 分的好成绩。

被聘为教授后，李大钊连续四年当选学校评议员。他和爷爷一样急公好义，积极认真参与各种校务管理活动。

1922 年 12 月 2 日，李大钊辞去图书馆主任一职。三天后，担任校长室秘书，负责处理学校日常事务。

在教学和工作之余，他的社会活动、社会交往越来越频繁、广泛。一到北大，他就参加了蔡元培发起的"进德会"；不久，又与李辛白、沈尹默、马叙伦、马寅初等发起成立"北京大学公余法文夜校""北京大学学余俱乐部""北京大学教职员会""北京大学赈灾会""新知书社""太平洋问题研究会""俄国灾荒赈济会""非宗教大同盟”等社团组织。

李大钊在北大忙碌得就像不知疲倦的蜜蜂。

然而，并不是一到北大他就为人所认识。

章士钊说：“还有一段可笑之回忆。盖守常虽学问优长，其时实至而声不至，北大同僚，皆擅有欧美大学之镀金品质，独守常无有，浅薄者流，致不免以樊哙视守常。”

不过没过多久，李大钊就以他的学问、能力和品行赢得了北大师生的信赖和尊敬。校内外一大批进步青年围绕在他周围，接受他的引导，学习生存和斗争。而他对青年人总是无私帮助，热情爱护。

1921 年 3 月中旬，因军阀政府断绝教育经费，拖欠教职员薪金，北京国立专门以上八校教职员开展了大规模的索薪斗争。

李大钊被北京大学和北京女子高等师范两校同时推为代表，并在代表联席会主席马叙伦生病和受伤期间代理主席职务。

这场长达四个多月的斗争，正式或临时性会议多达百余次，作为联席会领导人之一，李大钊始终站在索薪斗争最前沿。正是在此期间，中国共产党第一次代表大会决定在上海召开。李大钊因无法分身，于是选派其他同志作为代表，前往上海出席党的代表大会。

中国共产党的另一位主要创始人陈独秀，先于李大钊一年到北京大学任职。

参加过辛亥革命的陈独秀，从日本回到上海后，于 1915 年 9 月创办了《新青年》杂志（原名《青年杂志》）。由此，在中国兴起一场高举科学与民主大旗，提倡新道德、反对旧道德，提倡新文学、反对旧文学的新文化运动。

这场运动从反思辛亥革命的经验教训出发，以图由思想革命开始，从根本上改造国民性。新文化运动打开了封建主义遏制新思潮、新思想的闸门。李大钊在日本期间读到这本杂志，他创作的《青春》一文，或许就是受了该刊的影响。在这篇发表在1916年9月《新青年》上的著名文章中，李大钊揭露了封建制度带来的危害，寄希望于“青春中国之再生”。号召青年“冲决过去历史之网罗，破坏陈腐学说之囹圄”，“前进而勿顾后，背黑暗而向光明，为世界进文明，为人类造幸福”。回国后，李大钊积极参与到新文化运动中。

1917年1月，蔡元培就任北京大学校长，提出思想自由，兼容并蓄的大学精神。对教学体制、课程设置、教师录用等进行了全面改革。特别是在教师录用上，不拘一格、网罗人才，延揽了许多具有新思想的学者到北大任教。陈独秀正是在这样的背景下被聘为北京大学文科学长的，《新青年》也随之迁到了北京。

1918年1月，《新青年》从由陈独秀主编，改为由李大钊、鲁迅、胡适、钱玄同、沈尹默、刘半农等人共同编辑，每人一期，轮流主编，这些人也是《新青年》的主要撰稿人。其时，北京大学和《新青年》杂志成为新文化运动的主要阵营和阵地。

1918年冬，为及时反映和评论“一战”后国际国内的政治问题，弥补《新青年》在这方面的不足，李大钊和陈独秀决定创办《每周评论》。

胡适说：民国“七年，陈先生和李大钊先生因为要谈政治，另外办了一个《每周评论》”。参与创办该刊的张申府，后来在《忆守常》一文中说：“‘五四’以前，指导新思想运动的刊物，《新青年》之外，就是《每周评论》……初办时，集稿校印等具体工作，完全是由守常和我负实际责任。”

《每周评论》的“发刊词”则是陈独秀写的，风格是其一贯的热烈鲜明：“主张公理，反对强权”！在《新青年》刊登的出版广告也别具一格，其中说："看《新青年》的，不可不看《每周评论》。《新青年》里面，都是长文章，《每周评论》多是短文章；《新青年》是重在阐明学理，《每周评论》是重在批评事实；《新青年》一月出一册，来得慢；《每周评论》七天出一次，来得快……"

《每周评论》跟踪报道了巴黎和会和五四运动的进展情况，在新文化运动和五四运动中，在宣传十月革命和世界革命高潮方面都发挥了重要作用。

李大钊 1919 年 5 月 18 日在该刊发表的《秘密外交与强盗世界》中指出，"现在的世界，还是强盗的世界"，中国人民反对巴黎的"分赃会议"，"并不是本着狭隘的爱国心，乃是反抗侵略主义，反抗强盗世界的强盗行为"。"我们的仇敌不只是侵略我们的日本，而是整个强盗世界"，要"把这强盗世界推翻"。

在五四运动高潮时期，李大钊和陈独秀等人分别在北京城内散发《北京市民宣言》的传单时，陈独秀不幸被捕。出狱后，李大钊装扮成收账的商人，赶着骡车将陈独秀送到天津，陈独秀由此转赴上海。在路途上，两人商讨了建党问题。

作为新文化运动的著名学者、教授，李大钊在青年学生中的影响力越来越大。青年学生组织社团、创办刊物，都请他做指导，聘请他做顾问。他自己也直接发起组织或参加社团。如：国民杂志社、新潮社、北京大学平民教育演讲团、少年中国学会、北京工读互助团等。他鼓励进步青年到人民中间，去农村和工厂宣传革命思想。在参与各种社团活动中，他和群众建立了广泛而密切的联系，为开展革命活动创造了有利条件。很多进步学生后来成为党团组织和工人运动、农民运动的骨干。

1920 年，在李大钊和吉野作造的共同努力下，北京大学和日本亚细亚学生会分别于五月和八月，进行了两国学生互访，在日本和中国均产生了极大反响。

这是李大钊接受马克思主义观点，将帝国主义和帝国主义国家人民区分开来的具体体现。

四

“十月革命一声炮响，给我们送来了马克思列宁主义。”

事实上，“送来”也经历了一个过程。

这个过程就是中国先进分子了解、认识十月革命和接受马克思主义的过程。

十月革命的胜利，为中国提供了一个全新的榜样。让正在黑暗中摸索、苦斗的中国先进分子看到了民族解放的新方法、新出路和新希望。推动了先进的中国人去急切学习、研究指导这场革命的马克思主义理论。

李大钊是在中国宣传十月革命的第一人。

当时，由于中俄之间交通阻碍，消息不畅，国内关于十月革命的报道十分混乱。在日本留学期间接触到社会主义思想的李大钊，为及时了解欧洲各国社会主义运动的动态，回国后仍然订阅了大批日本杂志。为探明十月革命的真相，他不但关注着日本进步思想界，还搜集所有相关资料进行研究。

1918 年三四月间，李大钊开始向友人宣传十月革命。

他写信给林伯渠，介绍十月革命的情况，并寄去一些相关的文件和小册子。

7 月 1 日，他在《新青年》上发表关于十月革命的《法俄革命之比较观》一文。11 月，又发表《庶民的胜利》《布尔什维主义的胜利》等重要文章；1919 年元旦再发表《新纪元》，连续介绍和宣传十月革命。

他以深邃的历史眼光指出，十月革命是立于社会主义上之革命，是社会的革命而并著世界的革命之采色者；十月革命的胜利是“劳工主义的战胜”，是“二十世纪中世界革命的先声”，“世界人类全体的曙光”。他预言，“试看将来的环球，必是赤旗的世界”。十月革命开辟的人类历史的新纪元，将“带来新生活、新文明、新世界”。

这些文章是李大钊这一时期的研究成果，标志着他开始接受马克思主义，显示他已经明确相信：中国应该走俄国十月革命的道路。

1919 年 5 月，轮到李大钊主编《新青年》6 卷 5 号（因为脱期，这期杂志实际上到 9 月份才出版）。他做了精心准备，将该期编为“马克思主义研究专号”。他的《我的马克思主义观》（上）一文，就发表在这期专号上。同时，他还协助《晨报》副刊开辟了“马克思主义研究专栏”。

《我的马克思主义观》，“对马克思主义作了全面、系统的介绍，指出马克思主义是它的历史论、经济论和政策论，即唯物史观、经济学说和社会主义的统一，‘而阶级竞争说恰如一条金线，把这三大原理从根本上联系起来’”。和以前一些介绍马克思学说的零星文章相比较，李大钊在此文中对马克思主义学说的介绍，已经具有相当完整的形态，并且进行了比较确切的阐明。

7 月，新文化阵营发生了“问题”与“主义”争论。胡适在《每周评论》上发表了《多研究些问题，少谈些“主义”》。认为“一切主义都是某时某地的有心人对于那时那地社会需要的救济方法”，否认马克思主义普遍真理对中国的适用性，主张一点一滴的改良。实质上是反对中国人民接受马克思主义，反对中国走革命的道路。

暑假期间，李大钊在昌黎五峰山写就了批驳胡适的《再论问题与主义》一文，发表在8月份的《每周评论》上，其中明确指出，要解决中国的社会问题，仅靠“一点一滴的改良”是不行的，“必须有一个根本解决，才有把一个一个的具体问题都解决了的希望”。他提出“一个社会主义者，为使他的主义在世界上发生一些影响，必须要研究怎么可以把他的理想尽量应用于环绕着他的实境”，“我们只要把这个那个的主义，拿来作工具，用以为实际的运动，他会因时、因所、因事的性质情形生一种适应环境的变化”。

在这里，李大钊第一个表述了马克思主义基本原理必须与本国的实际相结合，并从中得到发展的思想。问题与主义之争的区别，或者说胡适和李大钊的区别在于，胡适所谓研究“问题”，说到底不过是停留在理论和纸面上的研究；而李大钊所谈的“主义”，则不仅仅是学理上的探讨，还是将马克思主义作为观察国家命运的工具，进而用于中国社会的改造。

这场争论在当时引起了强烈反响。很多初步接受马克思主义的进步青年纷纷撰文支持李大钊的观点，对马克思主义的传播起到了积极的推动作用。

李大钊这一时期介绍十月革命和宣传马克思主义的文章，为五四运动提供了思想指导。

为了更加系统、深入地研究和宣传马克思主义，1920年3月，李大钊发起组织了北京大学马克思学说研究会。1921年11月，该会开始公开招收会员。

研究会每周六召开一次研讨会；月底举办一次演讲会；提倡对

某一问题有共同兴趣的会员自由组合，开展研究。并列出“劳动运动研究”“《共产党宣言》研究”“远东问题研究”“唯物史观研究”“阶级斗争研究”“剩余价值研究”等十多个课题，供大家选择研究。

作为导师，李大钊做过“马克思经济学说”的讲演；当过“社会主义是否适宜中国”辩论会的评判员。蔡元培专门拨出两间房子作为学会活动场所，大家亲切地称之为“亢慕义斋”。这是德文音译，意思是“共产主义小室”。室内墙壁正中央悬挂着马克思像，两边贴有对联：“出研究室入监狱，南方兼有北方强”，还有“不破不立，不立不破”的口号、革命诗歌、格言等，布置得气氛热烈而又庄严。

学会有自己的图书室，会订阅、购买进步报刊和关于社会主义、马克思主义的书籍，特别是外文原著。他们利用北大多语种人才的优势，积极组织译介。这个学会的会员和在外地的通讯员，后来很多人成为早期党的骨干。

为更广泛团结对社会主义有信仰的人共同研究并传播社会主义思想，1920 年 12 月，李大钊又发起组织了北京大学社会主义研究会。这时，张东荪、梁启超挑起了关于社会主义的论战，认为中国并不适合实行社会主义。李大钊发表了《中国的社会主义及其实行方法的考察》，运用马克思主义观点分析中国社会现实，进行了有力反驳。

李大钊在组织进步青年研究宣传马克思主义的同时，还积极引导他们理论联系实际，深入到工人群众中去，主动与群众相结合。这些革命的知识分子到北京郊区去演讲，到人力车夫居住区，调查他们悲惨的生活状况；到长辛店与铁路工人建立联系，宣传革命道理，启发他们的阶级觉悟。创办了长辛店劳动补习学校和供工人阅读的刊物《劳动音》；后来又组织起了长辛店工人俱乐部。长辛店，当时被誉为“北方劳动界的一颗明星”。

中国共产党是马克思主义与中国工人运动相结合的产物。

2018 年 5 月 2 日，习近平总书记在北京大学考察时说：“北京大学是中国最早传播和研究马克思主义的地方，为马克思主义在中国的传播和中国共产党的成立作出了重要贡献。”

1920 年 8 月，陈独秀等在上海成立共产主义小组，推举陈独秀为书记。

10 月，李大钊、张国焘等在北大图书馆李大钊的办公室成立共产主义小组，李大钊被推举为书记。

此外，武汉、长沙、广州、济南等地和日本、法国的留学生，自 1920 年秋至 1921 年春，也先后成立了共产主义小组。关于党的名称，叫社会党还是共产党，陈独秀写信征求李大钊的意见，李大钊回信主张叫“共产党”。于是上海小组一开始就叫中国共产党，北京小组在正式开始活动后则叫中国共产党北京支部。将当时成立的早期地方党组织统称为“共产主义小组”是后来的事。

北京共产主义小组成立后，李大钊接着又领导建立了北京社会主义青年团。开始入团的多是北大学生，后来团组织逐渐发展到了北京各中学。

北京共产主义小组的工作，从成立起就没有局限于北京一地，在李大钊的指导和影响下，天津、唐山、太原、济南、开封、西安等地的社会主义者相继建立了共产主义小组、社会主义青年团、马克思学说研究会等组织，对北方党组织的建设起到了积极的促进作用。1923 年 8 月，河北安平县台城“特别支部”，就是李大钊指导、批准建立的。这是中国第一个农村党支部。

“南陈北李”在相约建党过程中，得到了俄（共）布远东局和共产国际的指导帮助。

1920 年 2 月，李大钊把陈独秀送到天津后，和黄凌霜等会见了柏烈伟，商讨成立社会主义者同盟。

不久，经鲍立维介绍，荷荷诺夫金到北大会见李大钊。

荷荷诺夫金生长于哈尔滨，说着一口流利的汉语，受第三国际远东局委托，前来和李大钊联系。

显然，他在来之前做了充分的准备，对李大钊的贡献十分了解，高度称赞李大钊在中国介绍十月革命，传播马克思主义的功绩，希望李大钊在中国创建共产党。

荷荷诺夫金走后两个多月，已是春夏之交时节，维经斯基经共产国际批准，偕夫人和翻译杨明斋到达北京，了解中国的革命情况，同中国革命组织建立联系。他首先会见了李大钊，由李大钊出面在北大图书馆邀请各方面的进步人士举行了多次座谈。维经斯基介绍了十月革命和苏维埃当前的各项制度政策，并讨论建立中国共产党问题。李大钊表示，我们这些人只是几颗革命种子，以后要好好耕作，把种子栽培起来，将来是一定会有收获的。此后，李大钊写信介绍他去上海与陈独秀会晤。

1921 年 3 月，李大钊发表《团体的训练与革新的事业》一文，最早公开提出了建党的号召。

1921 年 7 月 23 日，中国共产党第一次代表大会在上海召开。全国 50 多名党员中的 13 位代表参加了这次会议。会议确定了党的名称、纲领和奋斗目标。李大钊因事务繁忙未能出席。

这一时期，李大钊将主要精力倾注在领导北方工人运动上。他还撰写纪念五一劳动节和宣传社会主义的文章，组织印发传单，启发工人群众的阶级觉悟。

在以李大钊为首的中共北方党的领导下，长辛店、唐山制造厂、山海关铁厂、京绥路、唐山开滦五矿、正太路石家庄机器厂等工人先后举行罢工斗争，成为全国第一次工人运动高潮的重要组成部分。在斗争中，显示了工人阶级坚定的革命性和坚强的战斗力，扩大了中国共产党在全国的影响，密切了党和工人群众的联系，党的自身建设从中得到加强。

五

“打倒列强，除军阀……”

这是大革命时期广为传唱的两句歌词。

1924 年，国民党和共产党实现了第一次合作。由此，带来了 1924 年至 1927 年间席卷全国的“大革命”。这两句歌词即是那场大革命的宗旨。

国共合作是在共产国际支持下，共产党员以个人身份加入国民党的形式实现的。李大钊在其中发挥了至关重要的作用。

《狱中自述》说：

> 大约在四五年前，其时孙中山先生因陈炯明之叛变，避居上海。钊则亲赴上海与孙先生晤面，讨论振兴国民党以振兴中国之问题。曾忆有一次孙先生与我畅论其建国方略，亘数时间，即由先生亲自主盟，介绍我入国民党。是为钊献身于中国国民党之始。翌年夏，先生又召我赴粤一次，讨论外交政策。又翌年一月，国民党在广州召集第一次全国代表大会，钊曾被孙先

生指派而出席，被选为中央执行委员。前岁先生北来，于临入医院施行手术时，又任钊为政治委员……去年国民党在广州开第二次全国代表大会，钊又被选为中央执行委员……北京分会自吴稚晖、于右任等相继出京后，只余李石曾及钊……目下在北方并无重要工作，亦只设法使北方民众了解国民党之主义，并以增收党员而已。

这里所说的，其实是实现国共合作的过程。

接着，他谈起孙中山：

中山先生之外交政策，向主联俄联德，因其对于中国已取消不平等条约也……惟据我所知，则确无何等密约。中山先生曾于其遗嘱中明白言之，与“以平等待我之民族，共同奋斗！”如其联俄政策之维持而有待于密约者，则俄已不是平等待我之民族，尚何友谊之可言……

李大钊用孙中山革命、爱国的外交政策，堵住了反动军阀妄图将此案污蔑为“苏俄阴谋案”的借口。其他方面，要么是“决议取消”，要么是“不知其详”，要么是“无复存在”“亦甚罕见”……最后，敌人不得不对报界承认“李无确供”。

1922 年，共产国际在莫斯科召开远东各国共产党和民族革命团体代表大会。中国共产党、中国国民党等团体共 30 多人参加了这次会议。

会后不久，中共发表对于时局的主张，首次提出关于建立民主主义联合战线的主张。

7月，中国共产党第二次全国代表大会，通过《关于“民主联合战线”的决议案》，正式提出“联合全国革新党派，组织民主的联合战线，以扫清封建军阀推翻帝国主义压迫，建设真正民主政治的独立国家”的主张。与国民党合作的方针就此确定下来。

1923年6月，中共第三次全国代表大会，对国共合作的方针和方法做出了决定：共产党员以个人身份加入国民党，以这种形式实现国共合作。

同时指出，共产党必须在政治上、思想上、组织上保持自己的独立性。

为实现国共合作，李大钊受共产党委托，对孙中山和国民党做了大量工作。

1921年八九月间，李大钊通过好友林伯渠，介绍马林到桂林会见孙中山。马林除了向孙中山陈说十月革命的经验，还对中国革命提出两条建议：一是要有一个能联合各革命阶级尤其是工农大众的政党；二是要有真正的革命武装，要办军官学校。孙中山十分赞同。

1922年8月西湖会议前后，李大钊多次会见孙中山，一起分析时局，讨论振兴国民党以振兴中国的问题。表示愿意以共产党人的立场，与孙中山先生合作。孙中山对李大钊的精辟见解和非凡才华极为赞赏，两人一连数小时畅谈不断，都忘记了吃饭时间。

不久，孙中山亲自主盟，介绍李大钊、陈独秀等人加入了国民党。

李大钊开始参与国民党改组筹备工作，并草拟国民党党纲和总章草案。

1923年1月，孙中山与苏俄政府特使越飞在上海举行会谈。这次会谈是李大钊和林伯渠安排的。两人整整谈了六天，李大钊和林伯渠自始至终参加了会谈。随后发表《孙文越飞联合宣言》。

1923 年 6 月，在中共三大会议上，李大钊当选中共中央执行委员。回京后，他就加入国民党的形式和自己参加国民党一大问题，向基层党组织做了诚恳耐心的解释工作。

在李大钊参加中共三大期间，又与孙中山在广州商讨国共合作外交政策等问题。

10 月，孙中山电邀李大钊赴上海商讨国民党改组问题。

11 月，孙中山在广州发表《中国国民党改组宣言》。

1924 年 1 月 20 日，国民党第一次全国代表大会在广州召开。李大钊途经上海时，中共中央专门召开会议，决定由李大钊、谭平山、瞿秋白组成指导小组，领导出席国民党一大的中共党员工作。

在这次会议上，李大钊当选为中国国民党第一届中央委员会执行委员，并负责北京地区执行部党务的指导和监督工作。

宋庆龄说："他一回到华北，就担负起了国共两党在那个地区的领导任务。"

中国国民党一大标志着国共合作正式形成。

六

1924 年在五峰山，李大钊接到出席共产国际第五次代表大会的通知。

李大钊秘密回京，途经哈尔滨赶往莫斯科，率领中共代表团参加了 6 月 17 日至 7 月 8 日召开的共产国际第五次代表大会。会议结束后，他在莫斯科、列宁格勒等地参观访问，并多次发表讲话、接受记者采访，介绍中国的革命运动。他参观了工厂、海员俱乐部、儿童村等，还和儿童村的小朋友合影留念，和工人、士兵交谈，充分感受到了苏联人民对中国的热情和友谊，以及他们自信乐观、昂扬向上的精神面貌。

他终于亲眼看到了梦想中的社会主义社会的现实。

是年冬，李大钊回国。

他对送行的朋友笑着说："又要回到战场上去了！"

回到哈尔滨，他仍然住在出国时住过的王芳田的店铺里。

王芳田得知他要回北京，急忙拿出登有通缉令的报纸，劝他先躲避一时，李大钊瞥了那张报纸一眼说："反动家伙与革命者，就是这样势不两立，你死我活的斗争，哪个革命者不被通缉，这玩意儿没什么了不得……干革命就是要消灭他们……不回北京，中国怎么走俄国的道路……"

等待李大钊的是复杂的斗争和繁重的工作。

一到北京，李大钊就召集北京地委负责人赵世炎等人开会，分析了当前北方复杂的形势，决定采取争取冯玉祥、联合国民军、反对段祺瑞和张作霖的策略。

为培养党的干部，他们还讨论了成立北方区委、筹办党校等工作。

1925 年 1 月，中共党的四大再次选举李大钊为中共中央执行委员。

1 月 24 日，"中共中央通告第一号"公布执委分工："守常驻北京。"

5 月，中共北方区执行委员会成立，李大钊任区委书记。

1925 年春，鼓楼北大街西一条偏僻的胡同里，"北京职业补习学校"开学了。这就是由李大钊筹措经费，北方区委所办的党校。

李大钊和中央联系，留下刚刚从东方大学回国的罗亦农主持党校工作。罗亦农、赵世炎、陈乔年是主讲老师，肖子璋做专题报告。

李大钊出席了开学典礼，详细阐述了当前革命形势和党校任务，勉励大家抓紧时间努力学习，以备结业后奔赴火热的斗争前线，为革命事业、党的事业做出贡献。

北方区委负责领导包括北京、天津、河北、河南、山东、山西、陕西、东三省、内蒙古等广大北方地区的工作。李大钊同时兼任国共两党在北方的领导责任，为充分发展革命统一战线，宣传、组织、发动广大群众，创造了有利条件。在他和北方区委的坚强领导下，北方革命运动又掀起高潮。

1924 年冬至 1926 年春，北京先后发起“国民会议运动”、“声援五卅”运动、“关税自主”和“首都革命”等活动。参加斗争的群众最多时达到二三十万。在北洋政府统治的心脏，轰轰烈烈的斗争，沉重打击了反动军阀和帝国主义。

同时，北方农民运动也开展起来。农民协会在各地相继建立，团结广大农民反对土豪劣绅。在农民运动最活跃的河南省，1926 年 4 月成立了省农民协会，会员达 27 万。

在工农运动发展中，李大钊十分注重结合斗争建立党团组织，培养发展党团员，保证了党对群众斗争的领导。

七

1926 年 3 月 12 日，日舰为掩护奉军军舰与国民军作战，炮击大沽口炮台，制造了“大沽口”事件。

3 月 16 日，日本联合美、英、法等国公使，以破坏《辛丑条约》为借口，向中国政府发出最后通牒，要求中国撤除在大沽口的所有军事设施，并限期 48 小时做出答复。

大沽口炮台，烙印着中国人民的耻辱和仇恨。1840 年，八国联军就是首先攻占大沽口炮台，进而占领北京的，中国陷入贫弱不振的深渊。

1926 年 3 月 17 日，北京各界人士群情激奋，举行反日示威请愿，要求段祺瑞政府强硬驳复“最后通牒”，却遭军警镇压。

3 月 18 日，北京 200 多个团体、10 万多人再次举行反对八国通牒示威大会。

会后，2000 多人到执政府请愿，预先埋伏在执政府门前的卫队、军警竟开枪屠杀请愿群众，致 47 人死亡、200 多人受伤，史称“三一八”惨案。

刘和珍就在这天的牺牲者之列。

鲁迅称这一天为“民国以来最黑暗的一天”。

第二天，段祺瑞政府发布对李大钊等人的通缉令。

3 月底，为保存革命力量，李大钊和部分国共两党工作人员迁入苏联大使馆西侧的旧兵营内。

不久，国民党领导人徐谦、顾孟余、丁维汾等离京南下，共产党也安排许多同志离开北京，中共中央准备调李大钊去武汉。

但李大钊认为北京当时的工作很重要，坚持留下。

随着战友们的离开，国共两党的领导责任完全落在李大钊肩上。

在隐蔽状态下，李大钊足不出户工作了一年多。他继续领导北方区委保持着与各地党组织的密切联系，同志们或化装进出兵营，或以“白芳渠”（北方区的谐音）等为代号，及时传递着工作计划、报告和各种信件，开展革命工作。

1926 年 2 月，中共中央在北京召开特别会议。会议决定，党在当前的任务是在各方面准备广东革命势力向北发展，迎接北伐革命高潮的到来。同时还指出："北方国民军……绝还不是革命的人民的武力，可是他们确是站在反帝国主义战线方面，并且确有破坏和崩坏帝国主义和军阀的作用。""目前在北方的军事工作，唯一是在帮助国民军。"

根据这一精神，李大钊抓紧了对国民军的工作。

其实，自冯玉祥发动北京政变后，李大钊就已经开始着手做国民军的工作了。为使冯玉祥倾向革命，1924 年年底至 1925 年秋，他频繁奔波于北京、张家口和开封之间。帮助国民军实行联俄政策，促成苏联政府于 1925 年 3 月 21 日通过了援助国民军武器和弹药，并派遣顾问和教官的决议。为加强国民军的政治工作，李大钊和北方区委先后派往国民军的共产党员、共青团员达 400 多人，为这支旧军队注入革命思想，使部队面貌因此开始发生变化。

4 月，由直、奉、晋、鲁四系军阀组成的"讨赤军"，开始向国民军全面进攻。1925 年 3 月 19 日，李大钊主持了有苏联顾问参加的北方国民党领导人会议，提出国民军退出津、京，将主力撤到南口修筑工事和帮助国民军保存有生力量的意见。国民军接受了李大钊和苏联顾问的意见，4 月 15 日退出北京，扼守南口。

7 月，各系军阀会攻南口。

8 月 13 日，国民军开始总退却。

在此期间，李大钊还安排打入直系军阀田维勤部的共产党员徐权中，于 7 月上旬在门头沟成功率部起义。

这些战斗，将直、奉军阀的主力牵制在华北，有力策应了国民革命军北伐。

同时，李大钊还派遣大批团员和进步青年，参加到北伐革命军中，加强了北伐力量。

面对国民军溃败的局面，李大钊及时委派于右任亲赴苏联，一路敦促冯玉祥回国，于 9 月发动“五原誓师”，并执行了他提出的进军西北、解围西安、出兵潼关、策应北伐、会师郑州的进军策略，加速了直、奉军阀的灭亡。他致信阎锡山，劝其参加北伐。阎锡山后来将自己的军队改称国民革命军，山西悬挂起青天白日旗。

北方党组织充分利用全国革命高涨的有利形势，积极发展革命力量。仅北京一地，自“三一八”惨案至 1927 年 2 月，共产党员就由 300 多人发展到 1000 多人，共青团员有了更大发展，除了各大学，在京师一中、朝阳、崇实等许多中学都建立了团组织。国民党员由 2000 多人增加到 4000 多人。

北方各级党组织还派遣大批同志深入农村开展斗争，建立农民协会和农民武装，推动河北、山西、内蒙古等地的农民运动迅速发展起来。仅乐亭、玉田、清苑、蠡县、围场等 18 个县，就有农民协会会员 7295 人。

李大钊联合北京各进步团体，组织了“左派联席会议”（简称“左联”），把进步力量团结在党周围，巩固了革命统一战线，孤立了国民党右派。在 1927 年 1 月国民党北京市党部选举中，国民党左派因此大获全胜。

宣传阵地除北方区委主办的《政治生活》周刊，北京各大学，如北大、师大、燕京大学、农业大学、政法大学等校相继秘密出版《烈火》《新华》《努力青年》《新社会》等革命刊物。1926 年五一劳动节，在东北创办了《满洲工人》周刊。

李大钊在《政治生活》上发表了《日本帝国主义最近进攻中国的方策》，揭露日本帝国主义勾结国民党右派破坏中国革命的阴谋；发表《鲁豫陕等省的红枪会》，对农民武装进行分析，指出教育、启发和提高农民阶级觉悟的必要性。

李大钊仍然像只不知疲倦的蜜蜂，在勤奋工作。但环境却越来越险恶。

1927 年春，敌人加紧了对北方领导机关的侦察。

> 有一天，负责交通工作的阎振山同志出去送信，到天黑还没见回来，大家都为他没有回来而焦虑。父亲派人到外面了解，才知道他被捕了。阎振山同志一被捕，送信、取报的工作，就由那位帮助父亲他们做饭、打杂的张全印同志担当起来，可是没过几天，张全印上街买菜时也失踪了。（李星华《回忆父亲李大钊》）

那些天，了解到情况紧张或听到危险信息的朋友们，有的托人带信，有的秘密派人或亲自来看望李大钊，无一例外地劝他迅速离开北京，或到南方或去苏联。他的夫人赵纫兰更是为他担心，多次劝他离京。李大钊坚决地说："我不是常对你说嘛？我是不能轻易离开北京的。假如我走了，北京的工作留给谁做……你要知道现在是什么时候，这里的工作是这样重要，哪里能离开呢？"

李大钊不惧危险，执着地坚守着自己的岗位，这是他为自己的理想、事业做出的抉择。

李星华再次见到父亲，是在十多天后的法庭上。多年后，李星华对那次见面仍记忆犹新：

> 在法庭上，我们和父亲见了面。父亲依然穿着他那件灰色的旧棉袍，头发长而且乱，稍微遮住他的一部分脸。样子和平常差不多，只是没戴眼镜，脸比以前瘦了。还是那样慈善祥和，

那样平静。

“爹！”我忍不住喊出声来，母亲一下哭得瘫在地上，妹妹也跟着哭起来。

“不许乱喊！”法官拿起惊堂木重重地在桌子上拍了一下。

“不许乱喊！”他的手下也跟着喊叫。

父亲瞅了瞅我们，没有对我们说一句话。脸上的表情非常安定、沉着。他的心似乎并没有放在我们身上，而是被一种伟大的力量笼罩着，这个力量就是他平日对我们讲的他对于革命事业的坚定信念。

“这是我妻子。”父亲指着母亲说。接着他又指了一下我和妹妹，“这是我的两个女孩子。”

“她是你最大的孩子吗？”法官指着我问父亲。

“是的，我是他最大的孩子。”我不知道当时哪里来的机智和勇敢，怕父亲一不留神说出哥哥来，就这样抢着说。

…………

父亲立刻就会意到了，接着说：“是的，她是我最大的孩子。我的妻子是个家庭妇女，我的孩子们年纪都小，都在上学，可以说她们什么也不懂，一切都与她们没有关系。”父亲说完了这段话，不再说了，又望了望我们。

…………

就这样，同父亲见了一面，就匆匆分别了。想不到这竟是最后一次见面。

李大钊的被捕，在社会上引起极大震动。作为知名学者、教授，李大钊在知识界，特别在青年学生中，有着崇高威望，并“受到社会各阶层的广泛尊崇”。京、津“各报社评，皆暗为守常呼吁”；国民军向奉系军阀发出警告；北大、师大等九所高校校长集会讨论营救办法，并由北大、师大校长前去当局陈述意见；北京国立私立二十五所大学校长联合发表声明，要求“安国军”将此案“移交法庭办理”；学生团体、社会名流和李大钊的同乡好友，多方设法营救。

《顺天时报》报道，张作霖就如何处置李大钊，电询张宗昌、韩麟春、孙传芳、吴俊升、张作相、阎锡山、吴佩孚7人意见，结果“五电严办，一电法办，阎无复电”。

4月28日，李大钊等20位革命者英勇就义。

1983年10月，在中共中央建造的“李大钊烈士陵园”，举行了隆重的落成典礼。

李大钊烈士的纪念碑背面，镌刻着中共中央为李大钊烈士撰写的碑文。

纪念碑正面镌刻着邓小平同志书写的题词：“共产主义运动的先驱，伟大的马克思主义者李大钊烈士永垂不朽。”

本节引文资料：

①《论人民民主专政》,《毛泽东选集》，人民出版社，1991年6月第2版。

②《回忆父亲李大钊》，乐亭文史资料第八辑。

③吕其庆,《英烈初心》，人民出版社，2019年版。

④张次溪,《李大钊先生传》，北京宣文书店，1951年版。

⑤《狱中自述》,《李大钊史事综录》，北京大学出版社，1989年3月版。

⑥《中国共产党的一百年》，中共党史出版社，2022年6月版。
⑦《李大钊史事探微》，河北人民出版社，2016年6月版。
⑧《中国共产党先驱领袖文集：李大钊全集》，人民出版社，2014年9月版。
⑨朱志敏，《李大钊传》，红旗出版社，2009年5月版。
⑩《李大钊传》编写组，《李大钊传》，人民出版社，1979年4月版。
⑪习近平，《论中国共产党历史》，中央文献出版社，2021年2月版。

无声的呐喊——黄竞西

大革命失败后，中共在国民党江苏省党部（左派）内重建党团组织。1927 年 6 月 26 日上午，中共上海区委负责人王若飞代表中共中央宣布江苏省委成立。此时，党的一处秘密机关被破坏，一名交通员被捕。王若飞迅即宣布散会。下午 3 时左右，黄竞西和省委书记陈延年、组织部部长郭伯和、秘书长韩步先等一起回省委所在地探视，见机关保持原状未出事，便又上楼研究工作。这时，埋伏在周围的军警、特务突然冲入室内……

初心是什么？

或许你从来没有想过。看似简单的问题，猛然间怎么变得复杂起来了？

怎么说呢，把一个心愿，一种本真，一件内心深处的事物，用量化的具象表现出来，的确不易。

但，到过镇江烈士纪念馆之后，我们心中似乎有了一种答案。

江苏省镇江烈士纪念馆，与素有“小雨花台”之称的北固山唇齿相依。展馆分“鸦片战争”“辛亥革命”“党的创建”“土地革命”“抗日战争”“解放战争”“社会主义”等主题，共讲述了牺牲在镇江和镇江籍 3000 余名烈士中的 231 名烈士的事迹，并展出了遗物。

黄竞西，便是其中一位。

历史遗留的相片十分清晰，他表情凝重，方面阔口，慈眉善眸，青春的脸上写满了忧虑、刚强和坚韧。

牺牲时，他刚过而立之年，正值风华正茂之时。

遗书就摆在面前，字字如珠，句句含情。彼时，他已不能说话。可不能开口又能怎样，他炽热的心，他不屈的志，他坚定的信仰，依旧被 80 多年后的我们看到了。残纸浓墨，远比语言停留得长久。

这不就是初心吗？

无形却有形，无声却有声，似雨露，如甘泉，像空气……

一

1897 年，黄竞西出生在扬州市邗江县施家桥黄家庄。

1909 年，其父黄德明在丹阳小东门桥开办“种德堂”药店。这时，黄竞西因生母病故由老家移居丹阳，就读于县立小学。

黄竞西家境殷实，生活无忧。但他从小勤奋刻苦，好学上进，并写得一手好字。他喜爱书法，热爱种树、养花、养鱼，家院中的黄杨、枇杷之类，皆由他所植。

18 岁那年，他开始帮助父亲经营药店，闲暇之余，仍手不释卷，不忘诵读。

黄竞西 20 岁那年，父亲不幸离世。子承父业，黄竞西挑起了经营药店、赡养继母和弟妹的重担。

三年光景，黄竞西把药店打理得顺顺当当，也算得上当地颇有些名气的青年商者了。

1920 年，黄竞西建立了自己的小家庭。他与夫人吕楚云相濡以沫，琴瑟闭合，加之生活殷实，常常被人羡慕不已。有次回老家喝喜酒，黄竞西身着长袍，脚穿长筒皮靴，吕楚云身穿旗袍，烫着卷发，装束打扮在当时已属时髦……

谁能想到呢，就是这样一位生活殷实富足的青年商人，却踏上了一条异常艰辛、满是危险的革命道路。

二

说起来，黄竞西走上革命道路，与当时的社会思潮不无关系。

1919 年，五四运动爆发，宣传社会主义思想的报刊如雨后春笋，比比皆是。生活上的满足给了黄竞西充足的时间去认识和了解新鲜的思想。他常常到处寻找这些报刊，　读为快。

他最爱读《民国日报》，为此，他还当起了报社的丹阳经销人和通讯员。通过经销《民国日报》，黄竞西结识了夏霖、钱振标、吴忠衡等社会进步青年。他们谈社会，谈民生，谈理想，谈抱负，关心国家，追求真理，寻找信仰的火苗。这些进步思想在黄竞西心里开始不断蔓延……

那时候，黄竞西经常给《民国日报》副刊“觉悟”撰文。1922 年 5 月 11 日，他以“学生与县知事”为题，报道了丹阳各界联合驱逐县知事范钟湘取得胜利的消息，他热烈地疾呼，要明白自己的权利，不要放弃重大责任，听任贪财的知县议员们欺凌横行……

他提倡办新学，鼓励妇女解放，掀起女子剪辫子运动，一时间，青年女子剪短发蔚然成风。他对半封建半殖民地的社会现状痛加鞭挞，对遭受凌辱欺压的人民大众深感同情。

负改造社会的诸君啊，请你们努力改革吧！

1924 年春，第一次国共合作形成。由于长期与《民国日报》联系密切，黄竞西与国民党上海执行部负责人胡汉民等人有了接触。

这一年夏天，他加入了中国国民党，奉命在丹阳发展党员，建立区党部，并担任负责人。党部活动经费，大部分由黄竞西从自家店内支取……

三

1925年3月，孙中山于北京病逝。

国民党右派趁机破坏国共合作，妄图篡改孙中山的既定政策。远在丹阳的黄竞西得到消息，会同国民党丹阳县党部奋力抗争。4月26日，悼念孙中山先生逝世大会在丹阳举行，会上，黄竞西庄严地宣读了孙中山先生的遗嘱，并做了“只有三大政策才能救中国”的演说。

与此同时，由于黄竞西等进步人士的努力，丹阳的革命形势蓬勃兴起，成为江苏革命形势发展较快的地区之一。

在国民党上海执行部工作的共产党员恽代英、侯绍裘、刘重民等多次到丹阳开展工作，深知黄竞西的为人和理想抱负。就在他组织召开悼念孙中山先生逝世大会前夕，即1925年4月，黄竞西经侯绍裘、刘重民介绍，加入了中国共产党。

1925年5月，中共丹阳支部成立，直属上海地委领导。

5月29日，中共上海地委决定，黄竞西等13人为中共代表，参加即将成立的国民党江苏省党部的领导工作。

就在这时，五卅运动爆发，这是一次伟大的群众性反帝爱国运动。在丹阳，黄竞西积极响应，邀约各社会团体组织外交后援会，宣传暴露帝国主义、军阀的专横，宣传党为无产阶级谋幸福……

8月23日，经过长期筹划和斗争，左派占优势的国民党江苏省部在上海正式成立，黄竞西当选执行委员兼农工部部长等职。不久，省部增设商人部，黄竞西兼任部长。

9月，中共丹阳支部改为独立支部，黄竞西任临时书记。11月，中共江浙区委正式任命其为独支书记，并由他直接向上级区委报告丹阳支部的活动情况。

那段时间，黄竞西除了参加上海的一些革命活动，把更多革命精力放在了丹阳。

为了团结丹阳商界青年，黄竞西积极推动组建“丹阳商团”，开展商界青年的“感化”工作；推动党支部在公园讲演厅和县第二高等小学建立两所“平民夜校”；推动发行《民声》月刊，并担任主要撰稿人，宣传“共产主义”……

12 月 25 日，丹阳举行大规模游行活动，“打倒帝国主义”“打倒军阀”“反对日本出兵”等口号声此起彼伏。与此同时，黄竞西还在丹阳发展了一批进步人士加入中国共产党，这些都为中共在丹阳及周边地区开展革命工作奠定了基础。

四

1926 年 3 月，黄竞西在南京参加孙中山逝世一周年中山陵奠基典礼后，中共江浙区委将他调至上海，参加中共驻国民党江苏省部的党团领导工作。

临行前，黄竞西毅然决然地将祖上留下来的药店托付给老员工张岳山主持。从此，黄竞西舍家弃业，全身心投入到救国救民的革命洪流中……

在上海，黄竞西主要负责党部的内务和商人工作。1926 年 7 月，国民革命军大举北伐。当时，直系军阀孙传芳部队集结于江浙两省，同驻扎在徐州的山东军阀张宗昌狼狈为奸，勾结土豪劣绅，妄图割据江浙两省。

中共江浙区委决定，广泛发动群众，开展“揭发孙传芳罪行，反对鲁系军阀南下”的革命宣传，黄竞西奉命回家乡宣传发动群众。

一次，黄竞西正在丹阳公园召开的群众大会上演说，反动军阀纠集暴徒冲进会场，不由分说就是一通殴打。黄竞西被打得鼻青脸肿，在部分群众的救护下，才得以脱身……

1927 年 3 月，黄竞西参加了由周恩来、罗亦农、赵世炎领导的上海工人第三次武装起义。

起义前，他不顾反动军警的搜捕和暗杀，乔装成大商人，带着装扮成阔太太的妻子吕楚云，坐着自己人驾驶的小汽车或黄包车，车上载着装有武器弹药的“礼物包”，往返于市区各地，输送有关人员……

起义胜利后，黄竞西又奉命与侯绍裘等人将国民党江苏省党部迁至南京。

五

1927 年 3 月底，黄竞西同国民党江苏省委党部组织部部长林剑城一同由沪赴宁。

途经丹阳，黄竞西做了短暂停留。他向继母和妹妹表达了为革命随时准备献身的信念，并嘱咐她们，如果自己遭遇不测，请代其抚养幼子。当时，他的挚友，丹阳邮电局长齐云提醒他小心为上，黄竞西慨然答道：“头可断，血可流，志不能丢！”

4 月初，黄竞西等正式抵达南京办公。

在南京，黄竞西与侯绍裘等除了组织南京市的商人，做好党部内务，还把大量时间用在了对外宣传上。当时省党部悬挂在南京大街上的标语，大多出自他手。

随着斗争不断深入，南京市的革命力量有了很大发展。与此同时，蒋介石也加紧了反革命的部署。他将驻守在南京的国民革命军第二、第六军调离，将其嫡系何应钦部第一军调守南京，并准备对南京的共产党开刀，以控制江苏的局势。

4 月 9 日上午，蒋介石抵达南京。第一时间，蒋介石指令其亲信杨虎、南京市公安局局长温建刚、特务头目陈葆光等，率打手一二百人，打着“劳工总会”的旗号，手持木棍、铁棒和手枪，冲击国民党江苏省党部。

疯狂地打砸抢后，特务将黄竞西等 30 余人带到了南京市公安局。因为敌人对黄竞西的身份并不十分清楚，其最终在组织营救下脱险。

脱险后，他立即赶赴林剑城家通报情况，并商讨下一步计划。次日上午，黄竞西与侯绍裘等一起在南京公共体育场召开了“南京市民肃清反革命大会”，与会之众达四五万人之多。会后，他们又组织群众到蒋介石驻地请愿。无奈，请愿队伍于当日下午 5 时遭到反动军警镇压，请愿失败。

4 月 11 日凌晨，侯绍裘、刘重民等 10 人被捕。

黄竞西幸免脱险，奉命率省党部工作人员返回上海，重建秘密组织，准备开展地下工作。

六

继 4 月 10 日在南京制造反革命事件后，4 月 12 日，蒋介石又在上海发动了反革命政变。

腥风血雨中，黄竞西找到了中共上海区委。上海区委决定，要大力开展国民党左派工作，黄竞西接替已经牺牲的侯绍裘，担起了重任。

大革命失败后，黄竞西毫不气馁，继续坚持斗争。他对妻子吕楚云道："我的革命志愿，是海枯石烂也不会变的。"随着斗争的开展，中共在国民党江苏省党部左派重建了党团组织，黄竞西任书记。

四一二反革命政变的一两个月里，中共在上海的工作举步维艰，各项活动不得不转入秘密状态。之后，因为叛徒出卖，中共在上海的领导机关遭到空前破坏……

为了适应新的斗争形势，中共中央决定撤销江浙区委，分别组建中共江苏省委和中共浙江省委，同时由江苏省委兼任上海市委。

1927 年 6 月 26 日上午，上海北四川路恒丰里 104 号，中共江浙区委负责人王若飞代表中共中央宣布，江苏省委成立。任命陈延年、赵世炎、黄竞西等为省委委员，陈延年为省委书记。

会议正在进行，有通讯员前来报告，党的一处秘密机关遭到破坏，一名交通员被捕。

会议不得不当场解散。

下午 3 时许，省委书记陈延年、组织部部长郭伯和、秘书长韩步先和黄竞西等一起回到恒丰里探视。他们见机关保持原状并未出事，便又上楼研究工作。

这时，早已埋伏在周围的军警、特务突然闯了进来。陈延年、郭伯和、韩步先和黄竞西不幸被捕……

七

被捕后，黄竞西被国民党反动派视为"共党要犯"，屡遭严刑拷打，但始终未从他口中得到有价值信息。

经历过惨痛的折磨，黄竞西自知敌人对他“欲处死刑”。但他认为“为党牺牲，本我素志！”，唯念亲人为他悲哀。更希望革命同志乃至他的儿子“能继我志而努力才好”。

6月29日夜，黄竞西知道时日不多，便硬撑着遍体鳞伤的身子，分别给妻子、继母、亲朋和同志，写下了六份遗书。

在给妻子吕楚云的遗书中，黄竞西写道：

>……去年孙传芳时在法界被捕，我已料不能再生，哪只还可使我多活一年。在党方面说，多做一年工作；在我们夫妻方面说，多一年的爱情！想到这里，你也可自慰一下。惟今昔情形不同，我终觉得死于今，比死于昔使人们可觉悟中国是需要继续革命的，我之死也无余恨。惟我们不能偕老，夫妻能偕老的有几呢？一年、一月、数日的都有，我们已有了十年，也不算少了，宝儿也四岁了。你万勿以我而悲伤。你的体弱，千万要保重，抚养小儿长大读书，能继我志而努力才好。身后家中事我托伯哥、楚哥、岳舅等，我想也无大问题，惟使你更苦罢了。我希望你本我耐苦的素志，倘有问题可和伯、楚等商量，伯哥爱我如手足，你可常和他通信。祖父年老了，我事最好勿告他，免他心急。店事请楚哥与岳舅商量，并望霖哥为你各处设法，可无问题。倘要钱用，可请霖兄去借。楚姊！你心爱的情人，不能再和你会面了，会时难过又不如不会了。死是一快乐事，尤其是为革命的。我在未死前，毫不畏惧，你们不要痛心。死者已矣，惟望生者努力！柬之仇将来欲报。月坡是投机分子，个人主义者，我终说像他那样的三民信徒，国民党就不

堪了。长林处可函去报告。老虎毯在石寿处，托普成去问他。要钱可向伯哥借些先用。我个人的遗体随他在上海好了，革命的精神与尸骸同葬一处好了。你不要穿白衣，戴这样重孝，只要臂章黑纱志哀可也，尤不要迷信，请和尚，买纸箔，空费金钱于无益。我不能再几天一信一片的常通音信了。我虽死，我精神终萦绕于你的左右，只当未死好了。千万不要哭，你弄坏身体小儿无人照应，我反不放心。我相信你一定可以依照我的遗言，一若我活在家中一样，那么我在地下也可瞑目了。最后祝你健康。

你的爱弟　竞西在上海

六·二九

7月4日，敌人终于恼羞成怒，他们残忍地割去了黄竞西的舌头，后又将奄奄一息的他装进麻袋扔入枫林桥下……

寥寥数言，是作为丈夫对妻子的无限挚爱和眷恋，更是一名共产党员无声的呐喊。那是对革命理想执着的追求，也是对为革命而牺牲的欣慰和乐观。

这一年，黄竞西31岁。牺牲后，他连遗骸都没有留下。

本节引用资料：

①姚江婴，《志坚情重，光照人寰——记中共江苏省委委员黄竞西烈士》，《档案与建设》杂志，2007年第5期。

②魏志文、耿桂清，《纪念黄竞西烈士》，《档案与建设》杂志，2012

年第 2 期。

③《扬州晚报》，2016 年 6 月 13 日。

④郝铭鉴、胡惠强主编，《革命烈士遗文大典》，上海文化出版社，2001 年 6 月版。

继我志呵！——王器民

1927 年，继蒋介石在上海发动四一二反革命政变后，广东的反动派发动了“四一五”政变，向工农革命群众开刀，第十三师的反动派在国民革命军中大肆逮捕共产党员和国民党左派人士，国民革命军第四军第十三师政治部主任王器民不幸被捕……

……亲爱的慧根，我和你做夫妻是生生世世的，在精神，不在形体，我苟牺牲之后，你应紧记着我的遗嘱，那我就瞑目了。

我死后，不要悲伤伤害你的身体，打起精神来继续我的遗志！

我死后，希望你打破旧礼教，用锐利眼光，细心去察找有良心、富有革命性的男性，和你共同生活，就是我的朋友也是不妨，但是总要靠得住，能继续我的遗志，就好了。

我死后，能设法教育我们的孩子，引导他继续我的革命事业，勿致堕落，跑反革命那条路上去，这是您要负责的呵！

我死后，所有的书籍以及相片要保存着，给与我们的孩子，做革命遗教。

我狱中写二本简，一是《冤墨》，一是《磨筋录》，我的过去事略及入狱的原委均书明。慧根呀！我不想说了。

继我志呵！继我志呵！

时间的河水奔腾不息，转瞬已是 84 年。

方方正正的玻璃罩，像透亮的温暖小屋，如神秘的水晶宝盒，似晶莹的圣者宫殿……

一页纸，穿越 84 个春秋，跋山涉水，栉风沐雨，驱难战困，而后躺在了这里。字迹依然清晰，行云流水，铁画银钩，力透纸背。

公元2020年夏初，中国国家博物馆，我们凝神伫立，逐字逐句，反反复复，体味着字里行间的深意。

这是一封写在牢狱中的遗书。遗书写给他的爱人，作者名叫王器民。

王器民，一个中国革命史上名不见经传的人物。是的，查阅了很多资料，关于他的信息却寥寥，即便是不同时期、不同媒介的档案和宣传，内容也几近相同。

但，他又是一位载入中国革命史册的英雄。是啊，站在新时代的今天回眸过往，不正是那么多如他一样的人的存在，我们才有了今天的安定、幸福吗？

这是他留给妻子的遗言，也是作为共产党人誓将革命进行到底的坚定信念。

是的，从投身革命那天开始，他就立下了誓言——为求主义实现而奋斗，为谋民众利益而牺牲。

生命的最后一刻，他依旧恪守信诺。

这一天是，1927年6月28日。

这一年，他35岁。

一

王器民，出生于海南会同县美果村一个农民家庭。其幼失双亲，由姨母抚养长大。因家境原因，他读学较晚。晚有晚的好处，晚了就更懂得知识的重要，更能体味机会难得。

不是吗，他在吃糠咽菜的艰难日子里读完私塾，最终以第一名的优异成绩进入到小学。

小学毕业，他已经 15 岁了。

当时，各路军阀肆意征收苛捐杂税，搜刮民脂民膏，百姓苦不堪言。王器民虽不舍得来之不易的学习机会，但家里的窘况日复一日，国家的苦难愈来愈深，为了不给家里造成负担，他在读完小学后就担起养家重担，随乡亲乘帆船远涉重洋去新加坡谋生。

侨居南洋数年，王器民生活虽比较安定，但心中总感到不踏实。每当夕阳西下时，他便徘徊在海滩上，望着水天一色的北方，思念着风烛残年的姨妈，思念着风雨如晦的故乡。

1916 年，王器民毅然弃职回国，考上了上海水产专科学校。在与同学们共同追求真理的路上，他看到了中国存在的社会问题，痛心百姓生活在水深火热之中，立下改造社会的宏伟壮志，将一腔热血投入革命……

1919 年，五四运动爆发。王器民与大批热血青年一起走上外滩街头，为科学与民主呐喊。不久，海南籍学生郭钦光在北京因遭反动军警毒打，激愤致死，消息传到上海，王器民十分气愤，决定回家乡发动声讨反动派的斗争。

王器民的革命生涯，就这样开始了。

他回到海口，直奔琼崖中学，找到琼崖五四运动的领导人王文明和杨善集。当天晚上，在王文明、杨善集的主持下，琼崖中学学生在操场上举行集会。王器民在会上介绍了上海和全国各地的局势。他平日文质彬彬，但演说时却慷慨激昂，嗓门洪亮，领着学生激昂地高呼“外抗强权，内惩国贼！”“释放被捕学生！”“为郭钦光烈士报仇！”等口号。

次日，他与王文明、杨善集一起，在五公祠召开了有 1000 多名学生参加的追悼郭钦光大会，并组织示威游行，掀起了海南青年运动的高潮。

此后，他们又组织纠察队、宣传队、抵制日货检查队等，一面宣传，一面到各商号劝止采购日货，发动群众把日货拿出来烧毁；并驱逐了以经商为名从事间谍活动的日本人胜间田，取得了抵制日货运动的胜利。

随着五四运动的深入，马克思主义在琼崖各县传播开来，《新青年》《每周评论》等革命书刊也传到了琼崖。王器民在宣传队长杨善集的领导下，将购置的一批进步书刊，组织了书刊巡回阅览社，向青年学生传播革命思想，从府城的繁华街头到五指山区的黎村苗寨，琼崖大地上遍布王器民的足迹。

二

其实，王器民早就有志在自己的家乡创办一份日报，“以为开通琼崖的利器”。后因赞成者甚少，未能如愿。

1920 年年初，琼山县有名的热血青年徐成章，从云南讲武堂毕业返琼。王器民赶到琼山演丰拜访徐成章，两人秉烛夜谈十分投机，大有相见恨晚之感。

王器民提议在海口创办报纸，宣传马克思主义和新思想。徐成章十分赞成。两人商定先办《琼崖旬报》，待经济条件允许时再办日报。

为了筹集办报的启动资金，王器民专程赶到香港租保德街第 19 号门牌设立筹办处，而后，吴瑞东作为会计员前去协助王器民另租柏辅林道 49 号再设筹办处。可惜两处筹办处均经营状况不佳，又苦于没有新闻材料，导致旬报在香港无法发行出版。

王器民等人不得不再次改变计划，回到琼崖租用府城靖南街王宅为筹办处，以发函给各县长及留学生、通函南洋各热心侨胞等方式认股、筹资……

1921 年 4 月，《琼崖旬报》正式出版。

此处，有必要对海南的报业发展略做介绍，这或许能够寻到王器民致力于创办一份报纸的初衷。

海南最早的报纸出现在辛亥革命的高潮时期，为海南辛亥革命先驱林文英在 1913 年年初创办的《琼岛日报》，致力于针对海南社会的信息传播，也针对当时的社会不良现象进行批评。同年林文英当选国会议员赴京，其年底返回海南时，报纸已被封闭，于是他又改办《琼华日报》，1914 年 3 月林文英遇害，报纸停办。1919 年，吴天德创办《琼崖日报》，但也仅出周刊三期，就停版……

人民大众对于革命认识的匮乏，反动势力对于革命宣传的镇压，让王器民看到了媒体宣传的重要。诚然如此，才有了《琼崖旬报》。

他们租借海口南门第 29 号为社址，刊物由《琼崖日报》社代印，此后二者合作，《琼崖日报》得以恢复出版。

《琼崖旬报》从第 1 期起，每期印 1000 份，多为免费阅读，到 1922 年扩大到 2000 份，不至于亏损。

王器民主笔的发刊词中明确提出，《琼崖旬报》以改造琼崖为宗旨，积极介绍“新潮流的文化”，“鼓吹革命，反对封建，反对土豪欺凌贫苦百姓，宣传破除迷信，提倡男女平等、婚姻自由”。提倡民主和科学，宣传爱国主义和反帝反封建思想。

报纸创办之初，海口没有印刷厂，稿件编好后，还得带到广州怡安印字局去印刷，然后运回琼崖发行。这样既费事，又影响新闻时效。后来，经王器民多方努力，购置了纸张、油墨、铅字、印刷机等设备。从第 3 期起，报纸改在海口印刷发行，大大提高了新闻时效性。

1921 年冬，中共中央派遣留法学生罗汉、吴明等到琼崖开展工作。王器民得知后，便邀请他们兼任该报编辑，让他们“介绍欧洲最近社会主义学说”“给琼崖人研究”。使该报在宣传马克思主义方面起到了积极作用。

王器民是个琼剧迷。但他对当时琼剧中充斥着封建糟粕很是不满，便与徐成章一起帮助剧作家编写文明戏。一批宣传反帝反封建的剧目很快问世,《大义灭亲》《黄花岗祭夫》《蔡锷出京》《秋瑾殉国》《破除旧礼教》《新娘走年》《林格兰殉义》《灭种婚姻》等深受观众喜爱，给琼剧艺苑带来一股清新的空气，对琼崖人民的觉醒起了促进作用。

1922 年 1 月，王器民和罗汉等应琼东县县长王大鹏之邀，到琼东兴办教育事业。很快在全县范围内兴办起新型的中小学、半工半读的农工职业学校和宣传马克思主义的阅报社、俱乐部等。这一切对于培养人才、开发民智都发挥了很大作用。

1922 年秋，王器民加入中国共产党。

一天深夜，在海口市南门 29 号的《琼崖旬报》编辑部里，由中共中央派到海南岛的吴明主持新党员入党宣誓仪式，王器民郑重宣誓。

当年，他刚满 30 岁。

三

1923 年，王器民应徐成章之约来到广州，加入了徐成章组织和领导的琼崖革命同志会，并按照党的指示加入了中国国民党，致力于国民革命运动。

接着，他与徐成章、杨善集、周士第等积极筹备出版琼崖革命同志会会刊《新琼崖评论》。1924 年 1 月，《新琼崖评论》创刊，王器民协助编辑主任洪剑雄做编辑工作，并积极撰写文章，呼吁琼崖人民奋起自救，打倒反动军阀。

1924 年，王器民被党组织派往马来亚、新加坡等地，开展对华侨的工作。他创办工人夜校，宣传革命思想，建立革命组织，动员华侨青年回国参加国民革命运动，直至 1925 年才回国。

1925 年秋，国民革命军成立。中共广东区委决定派王器民到国民革命军第四军第十三师任政治部主任。

1926 年 7 月，国民革命军正式出师北伐，王器民所在的第十三师被留在广东，担负保卫北伐大后方的任务，驻扎在广东的江门市和西江一带。

第十三师政治部在王器民的领导下，健全了各级政治机构，积极开展政治宣传工作，发动人民群众支援北伐战争……

正当北伐战争取得节节胜利的时候，广东地区的国民党右派势力，在“一切为了北伐胜利”的幌子下，限制工农活动，禁止工人罢工，在农村则强派公债，加收捐税。对此，王器民与之进行了坚决的斗争，有力地支援了江门市及西江一带的工农运动。

四

高慧根是谁？

她是王器民的妻子，也是一位巾帼英雄。

高慧根，原籍海南省琼山县，是广东早期妇女运动的先驱。1925 年 5 月，广东省妇女解放协会成立。当年年底，曾在广州农民运动讲习所第四期学习，毕业后留省当见习生的高慧根，当选为广东妇女解放协会执行委员。

有关专家研究认为，从王器民曾参与改编《灭种婚姻》《恋爱自由》等琼剧，从他积极支持高慧根投身妇女解放运动来看，在打破旧礼教、致力女性解放上，夫妻二人有着高度的共识。

再次回到王器民的遗书中，他写给妻子高慧根感人至深的表述，也就不难理解了。

当时的社会环境，女子改嫁极易遭人诟病，王器民在生命倒计时的遗书中做出如此真挚的表达，可谓情动天地。

鲁迅先生逝世前曾给夫人许广平留下遗嘱“……忘记我，管自己生活——倘不，那就真是糊涂虫……”。多年后，戏剧家、作家魏明伦曾在杂文《雌雄论》中认为这是“一个伟大的暗示”。

设若此说成立，则王器民之明示，与鲁迅先生之“暗示”，异曲同工，皆可称摧毁封建“贞节牌坊”的檄文。

五

1927 年，继蒋介石在上海发动四一二反革命政变，随之，广东的反动派发动了“四一五”政变，向工农革命群众开刀，第十三师的反动派在国民革命军中大肆逮捕共产党员和国民党左派人士。

王器民被捕了。

虽身陷囹圄，但王器民仍同敌人进行了顽强的斗争。

敌人对王器民用尽了吊打、压杠子、灌辣椒水等酷刑，但一无所获。见用硬的不行，敌人又来软的，以给予“自由”和高官厚禄诱降。王器民始终坚贞不屈，严词痛斥反动派，在狱中，他写就两本书简，一本叫《冤墨》，一本叫《磨筋录》，对国民党反动派进行了无情的揭露和批判。

恼羞成怒的国民党反动派决定对他下毒手。临刑前，王器民给妻子高慧根写下了遗言：

我最念的爱妻慧根：

“为求主义实现而奋斗，为谋民众利益而牺牲。”自我立志革命，参加实际工作以来，这二句以成誓词，即牺牲又有什么要紧，况且佛家有说过，“自己不入地狱，叫谁入地狱”。革命份子如无肯牺牲，革命是没有成功的日子，我是为大多数人谋利益而牺牲，我的革命目的达到了。惟是对你很是不住。因为数年与你艰艰苦苦，我用全副精神为革命而努力，没有和你享过一日安闲快乐的日子，我们夫妻可谓因国而忘家，为公而忘私啊！你虽然体谅我，而我终是觉得对不住你。

亲爱的慧根，我和你做夫妻是生生世世的，在精神，不在形体，我苟牺牲之后，你应紧记着我的遗嘱，那我就瞑目了。（一）不要悲伤伤害你的身体，打起精神来继续我的遗志！（二）打破旧礼教，用锐利眼光，细心去察找有良心、富有革命性的男性，和你共同生活，就是我的朋友也不妨，但是总要靠得住，能继承我的遗志，就好了。（三）觉权设法教育他，引导他继续我的革命事业，勿致堕落，跑反革命那条路上去，这是你要负责任的呵！(四)所有的书籍及相片要保存着，给与觉权，做革命遗教。（五）我狱中写二本简，一是“冤墨”一是“磨筋录”，我的过去事略及入狱的原委均书明。慧根呀！我不想说了，继我志呵！继我志呵！

你夫阿器遗书　六月廿八日

1927年7月的一天，江门市的天空阴沉沉的。

王器民在前往刑场的路上，镇定自若。面对敌人罪恶的枪口，他昂首挺胸，高呼："打倒国民党反动派！""中国共产党万岁！"

敌人的枪声响了，王器民的鲜血染红了大地……

本节引用资料：

①郝铭鉴、胡惠强主编，《革命烈士遗文大典》，上海文化出版社，2001年6月版。

②许阳威，《文物鉴定与鉴赏》杂志，2020年9期。

③中华英烈网，搜索日期2017年11月23日。

④陈成智，《王器民致爱妻遗书情动天地》，《海南日报》，2011年6月27日。

⑤张兴吉，《民国时期的海南报刊》，2013年6月17日。

⑥李德芳，《琼崖革命简史》，中国社会科学出版社，2013年版。

心中那缕桂花香——夏明翰

1928 年年初，中共中央调夏明翰去湖北省委工作。上海党中央派李维汉来到武汉，同郭亮、夏明翰研究决定取消两湖年关暴动，制止盲目行动。3 月 18 日，夏明翰从谢觉哉处得知交通员宋若林不可靠的消息，返回汉口东方旅社准备转移时，宋若林带着军警冲了进来……

院里，桂花树开着花。

何止开着呢，还开得繁密，开得充盛，开得热烈。花香漫散，丝丝缕缕，清清淡淡，温温柔柔，香香甜甜……

可惜啊，盛花不懂人心！

当前的形势，国家正处在苦难中，民族正处在苦难中，人民大众正处在苦难中，地主土豪横行乡里，军阀当道豪取强夺，我罢课罢市，参加反帝反封建运动，有错吗？

眼下的情形，日货充斥着我们的城乡，日货泛滥已然成为侵略中国的象征。现在，全国上下都在抵制日货，我参加清查日货，参与焚烧日货，难道有错吗？

是的，那些凌驾于百姓苦难之上的富豪乡绅，他们表面上参加支持国货维持会，暗地里仍在维护日货对市场的统治，他们由过去的公开贩卖变成了偷运暗售。这些都是真实的存在。

可是，爷爷啊，您不支持也就算了，还要让我跪下来反思认错。甚至，把我关进黑暗的小屋里，说什么一日不悔过，不准见天日，如果不老实，就把你沉潭……

我就想问一问，自己到底错在了哪里？

我们家境殷实富足，衣食无忧。但，仅仅自我满足就够了吗？我们的国家，我们的同胞，我们的乡亲，都还在水深火热中啊！

…………

公元 1919 年盛夏的一个夜晚，在思忖万千之后，他终于决定逃离这个家。临走前，他用斧子砍掉了祖父栽下的那棵桂花树。

什么象征着官运亨通，什么昭示着兴旺发达，与国家的苦难和人民的苦难相比，自己何以安心去追求这些自私的虚名和富贵？

这一年，他刚满 20 岁。

他，就是从富家少爷走向革命道路的夏明翰。

一

夏明翰出生于官宦世家。

其祖父夏时济中过进士，任过清朝的户部主事，外祖父是清末翰林，曾任国史馆秘书。其父夏绍范被光绪皇帝钦加三品职衔，署理秭归知州，母亲陈云凤被赐封为诰命夫人。

生在桂花盛开时节的夏明翰，被祖父认为是大吉的征兆，于是把夏明翰当作光耀门庭的最佳人选，用心培养。夏明翰牙牙学语时，就被祖父抱在膝上学《三字经》《千字文》，恨不得他一夜成人，早登金榜。

然而，年幼的夏明翰并不喜欢背诵索然无味的“四书五经”，他喜欢同邻居的穷孩子们到河边去捉螃蟹，到山上去捕野物，或者听老人们讲民间故事。

生于官宦之家，夏明翰却并非纨绔子弟。

说起来，这无不得益于他的母亲。

其母陈云凤能诗善文，博学多才，思想开明，倾向于科学和民主，尤其注重培养孩子的爱国思想。幼时的夏明翰，就是在母亲所讲的屈原、岳飞、文天祥等故事中熏染成长起来的。

一次，夏明翰和母亲乘坐一艘外国轮船去九江。一上船，夏明翰就感受到了洋人的气势汹汹，以及对中国人的蛮横无理。

母亲触景生情，作了一首诗。母亲看看夏明翰，让他也作一首。夏明翰望着江面上横行霸道的外国轮船，不由想起了外公给他讲过的话，国家积弱，就要受到欺辱，你长大后一定要为国家争气……

思忖片刻，夏明翰昂起头，大声念道：

洋船水上漂，洋旗空中飘。
洋人耍威风，国耻恨难消。

这，也成为夏明翰最早的一首爱国诗。

二

夏明翰选择离家出走，并非一时冲动。

1917 年，夏明翰在父母影响下，违背祖父意愿，考入湖南省立第三甲种工业学校机械科学习。

当时，清政府灭亡，孙中山领导的国民革命军被北洋军阀袁世凯篡夺了胜利果实。北洋军阀对内残酷统治，对外卖国求荣，中华民族出现了亡国亡种的危机。为了挽救我们的国家，中华儿女纷纷起而抗争……

在一些进步教师和同学的影响下，夏明翰组建了“沙子会”。之所以称之为“沙子会”，夏明翰解释，我们要团结起来，让形如散沙的青年抱成一团，集中力量打倒军阀。

那段时间，夏明翰经常用诗歌和绘画揭露军阀卖国贼的丑恶嘴脸。他曾在一幅讽刺画上写下了这样一首诗：

眼大善观风察色，嘴阔会拍马吹牛，
手长能多捞名利，身矮好屈膝叩头。

夏明翰的聪明和勇敢，被体育老师邱海岚看在眼中，觉得他是个好苗子，就时常借一些进步书刊给他看。在大量进步书刊的阅读中，夏明翰被毛泽东的文章所吸引，夏明翰曾经告诉邱海岚，“我真想见见毛泽东”。邱海岚告诉他，只要干革命，早晚能见到毛泽东……

1918 年，北洋军阀吴佩孚趁军阀混乱之机，攻占衡阳。

攻占衡阳后，吴佩孚一身戎装，带着随从来到夏府，拜访夏明翰的祖父夏时济。其实，这是吴佩孚为了巩固地盘，扩大势力，笼络当地有名望官绅的一种策略。

夏时济见吴佩孚亲自登门，受宠若惊，竟然赤着胳膊，拜倒下跪。吴佩孚走时，他又赤着胳膊，托着辫子送到门口。吴佩孚为感谢夏时济的赤诚，还特意让人送来一幅字屏，上书：德盖衡岳，誉满潇湘。

夏时济得了这字屏，如获至宝，连忙吩咐家人装裱好，挂在正厅。

夏明翰放学回家，见家门打扫得干干净净，檐下张灯结彩，不知有何喜事。进了正厅，他一眼就看到了吴佩孚的那幅字，登时怒火中烧，搬来一个凳子，跳上去就把刚刚挂好的字幅撕成了碎片……

祖孙俩，从此便埋下了矛盾的种子。

1919 年，“五四运动”爆发，全国各地迅速掀起响应的浪潮。夏明翰毫不犹豫地参加了这场斗争。

抵制日货，成为当时最广泛的斗争方式。

夏明翰积极投入抵制日货的运动当中。他率领学生、店员和工人组成游行队伍，推销国货，把“毋忘国耻，抵制日货”的标语贴到各家各户。

他们还带领国货维持调查组到货场、仓库、商店等清查日货，每到一处，发现日货，就盖上“仇”“劣”等字样，然后把查到的日货统统搬到湘江边的空地，集中焚毁。

夏明翰把群众运动搞得轰轰烈烈，使得吴佩孚伤透了脑筋。为了拉拢夏家，吴佩孚的三姨太出主意，决定把吴佩孚的侄女莹莹嫁给夏明翰，吴夏联姻，自然也就能管住夏明翰。

谁知夏明翰得知此事，便对祖父道：“让我娶吴家小姐，除非日出西山，湘江南流……”

夏明翰的行为，严重损害了地方富商和乡绅的利益。他们开始走马灯似的涌进夏府，告状，诉苦，要求夏时济严加管束。此外，因为吴佩孚受不了拒婚之辱，向夏家发出了“如有再犯，株连全家”的警告，一时间，夏时济寝食不安，最后他决定，“大义灭亲”。

1920 年，临近中秋的一个夜晚，夏明翰带着同学忙活了一天，直至深夜一点多才回家。怒气冲冲的夏时济早就在等着他了。

夏时济令人将夏明翰捆得结结实实，并带上脚镣，关进家中的牢房里，准备沉潭。

那一夜，夏明翰的母亲陈云凤彻夜未眠。她决定，帮助儿子，离开家，走自己的路。

三

走出家门，夏明翰才发现，社会的动荡比他想象中还要猛烈，革命的浪潮比他认识中还要高涨。

可是，自己又能到哪里去呢?

关键时刻，何叔衡给了他一个建议——去湖南长沙吧，那里是全省革命活动的中心，只有置身革命的大熔炉，才能更加深刻地理解斗争的残酷，才能更为准确地找到自己的理想。

就这样，在何叔衡的帮助下，夏明翰来到长沙，并认识了他早想见到的一个人——毛泽东。

当时，湖南有一所自修大学，是毛泽东和何叔衡利用船山学社的社址和经费，为中国共产党创办的一所最早的干部学校。

顺理成章地，夏明翰成了这所学校的第一批学员。

在学校，那么多进步报刊出现在夏明翰面前，那么多进步思想开始源源不断涌进他的心中。夏明翰沉浸其中，感觉到前所未有的新鲜，解渴……

夏明翰勤奋好学，渴望进步，忠爱信仰与理想，这些毛泽东都看在眼中。对于这位出身豪绅之家的青年，毛泽东戏称，“你比《红楼梦》中的贾宝玉强多了……”

1921 年冬，经毛泽东和何叔衡介绍，夏明翰光荣地加入了中国共产党。

几个月之后的 1922 年 1 月，正当夏明翰如饥似渴进行革命学习的时候，湖南发生了一件大事。

劳工会领导人黄爱与庞人铨领导工人罢工遭到省长赵恒惕的逮捕和杀害，学生、工人等群情激愤，强烈谴责和抗议，赵恒惕又接连逮捕了多人，并扬言，要大开杀戒，长沙忽然处在了白色恐怖的风口浪尖。

毛泽东找夏明翰等人商讨对策，决定由夏明翰、郭亮、陈佑魁出面，组织召开追悼黄爱、庞人铨大会。会后，夏明翰等人率领各界群众游行示威请愿，并通电全国，声讨赵恒惕政府的罪行。

祭灵那日，夏明翰怀着对无产阶级战士的悼念和激情，朗读了他挥泪写下的悼诗《江上的白云》：

> …………
>
> 看，那天上的白云！
> 上面的散了，底下不尽的浮着堆上，
> 前面的呐喊快止了，
> 后面又继起了摇天动地的哭声。
> 前面的血光快暗了，
> 后面的热泪，又海放江奔，
> 一点一滴，一寸一尺，
> 一分一秒，一时一日——前进不已！

革命浪潮持续高涨，斗争形势一片看好，这次大会之后，越来越多的进步青年开始走进革命的队伍，接受马克思列宁主义的熏陶。

1922 年 9 月，湖南自修大学附设了补习学校，由何叔衡任主事，毛泽东任指导主任，夏明翰任教务主任。

在校期间，夏明翰整理了有名教师的专题讲演记录，并交报刊发表。由他整理发表在当时《大公报》上的讲演稿有《近代欧洲文学史概论》《注音字母与汉字》《低年级的文艺》等 30 多篇，达十余万字。

“党需要办的事情就认真去办，坚决把事情办好。”夏明翰始终把这句话当作实践和行动的指南，他教学严谨，循循善诱，深受学员喜爱。

但，由于学校坚持学习和宣传马克思列宁主义，坚决反对帝国主义、官僚资本主义和封建主义，不久便遭到赵恒惕政府的仇视。

1923 年 11 月，赵恒惕政府以“所倡学说不正，有碍治安”的罪名，将自修大学和补习学校查封。

学校被迫关闭，中共湘区区委立即采取对策，将两所学校的大部分学员转移到了由省委筹办的湘江中学。

夏明翰被派到这所学校任教员，同时担任学联干事长和《湖南省学生联合会周刊》第一编辑。

在学校里，夏明翰负责教授数学。对他而言，这是个新课题。为此，他从头学起，不耻下问，刻苦钻研，教案写得整齐清楚，授课更是一丝不苟。学生们爱上他的课，还给他起了个“三晚老师”的外号。

怎么说呢，为了教好数学，夏明翰常常是离开教研室晚、吃饭晚、睡觉晚，有时候甚至彻夜不眠……

之于夏明翰的教学情况，谢觉哉曾回忆：“党办湘江中学没有教员，调他去教数学，他没有教过数学，但为了对学生负责也即是对党负责，他用心钻研，创造新教法，大受学生欢迎，成为很好的算术、代数的教授者。”

四

1922年10月，党派夏明翰去长沙组织开展人力车夫罢工斗争。

彼时，长沙人力车夫有1000多人，他们有自己的行会，但却被控制在车主和封建把头手中。由于车租过高，兵差太多，人力车夫的生活苦不堪言。

1918年，人力车夫曾经举行过罢工，最终以失败告终。

夏明翰此次前往，感觉到了责任的重大。到长沙后，他乔装打扮，与人力车夫混在一起，趁机开展宣传教育。

谈起之前的罢工，谈起生活的艰辛，人力车夫们苦不堪言。夏明翰劝慰他们，过去罢工的失败，是因为我们团结得不够紧，斗争得不彻底，又没有正确的领导。如今不同了，我们有了正确的领导，各方面的力量都在支持，我们一定能取得胜利……

在夏明翰的带领下，此次工人罢工，迫使县知事答应了他们提出的条件。

工人罢工胜利了，夏明翰胜利了。

…………

夏明翰担任中共湖南省委委员期间，负责农委工作。他经常化装成农民，深入长沙、平江、济阳、湘潭等地做农村调查，了解农民生活状况。

他注意培养农运干部，保送革命青年到广州农民运动讲习所学习，为湖南农民运动培养了大批骨干和积极分子。

从1926年下半年开始，国共两党共同领导的北伐革命取得胜利，轰轰烈烈的农民运动得到迅速发展。

为了回击党内外对农民运动的诋毁和责难，1927年1月4日至

2月5日，中共中央农民运动委员会书记毛泽东，前往农民运动发展最迅猛的湖南进行考察。

当时，正值国共合作时期，陪同毛泽东考察的为国民党湖南省党部监察委员戴述之。考察之前，已通知各县党部，做好考察工作的协助和配合。这次考察，历时32天，行程700多公里，实地考察了五个县的农民运动情况。2月12日，毛泽东回到武昌，3月写出了《湖南农民运动考察报告》，报告发表后，受到广大农民群众的热烈欢迎。

与此同时，夏明翰以中共湖南区委名义，主持撰写了《1927年1月农民运动报告》，有力地支持了毛泽东的论点……

1927年2月，毛泽东在武昌创办中央农民运动讲习所，写信要夏明翰前来协助。到武汉后，夏明翰担任起了全国农民运动协会的秘书长，同时兼任农民运动讲习所和毛泽东的秘书。

同样是这一年，国内政治局势陡然逆转，轰轰烈烈的国民大革命陷入腥风血雨。4月12日，蒋介石公然背叛革命，在上海发动反革命政变，大肆屠杀共产党人和革命群众。

6月，夏明翰被调回湖南，任省委委员兼组织部部长。

这一年，为了革命，夏明翰拿起了枪杆子。

八七会议后，毛泽东回到长沙，同湖南省委商讨秋收起义计划。夏明翰根据计划安排，负责向各级党组织宣传和组织秋收起义。1927年10月，夏明翰赶往平江、浏阳，领导发动农民暴动，并将毛泽东秋收起义的余部收拢，一并转入农村武装革命道路，有力配合了井冈山根据地的创建。

五

1928年年初，夏明翰被调到湖北，任中共湖北省委常委，配合新任省委书记郭亮的工作。

当时，以野蛮著称的桂系军阀正在大肆搜捕革命者，许多被捕者根本不经审判便被处决。

这一年的3月8日，夏明翰以大商人身份，从湖南商号搬到汉口东方旅馆，与其他同志研究下一步工作。

孰料，就在这段时间，与夏明翰联系的通讯员宋若林被捕，并可耻地背叛了革命。

组织上得到消息，命令他们即刻转移。那天，正当夏明翰回到东方旅馆收拾东西，销毁文件的时候，叛徒宋若林带着特务闯了进来……

夏明翰被捕了。

敌人对他施以各种酷刑，逼他交出党的组织情况，但是毫无所得。

又一次审讯开始了。

夏明翰镇静自若地走进来，昂首怒视着那个恶煞般的主审官。

主审官问："你姓什么？"

夏明翰答："姓冬。"

"你明明姓夏，为什么说姓冬！"

"我是按国民党的逻辑讲话的。你们的逻辑是颠倒黑白、混淆是非，你们把杀人说成慈悲，把卖国说成爱国。我也用你们的逻辑，把姓'夏'说成姓'冬'，这叫以毒攻毒。"

主审官还不死心，又问："你多大年岁？"

夏明翰白了他一眼，回答说："我是共产党，共产党万万岁！"

主审官："你的家在哪里？"

夏明翰的声音越来越高，“革命者四海为家，我的家在全世界！”

“我在问你，你们的人都在哪里？”

夏明翰听了，狠狠地瞪了主审官一眼，“我们的人都在我心里。”说完，夏明翰把嘴一闭，再也不说一个字。

又问了几个问题，依旧什么都问不出来。

主审官气急败坏，命令特务给夏明翰用刑。他们用竹签插进夏明翰的十指，用铁丝穿进他的鼻梁……

回到牢房，夏明翰自知生命将要结束，忍着伤痛用半截铅笔给母亲、妻子、大姐分别写了一封信。

他在给母亲的遗书里写道：“亲爱的妈妈，你用慈母的心抚育了我的童年，你用优秀古典诗词开拓了我的心田。爷爷骂我、关我，反动派又将我百般折磨。你和他们从来是格格不入的。你只教儿为民除害、为国除奸。在我和弟弟妹妹投身革命的关键时刻，你给了我们精神上的关心，物质上的支持。亲爱的妈妈，别难过，别呜咽，别让子规啼血蒙了眼，别用泪水送儿别人间。儿女不见妈妈两鬓白，但相信你会看到我们举过的红旗飘扬在祖国的蓝天！”

在给妻子郑家钧的信中，他深情地写道：“同志们曾说世上唯有家钧好，今日里才觉得你是巾帼贤。我一生无愁无泪无私念，你切莫悲悲凄凄泪涟涟。张望眼，这人世，几家夫妻偕老有百年？抛头颅，洒热血，明翰早已视等闲。‘各取所需’终有日，革命事业代代传。红珠留着相思念，赤云孤苦望成全，坚持革命继吾志，誓将真理传人寰！”

写完这封催人泪下的遗书，夏明翰抑制不住对妻子和女儿的眷恋，用嘴唇和着鲜血，在遗书上落下一个深深的吻印……

反动派在夏明翰身上连半根稻草都没捞到，而且失去了耐心，只得使出了最后一招儿——就地处决。

3 月 20 日，也就是夏明翰被捕后的第三天，反动派把夏明翰押到汉口余记里刑场。

行刑的时刻马上就到了。反动派问夏明翰：“你还有什么话要说吗？”

夏明翰说：“有，给我拿纸和笔来！”

反动派还希望夏明翰最后能供出点儿有用的信息来，立即给了他一支笔和一张纸。

夏明翰挥笔写下一首正气凛然、气壮山河的就义诗：

> 砍头不要紧，只要主义真。
> 杀了夏明翰，还有后来人。

写完后，大声念了一遍，把笔往地上用力一扔……

这一年，夏明翰 28 岁。

六

因为一个人，才有了一个英雄辈出的家族。

夏明翰的进步思想和革命热情深深影响着他的弟弟妹妹和家人。

他的四妹夏明衡，从小受到母亲陈云凤和哥哥夏明翰的影响，性格刚强，颇有些男子汉的气质，姊妹和伙伴们都叫她“假小子”。

夏明衡曾担任过衡阳妇女联合会会长，国共合作时期还担任过国民党衡阳市党部妇女部长。大革命失败后，夏明衡被列入追捕名单，1928 年 6 月光荣牺牲，年仅 26 岁。

他的五弟夏明震，参与组织农民参加了著名的湘南起义，参与组建了中国工农革命军独立第七师，建立了郴县苏维埃政府。1928 年 3 月 22 日，在郴州反革命暴乱中英勇牺牲，年仅 21 岁。

他的七弟夏明霹，湘南学联的骨干成员，衡阳游击斗争领导人。1928 年 2 月 28 日被捕后，敌人割掉他的脚后跟、用铁丝穿他的手心。他仍高呼“共产党万岁！”英勇就义时，年不足 20 岁。

他的外甥邬依庄，是大姐夏明玮的儿子，其 1930 年参加红军，在红军某部任指导员，在执行任务中牺牲，年仅 19 岁。

七

湖南衡阳。夏家大院，前临水塘，背依卫冲，房屋 45 间，占地超过 2000 平方米，阔阔绰绰。

房子依旧是那些房子，水塘依旧是那洼水塘，卫冲山依旧是那座卫冲山。只不过，新时代的今天，房子充满了沧桑与故事，池塘里的水更清了，卫冲山的树更绿了，山上的花花草草更艳了，我们头顶上的天，更蓝了……

依旧能够闻到那淡淡的桂花香。

是啊，桂花树已经不是当年的桂花树，桂花香也已经不是当年的桂花香。如今的桂花树，长得更惬意，如今的桂花香，更为轻柔和淡雅。

夏明翰当初为什么要砍掉那棵桂花树呢？

他砍掉的哪里是一棵树啊，那分明是要与封建社会一刀两断。

那时候，在夏明翰心里，一定有另外一种桂花香，那是信仰的味道，是胜利的味道。

那缕香，永远留在了夏明翰心中，却让今天的我们闻到了……

本节引用资料：

①于元编著，《为新中国作出突出贡献的英雄模范人物夏明翰》，吉林文史出版社，2011 年 4 月版。

②《中共党史人物传》，中共党史出版社，2010 年 4 月版。

③孙东升，《红色书简》，广东人民出版社，2011 年 5 月版。

④郝铭鉴、胡惠强主编，《革命烈士遗文大典》，上海文化出版社，2001 年 6 月版。

不灭的期许——史砚芬

大革命失败后，国民党反动派大肆屠杀共产党人。1927 年 11 月，在中共江苏省委领导下，震撼大江南北的宜兴农民暴动打响江南农民暴动第一枪，史砚芬担任了这次暴动的副总指挥。宜兴农民暴动失败后，史砚芬被任命为共青团南京市委书记。他深入南京及周边各地，宣传党的八七会议精神，发动民众组织。1928 年 5 月 5 日，史砚芬在南京参加共青团中央大学支部会议时，不幸被捕……

雨下得不大，飘飘洒洒，细细柔柔，如娇嫩的手掌拂过脸颊。

一名负重铁镣的男子稳稳地走过来。他身着青绿色直贡呢夹长衫，乳白色单裤，脚穿白帆布胶底鞋，头发整整齐齐，目光坚定刚毅。

哗啦，哗啦，哗啦……铁镣声应和着他的脚步，缓慢，艰难，却步履铿锵。这是最后的时刻了。他下意识地摸了摸内衣口袋，心里还是有些割舍不下。

亲爱的弟弟妹妹，我就要与你们永诀了！

妹妹啊，你年长些，从此以后你要撑起这个家了。我不应当把这么重的担子放在你身上，但我不能不对你们忍心些。我相信你们在痛哭之余，必能体谅我的苦衷，也一定能原谅我。

弟弟啊，你年小些，今后，待姐姐要像对待爹娘和我一样，遇事和她商量，多听她的意见。家里十余亩地，作为你俩生活及教育的费用。我死后，不要治丧，这是不必要的浪费。以后，如果你能继承我的志愿，光耀我们的门庭，我在九泉之下也就安心了……

这一天，是 1928 年 9 月 27 日。

他走了，走得那么不舍，那么淡然，那么英勇，那么壮烈。

之后，家人冒着危险赶来为他捡尸，在内衣口袋中，发现了他写给弟弟妹妹的信。

妹妹没有辜负哥哥的希望。从那以后，妹妹以哥哥为荣，担负起一家人的生活重担……

在宜兴市官林镇义庄村，有一座史氏祠堂。三进古建筑最后面，一棵雪松高大挺拔，雪松一侧，展板上印刻着他生命最后的诀别书和生平事迹。每年，都有很多人慕名前来瞻仰。

是的，因为一个人，让一个村庄有了精神，有了灵魂，有了方向。

他，就是革命烈士史砚芬。

牺牲那一年，他才 25 岁。

走在义庄村的街巷，“崇尚英雄，缅怀先烈”“不忘初心、牢记使命”等标语比比皆是。提及他的故事，义庄人个个都能说上几句。

新时代的义庄村，成了名副其实的爱国主义教育基地。

自然，义庄人也责无旁贷地继承和延续了这种精神。孝老爱亲，英勇无畏，勤勉敬业，舍己为人……

一

史砚芬出生于一个苦难的家庭。

史家在村上没地位，时常受到大家族势力欺凌，史砚芬从小饱尝心酸。好在，史砚芬的母亲性情坚韧，对孩子们的家教亦是严格。当时，宜兴城乡深受烟、赌、酒“三害”荼毒，母亲教导他们，要自尊自爱，自立自强，不准涉足那些地方，更不准与不务正业之人交往……

随着史砚芬一天天长大，母亲又喜又愁。喜的是，儿子聪明懂事，看到了重振家族的希望；愁的是，困顿的家境，老的老，小的小，弱的弱，恐无法让他接受好的教育。为了让史砚芬受到良好教育，母亲把他送到了娘家。

史砚芬的外祖父余鼎铭是清朝的贡生，后选为训导，主要负责当地教育事务。父亲心疼女儿，作为外祖父更是对虎头虎脑的外孙，关爱尤佳。

为了培养史砚芬，外祖父把他送到了张渚镇。这里是一个极具人文内涵的历史名镇，私塾起源于明朝，至清末遍及全镇各个乡村，是青少年读书识字的重要场所。

到张渚镇后，史砚芬先是在外祖父主持的私塾学习，后进入国山高等小学，接受新式国民教育，学习国文、算术、作文、体操、图画、手工等。与此同时，外祖父还要求他每日练习毛笔字，从大楷到小楷，从描摹到临帖，要求严格，从不间断……

1916 年，12 岁的史砚芬小学毕业回到义庄。

这一年，也是史砚芬家最为苦痛的一年：3 月，祖父去世；8 月，母亲积劳成疾，丢下三个孩子撒手人寰。本就贫困的家庭，一下子少了两个劳力，史砚芬感觉到天塌一般。弟妹年纪尚小，祖母年迈，身为长子，他不得不挑起顶门立户的担子。

那段时间，史砚芬一边学着管理家里的几亩薄田，一边寻思着继续入学堂深造——他不甘心日子就这么清清贫贫地过下去。不能进入更高学堂，史砚芬就到离家一里地的私塾跟着当地名士史仲道学习古典文学。

正当他沉醉于历史书籍的时候，五四运动爆发，浪潮很快影响到无锡、苏州、常州等地，宜兴小城也行动起来。

爱国学生罢课的消息充斥着他的耳朵，史砚芬被外面火热的斗争形势感染着。7 月，暑假期间，在北京、天津、上海、南京、无锡、常州等地受五四运动洗礼的大中学校学生 200 余人，纷纷回到家乡宜兴。在激进青年学生的组织下，宜兴旅外学生会成立。

义庄村虽偏居宜兴西北，但学生会宣传深入城乡，加之本村在外求学的青年学生回到家乡，也积极开展宣传活动，这个暑假，史砚芬知道了五四运动，也知道了在上海、无锡、常州的青年学生是如何声援北京学生的。民主、科学、新生活、新文明，这些新鲜的名词他第一次接触到，青年学生带回的刊载着新思想、新文化的书报杂志等，也深深吸引着他。这些新的事物像浪潮一样不断冲击着他，他比以前更关心民族国家命运。与此同时，他感到外面世界之大，小小的官林私塾和义庄村已经关不住他想要飞出去的心了。

1919 年 9 月，史砚芬以优秀的成绩考入省立五中。

省立五中开办于 1907 年，是由府属武进、无锡、宜兴等八县集资，加上其他资金来源创办起来的，校址设在常州东门内玉梅桥护国寺旧址，初名为“常州府中学堂”。

学堂监督屠元博是位有着强烈爱国主义精神的知识分子，留日期间，就加入了孙中山先生领导的同盟会。在他主持校务工作期间，一些教师受其影响，积极参与革命活动。

此时的宜兴，进步青年传播新思想热情高涨，进步社团蜂拥而起。通过不断接受新思想、新文化的洗礼，史砚芬也深深感受到了家乡的新变化。从小经历家道衰落、祖辈受歧视和父辈的无奈，史砚芬备尝人间的辛酸和社会的黑暗不公。

1923 年夏，史砚芬从省立五中毕业。

作为省内名列前茅的学校，毕业生半数以上继续升学，不能升学的大多就任教职。自 1922 年北洋政府颁布“壬戌学制”后，中学校如雨后春笋般遍布全国。随之而来的，是学生的出路问题。国民政府始终将中学教育定位为升入大学的预备教育，当时的条令规定

“中学四年毕业，毕业后得入大学或专门学校，或高等师范学校”。而实际上，中学生升入大学的比例非常低。原因在于，高额的费用让大多数中学生望尘莫及，上大学成为中产或中产以上家庭子弟才能享有的特权。

史砚芬的家境能支撑他中学毕业已然吃力，要想进一步深造几无可能。

升学无望，只有选择就业。但20世纪20年代，经济凋敝、社会动荡，工商业不发达，无法为毕业生提供足够的就业岗位。大批中学毕业生求学无门，就业无路。于是，有志于普及乡村教育的史砚芬回到了家乡义庄。

然而，回到家乡的史砚芬未能如愿以偿。

当时，乡村依旧由士绅把持。科举废除，毕业生不被乡村社会认可，乡村对知识分子的容纳机制被打破。史砚芬这时才明白，要打破一些旧秩序，引入新事物，并非易事，特别是靠一个人的力量去改变几千年积淀下来的陈规陋习，更是难上加难。

理想抱负不能如愿，一时间，史砚芬陷入了困顿。

真正让史砚芬改变命运的，是一件“家事”。

为改善生活，史砚芬和弟弟在宅边地上种了些蔬菜。孰料，此举引起了叔母的不满，不由分说把菜苗拔了个干净。史砚芬和叔母起了争执，叔父偏袒叔母，不问事由，拿起棍子就打他。

面对叔父的蛮横无理，史砚芬出于尊敬长辈，便告诉叔父，你是叔父，给你打三下，超过三下，我就要还手了。当叔父打完三下，史砚芬一把夺过木棍，说道，你整天赌博，不足以教训我。叔父责骂他目无长辈。史砚芬据理力争，我有祖母在，你当着祖母的面打她孙子，你才目无长辈……

这件事深深触动了史砚芬。

仅仅因为家里穷，老弱妇孺多，就要受到欺负吗？对于恃强凌弱的旧势力，必须努力抗争。但抗争的前提是，自己要强大起来。于是，为了谋生，也为了拓宽自己的视野，学到更多本领，他选择了离开家乡。

二

离开家乡，史砚芬决定去往南昌。

当时，史砚芬的二舅余干臣任南昌高等审判厅厅长，1926 年 7 月至 1927 年 8 月期间，短暂负责管理省公立宜兴中学校务工作，是个正直的知识分子。

到南昌后，舅舅给他临时安排了个法院文书的职位，收入也很微薄。每个月，除去必要的生活开支和寄回老家的钱，所剩无几。

这很少一部分的钱，他都用在买书买报上了。

繁忙枯燥的工作之余，他的业余生活就是看书和报纸。也就在那时，《中国青年》《江西青年》等一些进步书刊开始进入他的视野。与此同时，江西革命形势蓬勃发展，史砚芬深受感染，开始逐渐认识和接受马克思主义学说，渴望亲自参与到斗争中去的火苗，在他心里燃烧起来……

1926 年 7 月，祖母病故，史砚芬回家奔丧。三年前，父亲先于祖母去世。长辈相继离世，作为长兄，他要真正挑起这个家庭的重担了。

史砚芬不得不留在宜兴。

此时的宜兴，不再是封建统治下的“铁板”一块，革命的暗流在地下悄然涌动。同时，轰轰烈烈的大革命如火如荼地进行，国民革命军势如破竹，所向披靡。史砚芬被热火朝天的革命运动所感染，并有机会听到江西、湖南等地群众运动的情况，看了许多进步刊物，思想觉悟不断提高，他积极开展群众运动，并任宜兴县国民党党部宣传部长。

1927 年春，北伐军抵达宜兴，在与北伐军的交往中，史砚芬开始接触马列主义，逐步树立起共产主义信念。史砚芬做事认真负责、果断干练、谦虚谨慎，具有高度的革命热情。他的才干和作风得到驻赖世璜部政治代表季韦佩赏识，认为他是革命的好苗子。他们多日长谈，赖世璜给了史砚芬大量马列书籍。在其影响下，史砚芬加入共产主义青年团。

北伐军进军宜兴后，推翻了军阀政府，继而把斗争的目标瞄准土豪劣绅。当时，宜兴已经成立了农民协会，并迅速得到壮大和发展，一时间，土豪劣绅的气焰得到有效遏制。

1927 年 4 月 12 日，蒋介石突然在上海发动反革命政变。之后，四川、广东、江苏、浙江等省也发生了以“清党”为名、对共产党人和革命人士进行大屠杀的事件。

4 月 14 日，反革命政变波及宜兴相邻的无锡、常州等地。无锡总工会委员长秦起被杀害，工人纠察队中 70 多人被捕，10 多人牺牲。反动当局逮捕了常州独立支部干事、武进县总工会委员长王寿生等 4 人。15 日，中共常州独支书记徐水亭带领 10 多名党员转移到宜兴，正在宜兴活动的万益和史砚芬接待了他们，并陪同去横山、芙蓉寺一带继续从事农民运动。

尽管宜兴党团没有受到四一二反革命政变的破坏，宜兴的局势仍然渐趋紧张，中共党员已不能公开活动。

在这样的形势下，史砚芬更加看清了反动派的嘴脸，决心投入到更艰难的革命斗争中去。

1927 年 5 月，共青团江苏省委成立后要求各地执行“发展同志、成立县委、建立支部”的工作方针，在团省委指示下，宜兴共青团工作又活跃起来。7 月，经团省委批准，共青团宜兴县委成立，史砚芬担任团县委书记，化名余晨华、严文。

团县委成立后，史砚芬把工作重点放在农村，以发展农民团员和农村团组织为主。他出生在农村，了解农民疾苦，对贫雇农有着一种特殊的感情。他与朴实的农民促膝谈心，循循善诱地向他们讲述革命道理，号召他们组织起来进行斗争。在史砚芬的启发动员下，各地农民协会纷纷成立，农协会员达 8000 余人。

9 月 16 日，共青团江苏省委召集上海各区负责人及省委全体委员联席会议，重选省委委员，史砚芬当选为团省委候补委员。

三

1927 年 8 月 7 日，中共中央八七会议召开。会议确立了实行土地革命和武装起义的方针。为贯彻八七会议精神，不少地方的党组织发动了武装起义。

1927 年 11 月 1 日，在中共江苏省委领导下，宜兴农民暴动爆发，打响了江南农民暴动的第一枪。史砚芬任暴动副总指挥。

宜兴农民暴动发生后，无锡、常州等地如临大敌。南京国民政府军事委员会发急电指令无锡公安局到宜兴镇压。

史砚芬他们精心谋划的这次暴动，还是失败了。

11 月 9 日，江苏省委做出一个组织全省暴动的《紧急决议案》，核心内容是，今后所有党的工作都应以准备或发展暴动为重心。11 月中旬，江苏省委鉴于史砚芬之前在领导共青团工作中能力突出，并在宜兴农民暴动中得到过锻炼，遂决定派史砚芬去共青团江苏省委工作，任共青团南京市委书记。

12 月 14 日，中共江苏省委、团江苏省委发出告全省工、农、兵士、贫民书，提出无锡、宜兴、江阴等地的农民相继暴动，开展土地革命的要求，号召全省党组织和团组织重整旗鼓，准备继续做英勇的斗争。

次年 3 月，团省委调史砚芬任团省委巡视员。

1928 年 4 月，南京国民政府开始第二次“北伐”。5 月 1 日，北伐军占领济南。日本担心中国统一后变得强大，因此竭力阻挠北伐。5 月 3 日，日本派兵侵入中国政府所设的山东交涉署，将交涉署职员全部杀害。此案中，中国官民被焚杀死亡者达 1.7 万余人，受伤者 2000 余人，被俘者 5000 余人。

为了声讨日军在济南惨案中犯下的罪行以及蒋介石不抵抗的行为，正在南京检查工作的史砚芬，与南京团市委书记贺瑞麟一起，迅速召开各团支部负责人会议，动员广大团员和青年学生积极行动起来，开展“红五月斗争”活动。

5 月 5 日上午，史砚芬参加中央大学团支部在鸡鸣寺城墙上召开的“红五月斗争”会议。散会时，被军官学校反动学生龙俊发现并跟踪。

当晚，中央大学、安徽公学团支部的青年团员在台城召开会议。他们的活动，再一次引起了龙俊的注意。他立即通知南京市特别公安局。史砚芬他们正畅谈着，突然，前面的树丛里传来声响，惊动了正在开会的青年们。

不好！史砚芬立刻警觉起来，让大家赶快分头转移。

史砚芬和中央大学的两名学生从玄武湖进入中大侧门，发现被敌人盯上了。他们便有意贴墙站立了一下，更证实了被跟踪，于是，分散开来各走各的。当走出校门时，突然听得一声高叫“抓共党——”一群身穿灰色警服的警察冲到面前，把他们团团围住……

四

史砚芬被捕了。

几日里，敌人对史砚芬严刑拷打，各种酷刑蹂躏着他的身体。敌人唯一掌握的线索，就是史砚芬参加过宜兴农民暴动。于是，他们便把审讯的目标转向这个事件，以期从这里找到突破口。

但，史砚芬始终没有透露半个字。

敌人束手无策了。之后几日，敌人突然改变策略，不再对史砚芬进行刑讯。看似平静的日子，其实却暗涌着激荡的潮水。

史砚芬知道，敌人可能要对他下毒手了。

那段时间，史砚芬开始盘算着自己的后事。他不能再为革命事业贡献力量了。未竟的革命事业啊，还有苦难中的弟弟和妹妹。想到这些，史砚芬写下了生命中最后要说的话：

亲爱的弟弟妹妹：

我今与你们永诀了！

我的死，是为着社会、国家和人类，是光荣的，是必要的。我死后，有我千万同志，他们能踏着我的血迹奋斗前进，我们的革命事业必底于成，故我虽死犹存。我的肉体被反动派毁去了，但我的自由的革命的灵魂是永远不会被任何反动派所毁伤。我的不昧的灵魂必时常随着你们，照护你们和我的未死的同志，请你们不要因丧兄而悲吧！

妹妹：你年长些，从此以后你是家长了，身兼父母兄长的重大责任。我本不应当把这重大的担子放在你身上，抛弃你们，但为着了大我不能不对你们忍心些。我相信你们在痛哭之余，必能谅察我的苦衷而原谅我。

弟弟：你年小些，你待姐应如待父母兄长一样，遇事要和她商量，听她指导。家里十余亩田，作为你俩生活及教育费用。我死以后，不要治丧，因为这是浪费的，以后你能继我志愿，乃我门第之光，我必含笑九泉，看你成功。不能继我志愿，则万不能与国民党的腐败分子同流。

现在我的心很镇静，但不愿多谈多写。虽有千言万语要嘱咐你们，但始终无法写出。

好！弟妹！今生就这样与你们作结了！

你们的大哥砚芬嘱

一天，史砚芬正在牢房里想着什么。弟弟妹妹们的日子不知道过得怎么样，没有大哥在身边，一定也是十分艰难。其他被捕的同志也不知道怎么样了。如果能逃出去最好不过，还有那么多事情要做，市委的很多工作还没有安排好……

突然，有人喊了一句："你还有什么要说的吗？"

还有什么要说？史砚芬知道最后的时刻就要到了。

1928 年 9 月 27 日，正值传统中秋佳节，也是万家团圆的日子。这天凌晨，国民党反动当局见无法从史砚芬口中得到任何有价值的信息，也无法使他改变立场，决定以"中共南京市党部委员策动暴动案"的罪名，将他与其他三名被捕同志一并判处死刑。

黎明之时，几个狱警冲进来，把史砚芬押了出去。透过栅栏，狱友们纷纷向这里张望着。史砚芬不紧不慢地走着，昂首挺胸，目光如炬。他环视着他们，同志们，再见了！坚持斗争吧，胜利最终会属于我们！

东方闪现鱼肚白的时候，史砚芬四人被押到了雨花台。几人相视而笑，不约而同唱起了浑厚雄壮的《国际歌》。歌声中，敌人的子弹向着他们射来……

本节引用资料：

①陈惠萍、聂红琴，《史砚芬传》，江苏人民出版社，2019 年 12 月版。

②《雨花英烈史砚芬：坚贞不屈，虽死犹存》，《人民日报》，2018 年 5 月 26 日。

③《史砚芬：坚贞不屈，精神永存》，《光明日报》，2018 年 5 月 26 日。

④郝铭鉴、胡惠强主编，《革命烈士遗文大典》，上海文化出版社，2001 年 6 月版。

信仰为证——陈觉、赵云霄

随着革命形势的不断胜利，国民党反动派感受到了前所未有的巨大威胁。1928 年 2 月，国民党颁布《制止共产党阴谋案》，规定“凡经审查确为共党之理论方法机关运动者，均应积极铲除，或预为防范。”特委机关遭到破坏，陈觉奉命坚守于常德县城，以经营药铺为掩护，继续参与特委工作。但陈觉的行踪很快被敌人掌握……省委机关屡遭破坏，省委领导成员已无法立足，只好将机关迁至上海。省委机要员赵云霄因行动不便，被安排下来负责传递情报和文件。一天，赵云霄奉命外出送通知。返回路上，被敌人发现，并尾随而来……

囚车的铁门打开，一个青年男子被推搡着下了车。

哗啦，哗啦，他戴着手铐和脚镣，举步维艰。是的，不过短短两个多月时间，他已然被折磨得脱了相。衣衫破烂，蓬头垢面，满身伤痕，血迹斑斑……

自从在常德被捕后，敌人穷尽其策也没能撬开他的嘴巴，无奈只得把他押解到长沙陆军监狱署，以待上峰发落。

又有革命同志被捕的消息很快在狱中传开。

听到名字的那一刻，她的心被狠狠地刺了一下。怎么能不疼呢，他是她的丈夫，她是他的妻子，谁能想到呢，夫妻二人分别不过月余，竟然被关在了同一个地方。

一道走廊，隔开了男女两个监区。是啊，对于他们夫妻而言，近在咫尺，却好似隔着千沟万壑。

不能相见的煎熬，是多么痛苦啊！但，更大的痛苦是，她几乎每天都能听到丈夫受刑的消息。于是，她每天站在铁栏杆前，张望着，期盼着，祈祷着……

她终于盼来了，她终于看到了。一个人被押了进来，伤痕累累，她还是一眼就认了出来。是的，他不正是自己的丈夫吗？她双手紧紧抓住铁栏杆，心如刀割。

她歇斯底里地喊着丈夫的名字，声音响彻整个牢狱。

奄奄一息的丈夫还是听到了熟悉的呼喊声。他极力地抬起头，他看到了，是的，他看到了。

忍着伤痛，用力推开架着他的狱警，他趔趄着奔向她。穿越铁栏杆，妻子的手向他挥舞着。他摔倒了，摔倒了又能怎样，他撑着遍体鳞伤的身子，向着妻子爬了过去。三米，两米，一米……

终于，他拉住了妻子的手，妻子也紧紧握住了他的手。他们的手牢牢握在一起，任凭狱警撕扯，踢打，也无法分开。

狱警的行为激起了公愤，监狱里，抗议声此起彼伏连成一片，如惊涛拍岸，似狂风暴雨……

这，亦成为他们夫妻二人的最后一次见面。

一

1907 年，陈炳祥出生于湖南醴陵一个地主家庭。

他家境富裕，衣食无忧，父亲更是希望儿子能出人头地，光宗耀祖。少年的陈炳祥勤奋好学。正在他苦读私塾的时候，五四运动的浪潮席卷而来。尽管年纪尚小，但看到那么多的学生涌上街头，依然触动了他的心灵……

1922 年，15 岁的陈炳祥以优异成绩考入醴陵县立中学。

醴陵县立中学是湖南省内一所颇有名气的学校，其前身是始建于宋代的渌江书院，有着“名教乐地”的雅称。

彼时的醴陵县立中学，校风开化，以新学命题，授课老师多从美国、日本等地留学归来，教学内容新颖活泼，方法多样。

陈炳祥被编入第九班，同班同学有蔡申熙、左权、陈恭、宋时轮、王亚文、肖石朋等。学习期间，他们在进步教师孙小山影响下，开始接触《向导》《新青年》《解放》等进步期刊，新思想，新文化的种子，在他们的心中生根，发芽。

这年 9 月，安源路矿举行了工人大罢工。其间，毛泽东在醴陵师范讲习所做了题为“阶级和阶级斗争”的长篇演讲，用马克思主义理论和俄国十月革命的实践，号召大家学习马克思主义，团结起来，参与革命斗争……

醴陵浓厚而热烈的革命氛围让陈炳祥激动不已，他的精神世界好似打开了一扇亮窗。为了追求光明的理想，陈炳祥将自己的名字改为陈觉。觉，是觉醒的觉。

1925 年春，陈觉加入中国共产党，这，也成为他走上革命道路的开始。

二

赵云霄，原名赵凤培，1906 年出生于河北省保定市阜平县一个没落的知识分子家庭。

其父赵吾川为清末秀才，先后于平山、易县、磁县等地担任职员。其母孟氏是一名传统的家庭妇女，共生育子女 7 人。

彼时的保定，新旧势力频繁交锋，加之地方军阀强敛钱财，广征徭役，致使民不聊生。赵云霄的家庭于这般背景下家道中落，人多地少，生活艰难。从记事起，赵云霄就目睹了父母的辛劳，小小年纪就时常帮着母亲操持家务。

11 岁那年，县城开办了一所新式小学，渴望读书的想法开始在赵云霄心里萌发。她把想法悄悄告诉了母亲。母亲心疼女儿，然而考虑到自己体弱多病，考虑到家里生活的艰难，并没有应允。

少年赵云霄渴求知识的梦想，第一次破灭了。

晚清以来，保定成为中国新式教育的兴起之地，清政府先后设立了直隶高等学堂、直隶农务学堂、直隶法政学堂等 6 所高校。此外，还有大中小学、幼儿园及各类师范、女子、工商学堂等，至 1910 年，各类学堂学生总数达 8000 人之多。

尚学之风盛行，搅动着赵云霄渴求知识的心扉。

为了实现自己的求学梦想，赵云霄对父母表态，只要同意自己上学，不仅会努力学习，还会承担家中更多家务。最终，赵云霄的执着和诚心打动了母亲。她瞒着丈夫，偷偷典当了陪嫁的首饰……

1923 年，赵云霄高小毕业，并以优异成绩考入直隶第二女子师范学校。

当时，学校正在中国共产党领导下举行“罢课驱燕”运动，反对校长燕士奇的倒行逆施。运动胜利之后的校园，打碎了封建枷锁束缚，一改昔日死气沉沉的面貌，师生们从未感觉到如此轻松。

这样的学校氛围，给了赵云霄极大的触动。她踊跃加入救国救民的队伍之中，立志改变国家民族的落后面貌。

然而，正当她全身心投入学习新思想、新文化之中的时候，家里却出现了变故。

那一年，赵云霄的父亲因得罪了上司，被打击报复，去职回家。家中一时没了经济来源，陷入前所未有的困境。

进退两难之际，同学中关系较好的李沛泽向赵云霄伸出了援手。李沛泽是学校“罢课驱燕”的骨干，对革命斗争和理想信仰有着深刻的理解。赵云霄感激李沛泽之余，也受到其言行的影响，并萌发了加入党团组织的想法。

1924 年冬，赵云霄加入了社会主义青年团。

说起来，赵云霄真正成为一名共产党员，与表哥王斐然密不可分。

当时，王斐然已经是共产党员，私下里，二人多有书信来往。书信中，王斐然给赵云霄讲社会形势，讲理想抱负，讲信仰思想，赵云霄的名字就是王斐然所起，意为“冲破束缚，飞上云霄”。王斐然在信中多次提到——我希望你早日加入中国共产党。

1925 年，赵云霄终于成为一名共产党员。

她的革命之路，由此开始了。

三

1925 年冬，赵云霄、陈觉作为第一批先进的中国青年前往莫斯科中山大学学习。

起初，他们在一起共同学习，共同探讨，相互勉励，相互帮助。都是 20 岁左右的花样年华，天长日久，彼此间就有了爱慕之情。

尽管一个生于江南水乡，一个长于燕赵大地，但他们有共同的理想追求，共同的信仰和目标，这些，已然成为他们相识、相知，直至相爱不可分割的重要因素。

确定恋爱关系后，两人在学习上、生活上更是相濡以沫。赵云霄比陈觉年长数月，便对陈觉照顾有加。有次，陈觉好几日高烧不退，整日里胡言乱语，并灰心地以为自己“病入膏肓，自度必为一过之鬼”。那段时间，赵云霄守在床榻边，日夜不离，在其悉心照料下，陈觉终于康复了。

后来，在与陈觉同来苏联的醴陵老乡王希闵撮合下，经党组织批准，两人正式结婚。在简朴的婚礼上，他们宣誓以革命事业为共同的奋斗目标，相约为革命奉献一生。

是的，身在异国他乡，他们想着的却是国家的苦难。他们的爱情，共同的信仰，就是他们最好的见证！

四

陈觉和赵云霄等人要回国了。

1927 年 3 月，北伐军进入上海。帝国列强感觉到了在华利益受到威胁，一面拉拢蒋介石，一面进行武装干涉。蒋介石在帝国列强软硬兼施的情况下，公然叛变革命，开始大肆杀害革命人士……

革命形势转入低潮，中国工农群众在中国共产党领导下，进入土地革命和武装反抗国民党反动派的历史阶段。

1927 年 9 月，由于国内革命斗争的需要，陈觉、赵云霄同王希闵被派遣回国。

当时，党的重要任务是在工农运动基础较好的湘、鄂、粤、赣四省发动起义，实施土地革命。回国后，党组织考虑到陈觉是湖南人，熟悉当地情况，便决定将陈觉和赵云霄分配至湖南工作。

1927 年 11 月初，陈觉偕同赵云霄回到家乡醴陵，住在县城阳三石铁路工人宿舍。当时，湘东这块土地刚刚爆发了秋收起义，工农武装的主力部队随毛泽东上了井冈山，国民党势力卷土重来，实行残酷的“清剿”。醴陵的地下党发动农民向敌人夺取武器，集中了 30 多条枪，在西一区成立了醴陵游击营，由周云甫任营长。陈觉、赵云霄与湘东特委书记滕代远、省委军事特派员陈恭来到醴陵后，立即与县委一道领导武装建设，开展革命斗争。这年冬，南乡、东乡、西乡也相继成立了游击队，并在南乡的丁斗塘、东富、龙塘等地办了小型兵工厂，打造梭镖、大刀、鸟铳、土炮等武器武装农民。

时间进入到1928年，湖南醴陵等地革命形势的不断好转，让国民党反动派感受到了巨大威胁。

2月，国民党颁布《制止共产党阴谋案》，规定“凡经审查确为共党之理论方法机关运动者，均应积极铲除，或预为防范”。湖南当局卖力执行，3月，相继颁布了《暂行反革命治罪法》和《共党自首条例》，并成立“铲共法院”。

革命工作，陷入白色恐怖的笼罩之下。

1928年6月，湖南省委工作人员李涤生叛变，省委常委易庆和在长沙被捕，旋即叛变。易庆和叛变后，供出了省委在安源的组织机构情况，8月15日，敌人出兵一个团进行清剿。

无奈之下，省委机关不得不迁至长沙。

就在此时，陈觉被派往常德，参与组织湘西特委。赵云霄因有身孕，且是北方口音，容易引起怀疑，便留在了长沙机关，负责与各地的联络工作。

谁能想到呢，夫妻俩分别之后的再次相遇，竟是在长沙的监狱之中。

五

中共湘西特委很快在常德建立起来，短短月余，湘西各县党的组织就得到较快恢复，党员总数达到 2100 多人。

然而，7 月中旬，特委机关再次遭到破坏。舒玉林、蔡以忱等特委主要领导先后被捕牺牲，幸存的特委领导干部刘泽远、王千祥等秘密转移至农村。陈觉奉命坚守常德县城，以经营药铺为掩护，继续参与特委工作。

但，陈觉的行踪很快被敌人掌握……

敌人包围了药铺，陈觉被捕了。

…………

湖南省委迁至长沙后，1928 年 9 月 3 日，省委设立在杨家山的交通总处被敌人破获，交通总处主任陈海清等被捕。5 日，省委设在长沙的一处秘密机关又被敌人破获，省委巡视员李运钧和长沙县委委员袁汉臣被捕叛变，供出了省委设于其他地方的多处联络点。

省委机关屡遭破坏，省委领导成员已无法立足，只好将机关迁至上海。省委秘书王首道、省委委员刘革非等少数领导成员，分散于湘鄂赣边和湘西，继续坚持斗争。省委机要员赵云霄因行动不便，被安排负责传递情报和文件。

9 月中旬的一天，赵云霄奉命外出送通知。返回路上，被敌人发现并尾随来。

赵云霄被捕了。

六

终于到了最后的日子。

“湖南惩共特别法院”以“策划暴动，图谋不轨”判处陈觉、赵云霄夫妇死刑。距离行刑的日子越来越近，10 月 10 日，陈觉给妻子赵云霄写下了诀别书：

云霄我的爱妻：

这是我给你的最后的信了，我即日便要处死了，你已有身（孕），不可因我死而过于悲伤。他日无论生男或生女，我的父母会来抚养他的。我的作品以及我的衣物，你可以选择一些给他留作纪念。

你也迟早不免于死，我已请求父亲把我俩合葬。以前我们都不相信有鬼，现在则唯愿有鬼。“在天愿为比翼鸟，在地愿为并蒂莲，夫妻恩爱永，世世缔良缘。”回忆我俩在苏联求学时，互相切磋，互相勉励，课余时间闲谈琐事，共话桑麻，假期中或滑冰或避暑，或旅行或游历，形影相随。及去年返国后，你路过家门而不入，与我一路南下，共同工作。你在事业上、学业上所给我的帮助，是比任何教师任何同志都要大的，尤其是前年我本已病入膏肓，自度必为异国之鬼，而幸得你的殷勤看护，日夜不离，始得转危为安。那时若死，可说是轻于鸿毛，如今之死，则重于泰山了。

前日父亲来看我时还在设法营救我们，其诚是可感的，但我们宁愿玉碎却不愿瓦全。父母为我费了多少苦心才使我们成人，尤其是我那慈爱的母亲，我当年是瞒了他（她）出国的。我的妹妹时常写信告诉我，母亲天天为了惦念她的在异国的爱儿而流泪，我现在也懊悔此次在家乡工作时竟不去见他（她）老人家一面，到如今已是死生永别了。前日父亲来时我还活着，而他日来时只能看到他的爱儿的尸体了。我想起了我死后父母的悲伤，我也不觉流泪了。云！谁无父母，谁无儿女，谁无情人！我们正是为了救助全中国人民的父母和妻儿，所以牺牲了自己的一切。我们虽然是死了，但我们的遗志自有未死的同志来完成。“大丈夫不成功便成仁”，死又何憾！此祝

健康

并问

王同志好！

觉 手书

一九二八年十月十日

1928 年 10 月 14 日，陈觉、王希闵等人被押赴刑场，这一年，他 21 岁。

遗憾的是，陈觉牺牲时，距离见到自己的孩子，仅有四个月。

七

得知丈夫牺牲的消息，赵云霄悲痛欲绝，多次昏倒。但，为了孩子，她必须忍住悲痛。

是的，判决书下发后，狱中的同志们考虑到赵云霄怀有身孕，便向“湖南惩共特别法院”提出上诉，要求待其生下孩子后再行刑。迫于压力，国民党反动派当局只得对赵云霄延期执行死刑。

1929 年 2 月 11 日，赵云霄在狱中产下一名女婴。赵云霄经过和狱友们商议，给孩子取名“启明”。

启明，在黑暗中期盼破晓和光明。她自知已然等不到革命胜利的那天，只能把希望寄托到孩子身上。

母女永别的日子终究还是来了。

此时，小启明依偎在母亲怀中不过月余。

3月24日，赵云霄再次得到即将执行死刑的判决书。她抱着可怜的孩子，亲了又亲，一滴滴带着浓浓母爱的泪滴落在女儿脸上，那是一位母亲带给孩子最后的温暖。

当天晚上，赵云霄借着昏暗的灯光，带着万分悲痛，给孩子写下了作为母亲最后要说的话：

启明我的小宝贝：

启明是我们在牢中生了你的时候为你起的名字，这个名字是很有意义的。因为有了你才四个月的时候，你的母亲便被湖南清乡督办署捕于陆军监狱署来了。当时你的母亲本来立时死的罪，可是因为有了你的关系，被督办署检查了四五次，方检查出来是有了你！所以为你起了个名字叫启明（与你同样同生一个叫启蒙）。小宝宝：你是民国十八年正月初二日生的，但你的母亲在你才有一月有十几天的时候便与你永别了。小宝宝你是个不幸者，生来不知生父是什么样，更不知生母是如何人！小宝宝你的母亲不能扶（抚）养你了，不能不把你交与你的祖父母来养你，你不必恨我！而恨当时的环境！

小宝宝，我很明白的（地）告诉你，你的父母是个共产党员，且到俄国读过书。（所以才处我们的死刑。）你的父亲是死于民国十七年阳历10月14日，即古历9月初4日。你的母亲是死于民国十八年阳历3月26日，即古历2月16日。小宝贝，你的父母你是再不能看到，而（且）也没有像（相）片给你，你的母亲所给你的记（纪）念只有像（相）片和衣物，及一金戒指，你可作一生的唯一的记（纪）念品！

小宝宝我不能扶（抚）育你长大，希望你长大时好好的（地）读书，且要知道你的父母是怎样死的。我的启明，我的宝宝，当我死的时候你还在牢中。你是个不幸者，你是个世界上的不幸（者）！更是无父母的可怜者。小明明，有你父亲在牢中给我的信及作品，你要好好的（地）保存！小宝宝，你的母亲不能多说了。血泪而成。你的外祖母家在北方，河北省阜平县。你的母亲姓赵。你可记着，你的母亲是二十三岁上死的。小宝宝望你好好长大成人，且好好读书，才不负你父母的期望。可怜的小宝贝，我的小宝宝！

你的母亲于长沙陆军监狱署

泪涕 3 月 24 日

1929 年 3 月 26 日，在给襁褓中的女儿喂过最后一口奶后，赵云霄在长沙从容赴死，年仅 23 岁。

八

陈觉牺牲后，他的父亲陈景环推着独轮车，将儿子的尸体和棺木运回醴陵。为了不引起敌人注意，陈景环买了许多麻布裹在棺木上，从长沙到醴陵，240 多里的山路，老人就这么拉着自己停止了呼吸的儿子，回家了……

陈景环得知儿媳牺牲的消息，已是赵云霄牺牲 20 多天之后。他没能找到赵云霄的遗体。陈景环将狱中的孙女接回了家中。令人痛心的是，可怜的小启明没能像母亲期盼的那样“长大成人”。由于在牢狱中经受了暗无天日的折磨，小启明体弱多病，4 岁那年，便夭折了。

中国人民革命军事博物馆，并排展列着陈觉和赵云霄夫妇留下的两封遗书。站在遗书前，我们的心里莫名的沉重。

是的，生命的最后时刻，遗书中有夫妻间的挚爱，有母亲对于孩子的慈爱，更有着共产党人面对死亡的从容和对革命必胜的信心。

在革命斗争的路上，有多少如他们一样的人啊，他们把家庭、情感深埋于内心，用无畏和坚强去捍卫信仰，即使生命的最后时刻，他们依旧初心不改……

本节引用资料：

①张树军、王相坤、徐嘉，《陈觉和赵云霄》，学习出版社，2019 年 5 月版。

②龙军、唐湘岳，《陈觉和赵云霄：革命伉俪遗书感天地》，《光明日报》，2018 年 6 月 3 日。

③《革命伉俪陈觉、赵云霄：血书流芳励后人》，《湖南日报》，2019 年 2 月 18 日。

④李自强，《初心源自信仰　使命呼唤担当》，《中国纪检监察报》，2019 年 6 月 11 日。

⑤《为了民族复兴·英雄烈士谱》，《陈觉和赵云霄：革命伉俪血泪遗书感天地》，《人民日报》，2018 年 6 月 3 日。

誓为压迫者死——刘愿庵

刘愿庵任中共四川省委书记时间不长，省委便移驻重庆，开始了艰苦危险的地下工作。1930年5月5日，刘愿庵决定在秘密据点召开省委常委会议。他没想到的是，此时已经被叛徒出卖。

一

刘愿庵走上革命道路时，恰逢军阀混战。

刘愿庵，原名孝友，字坚予，1895 年生于陕西省咸阳市天阁村。13 岁随父亲来到江西，就读于南昌大同中学堂。1911 年，辛亥革命爆发后，刘愿庵弃学奔赴南京，参加学生军，后一度在川军任职。

1923 年，刘愿庵在成都参加了恽代英组织的“学行励进会”，开始接受共产主义思想。1925 年，上海五卅惨案消息传到川南，刘愿庵被推举为叙州五卅惨案外交后援会负责人之一，领导民众开展反帝爱国和声援上海工人的斗争。同年 11 月，刘愿庵加入中国共产主义青年团。

1925 年 12 月，刘愿庵在成都召集 14 名共青团员开会，成立隶属于团中央领导的共青团成都特别支部，任特支书记。不久，刘愿庵以刘坚予之名，由共青团员转为中共党员，奉中共重庆地方执委会指示筹建中共成都特别支部，特支成立后任书记。

1926 年 11 月 25 日，刘愿庵赴重庆出席国民党四川省第一次代表大会后，被中共重庆地方执委会派往合川陈书农部做兵运工作，任师政治部宣传科中校科长兼军官教育团政治教官，配合刘伯承等领导的泸顺起义。

1927年春夏，蒋介石、汪精卫先后叛变革命，成都的国民党右派明令军警逮捕刘愿庵等共产党员。在极端危险的局势下，刘愿庵接任中共成都特支书记，继续领导成都革命力量同国民党新军阀作斗争。

8月12日，中共四川省临时委员会在重庆建立，刘愿庵被任命为省临委妇委秘书长。9月7日，刘愿庵由成都赴重庆，出席10日至12日召开的省临委扩大会议，在会上被选为省临委委员、常委，任秘书长兼宣传部部长、民校委员会书记。

1928年4月任中共四川临时省委代书记。同年6月，赴莫斯科出席党的“六大”，当选为中共第六届中央候补委员。1929年2月，在成都召开临时省委扩大会议，会议正式选举刘愿庵任中共四川临时省委书记。4月，他发动和领导了万源固军坝起义，在川东地区树起了一面武装斗争的旗帜。同年6月，领导了邝继勋、罗世文等发动川军第二十八军第七混成旅的遂（宁）蓬（溪）起义，成立了中国共产党四川工农红军第一路总指挥部。中共四川省委正式成立后，刘愿庵任省委书记。

二

刘愿庵被捕了。

1929年11月，军阀刘湘采取“自首”政策，利用我党个别叛徒，从内部破坏党组织。

重庆第二十一军军部下设立特务委员会，各市、县也建立了“清共”组织，收买一些叛徒组成侦缉队，专门搜捕共产党人和革命志士。江巴士兵运动委员会秘书长易觉先、团省委负责人宋毓萍等先后叛党，充当刘湘的爪牙。

1930年春夏，由于叛徒出卖，驻重庆省委几次遭受重大打击。3月，临时省委组织部部长穆青被捕遇害。4月中旬，省军委书记李鸣珂遭叛徒易觉先等特务围攻，因寡不敌众被捕，后英勇就义……

白色恐怖笼罩下的四川，时时都有危险，处处都是陷坑。

5月5日，刘愿庵决定在秘密据点——浩池街39号裕发祥酱园铺楼，召开省委常委会议，商讨有关工作。

刘愿庵没想到的是，此时他已经被叛徒出卖。

突如其来的搜查，使大家措手不及，但很快镇定下来。

邹进贤迅速将会议记录揉成一团，并高声问："你们是干什么来的？"警察吼道："搜查。"

上楼的特务警察越来越多，刘愿庵便主动出击，争取脱险。因身患肺病，体质虚弱，与警察搏斗时被打倒在地，不幸被捕。

三

刘愿庵的案子让刘湘颇为头疼。

首先，刘愿庵是四川共产党的第一把手，有学问，能言善辩，据理力争。

其次，刘湘对刘愿庵早就畏惧三分。国共合作时期，正是刘愿庵为自己起草了就任国民革命军第二十一军军长的"宣言"。满纸妙笔生花，充满激情与哲理的宣言书，曾使自己一夜之间成了追随孙中山的"英雄"。

再之，刘愿庵在巴蜀大地名气不小，和军、政、学、商各界名流大多有过交往，从中说情的人不少。

特别让自己感到头疼的是，刘愿庵被捕刚过几个小时，深受尊重的、素有四川“诸葛亮”之称的张澜老先生也呈上亲笔信，满纸称赞：“刘愿庵是个人才，宜官不可杀。”

当然，他更看重的，还是刘愿庵在共产党组织中的重要地位。

刘湘也有自己的打算，一旦像刘愿庵这般身份和地位的人被“软化”，被降服，能够为己所用，不知道要省去多少人马，多少枪炮……

刘湘决定劝降。

他先后以“院长”“厅长”等官位和每月200元大洋的薪俸为诱饵，继而派刘愿庵早年的朋友、巴县县长冯均逸和刘愿庵的亲戚、师参谋长周竹虚等人前去“劝降”。

刘愿庵面对劝降者，回答得也很干脆：“叫我退出共产党，可以，只有一个条件，那就是把军部的政工人员及川蜀的名流学者请来，如果他们在我面前能够为中华民族和广大的劳苦大众，讲出一条比共产主义还要好的强国富民之道，我便毫不吝惜地放弃我的信仰。你们要懂得，共产党人是最服从真理的，我除了服从真理之外，决不会服从于其他。”

铁打的心肠，钢铸的信仰，刘湘的如意算盘打错了。

劝降失败后，刘湘的第二十一军军事法庭正式开庭审判刘愿庵。

与其说是“审判”，倒不如看作是刘愿庵的最后一次演讲。

军法官按照惯例问：“姓名，职业，住址？”

刘愿庵昂首挺胸，“全世界无产阶级的斗士，中国共产党党员、四川省委书记刘愿庵……”

军法官愣了一下，说：“刘先生，你之为人，不但我们敬佩，就是军长也爱惜你。军长认为刘先生是国家的人才，他要我们转达刘先生，希望能退出共产党组织……”

刘愿庵冷笑两声：“我信仰马列主义，加入中国共产党是经过了仔细研究和长期考虑的，是为了中国社会向前发展，这是我的人生观。至于生死之事，我早已置之度外，决没有什么退出共产党可言！”

“刘先生，军长对你非常惋惜……”未等军法官说完，刘愿庵轻蔑地笑了笑，“真的吗？我倒有点儿替你们军长惋惜。他吃的穿的都是老百姓用血汗换来的，不把武力用来替劳苦大众办事，反而伤天害理，残害无辜百姓，这倒真值得惋惜。与其惋惜我，不如去惋惜他自己吧！”

军法官见诱导不成，便威胁说：“刘先生，军长劝你不要误入歧途，你要三思而行，考虑后果啊！”

敌人的恐吓，激起了刘愿庵极大的愤怒。

“什么歧途！社会主义是人类发展的必由之路，是不可动摇的真理。去把你们军部的政工人员和所谓‘名流学者’都找来，看他们谁能在我面前说清楚什么是歧途？除社会主义之外，谁能给中国社会及工农群众找出一条可以彻底解放的道路？

“我信仰真理，加入中国共产党，为祖国和广大人民的解放而战斗，走的是阳关大道，绝不是什么歧途。我看，那些替帝国主义服务，残民以逞的军阀、买办和官僚，才是真正的误入歧途……”

刘愿庵正气凛然，威武不屈，军法官毫无办法，只得宣布闭庭。

四

敌人诱降无效，审判无果，刘愿庵就知道自己的时日不多了。

5月6日晚，刘愿庵写下了两封遗书，一封写给妻子周敦琬，一封写给姐夫周竹虚。

我最亲爱的婉：

久为敌人所欲得而甘心的我，现在被他们捕获，当然他们不会让我再延长我为革命致力的生命，我亦不愿如此拘囚下去，我现在是准备踏着我们先烈们的血迹去就义。我已经尽了我一切的努力贡献给了我们的党，我个人的责任算是尽了。所不释然于心的是此次我的轻易，我的没有注意一切技术，使我们的党受了很大的损失。这不仅是一种错误，简直是一种对革命的罪恶，我虽然死，但对党还是应该受处罚的。不过我的身体太坏，在这样烦剧而受迫害的环境中，我的身体和精神，表现非常疲惫，所以许多地方是忽略了。但我不敢求一切同志原谅，只是你，我的最亲爱的人，你曾经看见我一切勉强挣扎的困苦情形，只有希望你给我以原谅，原谅我不能如你的期望，很努力的、很致密的保护我们的阶级先锋队，我只有请求你的原谅。

对于你，我尤其是觉得太对不住你了。你给了我的热爱，给了我的勇气，随时鞭策我前进、努力；然而毕竟是没有能如你的期望，并给与你以最大的痛苦。我是太残酷地对你了。我惟一到现在还稍可自慰的，即是我曾经再四的问过你，你曾经很勇敢的答应我，即使我死了，你还是——并且加倍的为我们的工作努力。惟望你能够践言，把儿女子态的死别的痛苦丢开，把全部的精神，全部爱我的精神灌注在我们的事业上，不要一刻的懈怠、消极。你必须要象《士敏土》中的黛莎一样，“有铁一样的心”。

我如此算了，我偶然想起，觉得有点可惜，我的某部分过人的精神和智能，若是不死，对于我们的工作，是有许多贡献（虽然我一方面有许多弱点），然而现在是不可能了。我饱受了一切创痛，我曾经希望我们有一个小宝宝，我当以我的一切经验教育他，指导他，使他成为一个模范的“布尔什维克”，现在也尽成虚愿了。所惟一希望的，只是你，我唯一亲爱的人，我的同志，希望你随时记着我的一切，记着我某一些精神和处理工作的作风，继续我的工作，同时也随时记着我的一切弱点，我俩共同的弱点，努力去纠正一挽救我的罪过。

关于你的今后，必须要努力作一个改革的职业家，一切去教书谋生活等个人主义的倾向，当力求铲除，这才算真正的爱我。假如我死后有知，我俩心灵唯一的联系，是建筑在你能继续我们的工作与事业，而不是联系在你为我忧伤和忠诚不二上面。这是我理性的自觉，决不是饰词，或者故意如此说，以坚你的信爱，望你决不要错认了！

对于我的家庭，难说，难说，尤其是贫困衰老的父亲。整个社会无量数的老人在困苦颠连中，我的家庭，我的父亲，不过无量数中之一份子而已。我的努力革命，也何尝不是为此。然而毕竟对于家庭、对于父亲是太不孝了。社会是这样，又复何说。此后你如有力，望于可能时给父亲以安慰和孝养，尤其是小弟妹，当设法教之成立，这是我个人用以累你的一件事。不过对于我死的消息，目前对家庭，可暂秘密不宣，你写信去说我已到上海或出国去了，你随时捏造些消息，去欺骗父亲好了；不过可怜的父亲，是有两个儿子的生或死，永远不能知道了。

望你不要时刻想起我，尤其两年来一切同居的快乐，更不要无谓的去思量留恋，这样足以妨害工作，伤害身体，只希望你时时刻刻记起工作、工作、工作。

我被捕是在革命导师马克思的诞生（日）晨九点钟。我曾经用我的力量想销毁文件，与警察殴斗，可恨我是太书生了，没有力量如我的期望，反被他们殴伤了眼睛，并按在地下毒打了一顿，以致未能将主要的文件销毁，不免稍有牵连，这是我这两日心中最难过的地方。只希望同志们领取这一经验，努力军事化，武装每个人的身体。

我今日审了一堂，我勇敢的说话，算是没有丧失一个布尔什维克主义者的精神，可以告慰一切。在狱中许多工人对我们很表同情，毕竟无产阶级的意识是不能抹杀的，这是中国一线曙光，我们的牺牲，总算不是枉然的，因此我心中仍然是很快乐的。

再，我的尸体，千万照我平常向你说的，送给医院解剖，使我最后还能对社会人类有一点贡献，如亲友们一定要装殓费钱，你必须如我的志愿与嘱托，坚决主张，千万千万，你必须这样，才算了解我。

我在拘囚中与临死时，没有你的一点纪念物，这是心中很难过的一件事。但是你的心是紧紧系在我的心中的，我最后一刹那的呼吸，是念着你的名字，因为你是在这个宇宙中最爱我、最了解我的一个。

别了，亲爱的，我的情人，不要伤痛，努力工作，我在地下有灵，时刻是望着中国革命成功，而你是这中间一个努力工作的战斗员！

你的爱人死时遗言
五月六日午后八时

竹虚大哥赐鉴：

弟之行动始终不能为兄赞同，而弟亦不能如兄历年谆谆劝告放弃工作。然而兄始终对弟之爱护有加，及对于舍间之照拂，实永藏心中不敢或忘。兹当永诀，念及今世不能有所图报，实深歉仄。所可以自慰者，此身纯为被压迫者牺牲，非有丝毫个人企图，素为兄所深知，必能谅解，而不致如一般伧夫走狗之责毁，或者此亦所以报德者也。舍间状况不待言而为兄所尽悉，敢以累兄时加顾助，以待弱弟妹之成立。此外弟孑然一身，毫无系累，亦别无所求。至弟之尸体，已嘱送之医院解剖，以尽我最后对人类之贡献，万望勿加阻止，虚耗金钱。寄弟妇遗函一封，务请设法转寄，勿任遗失，至所盼望。弟之死耗，对舍间务请秘密，勿使老亲知之，即以弟已出川代为掩盖。四姊处亦望劝其勿过悲伤，人生谁不有死，弟今日之死，虽不能说成仁取义，亦较困死牖下多多矣。临颍伧［怆］神，欲言不尽，

即颂

起居多福，诸维谅察。

弟友遗书

全信最大篇幅是对家人和自己后事的交代——

对弟妹：嘱托兄长照顾弟妹成长——“敢以累兄时加顾助，以待弱弟妹之成立”。

对父母：嘱托兄长不要将自己牺牲的消息告诉父母——“弟之死耗，对舍间务请秘密，勿使老亲知之，即以弟已出川代为掩盖”。

对遗体：表达了自己捐献遗体的愿望——“至弟之尸体，已嘱送

之医院解剖，以尽我最后对人类之贡献，勿望无加阻止，虚耗金钱”。

信中的一句话更是催人泪下，“此身纯为被压迫者牺牲，非有丝毫个人企图”。这是刘愿庵对自己一生的总结，也是他一生奋斗的目的。

五

1930 年 5 月 7 日，刘愿庵和他的战友邹进贤、程攸生一起，高呼着“中国共产党万岁”“共产主义万岁”的口号走向刑场。

就义时，他年仅 35 岁。

本节引用资料：

①陈全，红岩精神丛书：《血泪的嘱托》，重庆出版社，1996 年 6 月版。

②叶介甫，《踏着先烈们的血迹去就义——刘愿庵在狱中写给妻子的信》，《中国纪检监察报》，2019 年 8 月 2 日。

③李浩，《刘愿庵：此身纯为被压迫者牺牲》，《光明日报》，2018 年 6 月 28 日。

④黄琪奥，《刘愿庵：越是艰险越向前》，《重庆日报》，2020 年 1 月 13 日。

⑤郝铭鉴、胡惠强主编，《革命烈士遗文大典》，上海文化出版社，2001 年 6 月版。

⑥《为了民族复兴·英雄烈士谱》，《刘愿庵：此身纯为被压迫者牺牲》，《人民日报》，2018 年 6 月 28 日。

赤血红泪——傅学祥

1930 年 8 月，红三军团抵达江西上高县翰堂乡。在红军帮助下，成立了中共傅家圩支部和傅家圩农民协会，傅学祥任支部书记、农协主席。在中国共产党领导下，农协团结起来，打倒土豪劣绅，实行土地革命，推翻封建统治。红军走后，被分浮财的豪绅们扬言，要斩尽杀绝共产党人。田南区区长傅桥然指使亲信前往傅学祥住处，以请他写对联为名，将其诱出家后，予以逮捕……

扑通……

粉尘散去，那面墙倒了。

墙倒了，你藏了 39 年的“心事”也露了出来。

殊不知，倘若不是你侄子一家拆除那座旧墙，你的“心事”还要深藏多久？ 1 年，2 年，10 年，20 年，甚至更久……

这一天是，1969 年 1 月 24 日。

多么令人震撼的一天啊！天寒地冻的时节里，这一天却阳光明媚。莫不是苍天也在惊诧？不，它早就知道你的“心事”，它替你隐藏了这么多年，日日夜夜，黑黑白白，春夏秋冬，冷冷暖暖。或许，苍天累了，困了，倦了，实在不忍心再瞒下去了……

1894 年，你出生在江西省上高县一个贫寒的农民家庭。受地理环境和山村生活影响，你自幼习武，少有书读，粗通文墨。成年后，你和弟弟到上高县与高安县交界地的傅家圩开饭铺，终年辛劳，家境清苦。

自从 1929 年加入中国共产党，你干出了一番轰轰烈烈的革命事业。

还记得吗，那是 1930 年的金秋。当时，红军已经到了你的家乡，红三军团一部分由长沙撤退，进驻傅家圩、水北、沟陂一带的时候，你就担任了中共傅家圩支部和傅家圩农民协会的支部书记和农民协会主席。

你夜以继日地忙着革命事业，家乡一带的革命浪潮此起彼伏。为了规范管理，你还执笔制定了党支部的《会议守则》，真正让党员起到了先锋模范的作用。

你还记得那些内容吧：各位党员每日应按时到会，不得缺席；开会时大家要认真积极发言；全体同志团结一致，有问题大家商量，共同研究；严守秘密，不可走漏；积极完成各项战斗任务，为革命奋斗终身……

那时候，你为了扩大农民协会的影响，更好地开展对敌斗争，坚定农会会员的革命意志，还起草了《农民协会诞生宣言》。你希望大家团结起来，打倒土豪劣绅，实行土地革命，推翻封建统治。

你还记得吗？那一次，在红军指导下，你带领农会会员和赤卫队队员 200 多人，肩扛鸟铳，手拿梭镖、大刀，一起涌进大地主、国民党田南区区长傅桥然和大地主袁金一的家，把他们的不义之财一齐没收。

这次行动，打击了敌人的气焰，振奋了人民群众的斗争精神。党支部乘机开展建立乡、村苏维埃政权、农民协会和农民赤卫队的活动。短短的几天时间，先后建立了将近 20 个苏维埃政府、农民协会和赤卫队。正是因为如此轰轰烈烈的革命声势，使得红军临走时，傅家圩地区有 100 多名青年加入红军。

红军走后时间不长，正在你的革命事业干得风生水起、轰轰烈烈的时候，那些心不甘、气未消、怀恨在心的豪绅，扬言要斩尽杀绝共产党人。

对于这些，你没有太多防备。对于这些，你从来没有过任何畏惧。你知道，你走的是一条光明大道，干的是得到乡亲们拥护的革命事业。

可是，你还是低估了敌人的狡猾！

那天，田南区区长傅桥然指使亲信找到你，请你去写对联。其实，你本可以不去的，甚至可以严词拒绝。可是你没有，你太善良了，太心慈了。你忽略了敌人的狡猾，忘记了敌人的奸诈，你还是去了。

当你发现自己是被诱骗到那里的时候，一切都来不及了。

他们把你押到了区公所，立即对你展开了审讯。他们不知道，你的心早就给了自己的信仰。你缄口不言，只字不吐。

敌人被你激怒了，他们像发疯的狮子，对你一次次施以酷刑。香火烧，辣椒水，老虎凳，压杠子……残忍的敌人将你打得浑身皮开肉绽，两腿折断。可是你呢，咬破了嘴唇，错碎了牙齿，连哼都没哼一声。

一天，两天，你被他们折磨得昏过去又醒过来，醒过来又是一通折磨。敌人无计可施了，他们没有想到，身为共产党员的你，会如此坚强，如此刚硬。

第三天，他们把你押到了高安县城的牢房。潮湿阴暗的牢房里，你忍着伤痛，思索着发生的一切。是的，腿虽然断了，只要还有一口气，只要脑子不坏，只要能出去，你依旧会坚持你的革命事业。可是你知道，敌人不会给你这个机会了。你的坚强，你的执着，你的无畏，吓坏了他们——他们不能让你活着出去。

你知道自己的时间不多了，可是你还有那么多事情没有做，还有那么多话要说。那一夜，你强忍着刺骨的伤痛，写下了遗书：

可爱的亲人们：

今天，是9月30日，让我高喊伟大的中国共产党万岁！革命的红军战士万岁！

我已36岁了。在这36年中，每每平凡而过去了，对党对人民没做多少事。这对不起伟大的中国共产党！对不起广大的穷苦农民！吾实感遗憾。但在这个时候，却是我一生中最愉快的，因为土豪劣绅受到了我们沉重的打击……我马上要与大家永别了。要与我们的农民协会永别了。你们要恨国民党，一定要报仇！而且要替全国穷苦人民报仇。要像革命的吴德贵同志、何瑞九等同志一样，在敌人面前宁死不屈，一定要替革命的先烈报仇！我不行了……你们到推开乌云见太阳之时，一定要把国民党的区长——傅桥然彻底埋葬！

写完后，你为防止敌人搜查，将其贴身收藏，在亲人探监时带了出去。

多么鼓舞人心的文字啊，更何况，你还给她起了一个更鼓舞人心的名字——《血泪传》。是的，这就是你的心声。血是激荡革命事业、奔涌革命信仰的赤诚之血、忠贞之血；泪水是心怀百姓疾苦的伤心之泪，是事业未竟的遗憾之泪。

终于，敌人对你痛下了毒手。

1930年11月18日，一个你生命结束却又开始的一天。这一天，秋风瑟瑟，使人不寒而栗。傍晚时分，你被押往高安县仁济桥头，敌人残忍地夺去了你36岁的生命！

痛惜！痛惜！！

那一刻，山河同悲，日月无色。

这些，既是你的生平，也是你的故事。

如果不是倒下的那堵墙，你写下的这些话，还尘封在历史的尘埃里。现在，我们看到了，看到了那夹缝中隐藏了39年的用油布包裹的纸张。那些黄中带黑的毛边纸，那些纸张破损但字迹清晰的你的“心事”，整整16页。

这哪里是什么遗书，这分明是你，作为一名共产党员对革命的坚强信念，更是你视死如归的高尚品格。

70年过去了。现在，你信仰的中国共产党已经走过了百年。如今我们的国家，早已经超出了你想象中的美好。但，我们不会忘记你，不会忘记同你一样为了国家、为了人民献出宝贵生命的英雄。

你们的精神永在，并将激励着一代又一代人，不忘初心、牢记使命，砥砺前行！

我们永远不会忘记你的名字——傅学祥。

本节引文资料：

①《〈血泪传〉属上高籍烈士傅学祥1930年狱中遗书》，中国江西网，浏览时间2015年8月18日。

②《一份饱含初心的血泪传》，“学习强国”学习平台，2021年7月7日。

③郝铭鉴、胡惠强主编，《革命烈士遗文大典》，上海文化出版社，2001年6月版。

“云”中灯塔——王德三

中共云南省委成立之后，国民党云南省当局加紧了反共步伐，成立了云南省党务指导委员会，发布了清共密令，白色恐怖笼罩着昆明。在这样的社会背景下，云南省接连出现了好几个党的叛徒，因为这些叛徒的出卖，中共云南党委所有领导全部壮烈牺牲。云贵高原上洒满了共产党员的鲜血。1930 年 11 月 19 日，王德三被捕……

重新回到故乡，已是6年之后。

6年来，他经历了太多太多。记得考上北京大学那年，是1921年，他23岁。在大学里，他参加学生爱国运动，加入马克思学说研究会，并加入了中国社会主义青年团，开始接受新思想、新文化、新事物。

好像，一切都是新鲜的，充满了神奇、未知和源源不断的能量。他沉醉其中，好似找到了寻觅良久的宝藏，找到了毕生最好的归宿。1922年底，王德三由一名共青团员转为中国共产党党员。

王复生、王德三两兄弟同时在北京大学读书，家庭无力承担全部费用，二人决定采取休学轮流工作的办法筹集学费。

1923年暑假，王复生离开咸林中学，回北京大学继续读书，王德三替换哥哥到咸林中学任教。在咸林中学，王德三开始展示自己卓越的组织才能。他在王复生组织的咸林中学“青年励志社”的基础上，组织开展革命活动，使之成为日后陕西最早的社会主义共青团组织之一。

1924年，在国共合作的背景下，李大钊和王复生商定，派王德三到绥德第四师范任教，协助配合该校校长、共产党员李子洲，在陕北建立和发展党组织。

在那里，他不忘自己的信仰和使命，积极向学生宣传马克思主义，开展新文化运动，在师生中发展了大批青年团员……

1924 年秋，王德三受中共北方区委委派，到陕北建立党的组织。创建成立青年团绥德特别支部后，他担任书记，后建立中共绥德支部，成立了陕北地区最早的党团组织。

1926 年春上，他又来到广州黄埔军官学校第三期，任政治教官，不久兼军校政治部宣传科科长。这一年冬，兼国民革命军第三军留守处政治训练班主任。

6 年来，他辗转南北，用自己的知识和认识，不遗余力地宣传马克思主义，尽可能地宣扬共产主义思想，忙碌并快乐着。

1927 年 2 月他受命被派回昆明家乡，主持成立中共云南省临时工作委员会，积极开展农民运动和工人运动，发展扩大党的组织。

此时，正值大革命失败后的革命低潮期。他根据云南地方军阀的实际状况，继续领导人民开展坚决的革命斗争。按照党的八七会议精神，把工作重心转移到铁路沿线，在蒙自、个旧厂矿和滇南农村继续坚持斗争，开展了深入工农的艰苦工作。先后领导发动了文山农加衣武装起义，马关寨、文山小塘子武装起义和陆良旧州、三岔河等地的武装起义……

他，当之无愧成为云南农民武装起义的主要组织者和领导者。

1930 年 1 月，他当选为中共云南第一届省委书记。

云南省，简称云或滇，东邻贵州，北连四川，西接缅甸，南牵越南，是我国的西南边陲，也是我国民族种类最多的地方。

那时候，白色恐怖已然蔓延到了边陲之地。如何团结和凝聚少数民族同胞的力量，成为他重点思考的一个问题。

他深入少数民族聚居区，认真总结党在民族地区工作的经验教训，向少数民族群众宣传党的主张，提高少数民族兄弟的阶级觉悟。

他针对滇南少数民族地区的工作，主持制定了《少数民族问题大纲》，这是中国共产党在云南少数民族工作的第一个纲领性文件……

万万没想到的是，此次重返故乡，也让他轰轰烈烈的革命生涯，终止在了这里。

中共云南省委成立的同时，国民党云南省当局也加紧了反共步伐，成立了云南省党务指导委员会，发布了清共密令，白色恐怖笼罩着昆明。

遗憾的是，他最终没能摆脱敌人的魔爪。

1930 年 11 月 19 日，他在安宁长坡被捕。

敌人抓到他，如获至宝，想尽办法威逼利诱，妄图完全消灭云南地下党，彻底扑灭云南革命的火种。但是，铮铮铁骨的他坚贞不屈，毫不动摇，抱定为党和人民献身的决心。

被捕后，他知道敌人不会轻易放过他。

生还是死，这是一道无法重来的选择题。

“生，亦我所欲也；义，亦我所欲也。二者不可得兼，舍生而取义者也”是孟子的选择。“人固有一死，或重于泰山，或轻于鸿毛”是司马迁的选择。而他，毫不犹豫地选择了以一腔热血荐轩辕。

11 月 22 日夜，他在昆明五华山的牢狱中，写下了生命的遗书。

父亲：

当儿昨夜想到写信给父亲和儿媳的时候，禁不住流下泪来了。

儿自受难到昨天，都是很解脱很达观的。你的儿子是人世上最刚强、有志气的人，他只知道人类，只知道社会，没有一点自私自利的习气。

不独你的儿子自己相信，人们都把他看待成一个有志节有能力的人物。但是，父亲，人们只知道儿是钢铁一般的硬汉，他们哪里晓得儿是一个最富感情、最柔肠的小孩子！

父亲！儿自信不有做了什么对不起父亲、对不起人类的事情。而非并死短命，是被人压迫去成仁就义。儿已处此境地，如果要偷生苟活，那就要做出些无廉耻的事情，那时你儿子又有什么脸在人世上？儿现时只有拿定主张，把身子献给人类了！儿所做的事情，是反对官府的，这是主义上的事情，私人不有什么仇气。儿有儿的志节，儿有儿的见地，让历史来证明儿的意见，批评儿的意见。儿是真理的拥护者，是至刚至烈的人物，不隐藏自己的意见。

我这里只是把要说的话早早写下，因为这信是否能够达到父亲手里，还要看治舟先生是否允许？儿想为父亲写一传，并给儿媳一信，还要看以后情形。如果一时不至有什么事情，也想请父亲来省一见，但是也还没有想定。

此叩

定好！

儿 正麟 叩于五华山

一九三零、十一、二十二

这是他以乳名正麟给父亲写的信。

此时的他，已经 10 多年未与父亲相见；此时的他，爱妻已被捕入狱。

1930 年 12 月 31 日，在狱中度过 51 天的他在昆明英勇就义，牺牲时年仅 33 岁。

他被敌人枪杀之后，远在祥云的父亲万分悲痛。但是，这个年迈的老人，依然坚持从祥云老家千里迢迢来到昆明，将儿子的遗体重新安葬。

因为悲愤交加伤心过度，他的父亲在安葬完儿子之后便与世长辞。

妻子得知丈夫牺牲的噩耗，凭借着超乎常人的毅力，继续从事丈夫未完成的革命事业。她坚贞不屈英勇奋斗，为共产主义的发展做出了巨大贡献，这位巾帼英豪名叫马冰清。

她的丈夫，名叫王德三。

云南大理白族自治州祥云县刘厂镇王家庄，一座“三坊一照壁”民居，白墙灰瓦，朴素典雅，古色古香。

这就是王德三青少年时期生活、学习的地方，如今已然是“红色传承”教育基地的重要组成部分。

令我们难忘的是，王德三的照片，没有一张流露笑容，双眸中闪现的是无尽的责任与毅然的坚定。行走在落后的云南边疆，面对贫苦的民族群众，王德三内心充满了忧患，光明的召唤与黑暗的苦楚交织在一起，不得轻松。

或许，他的内心并不孤独。因为有理想的追求，革命的无畏，信仰的支撑，还有志同道合的战友……

是的，以王德三为首的中共云南省委领导，先后牺牲了。但，他们在云南播下的革命火种并没有熄灭，而是越烧越旺。

你看，不是吗，那冲天的火光仿佛一座灯塔，照亮了我们前行的路。

本节引文资料：

①冯丽,《伟大的家国情怀》,《云南日报》，2022 年 9 月 11 日。

②丁怡全,《王德三：云南人民解放之路的开拓者和奠基人》,《人民日报》，2018 年 7 月 11 日。

③《王德三遗文选编》，云南民族出版社，1987 年 3 月版。

箩筐里的呐喊——李硕勋

1931年，在中共广东省委带领下，省军委书记李硕勋开辟了以大南山、八乡山为中心的革命根据地，中国工农红军第十一军由此建立起来。同时，粤北革命根据地和海南岛五指山革命根据地也相继建立。但，国民党残酷镇压，海南岛的革命成果遭到重创，党组织被破坏，队伍被打散，亟需领导干部前去指导。李硕勋到达海口市第五天，就被捕了……

他被敌人塞进了箩筐。

行走显然是一种奢望。多次遭受敌人酷刑，他双腿折了，双手断了，遍体鳞伤，奄奄一息。

箩筐实在太小了，根本装不下一个成年人。

敌人哪里顾忌这些，只管往箩筐里塞。

他被抬到了刑场。

府城东校场，一个专门行刑的地方。除他之外，已经不知有多少人在这里被夺取了生命。

昏迷中的他，被枪刺激醒了。除了眼前晃来晃去的探照灯，除了时隐时现的星斗，一切都是黑暗的。

此时，正值凌晨。黑暗的夜啊，不正如眼前这黑暗的世界吗？他突然意识到了什么。是的，只要有一丝希望的光，就一定能照亮黑暗。

黑暗必将过去，黎明一定会来临，势不可挡，不可逆转。

意识清醒之后，他忍着周身剧烈的疼痛，在箩筐里大声喊道：“打倒蒋介石！打倒国民党！共产党万岁……”

他使出生命中的最后一点儿气力，喊声撕裂黑暗的夜空，紧接着，一阵枪声落雨般罩住了箩筐。

他，在炼狱般的高墙内熬过 23 天之后，用殷红的一腔热血在青翠的草地上画上了一个大写的叹号！

这一天是 1931 年 9 月 5 日。

这一年，他 28 岁。

一

李硕勋，出生于巴山蜀水间的庆符镇。

山青水美了千百年，眼下却是国危民难的乱世。

清王朝摇摇欲坠，帝国列强横闯直入，各路军阀蜂拥而起，反帝反清的浪潮席卷中华。5 岁那年，李硕勋被父亲送读私塾，次年入内梧书院。千百年来的封建教育制度，枯燥而乏味，《水浒传》《三国演义》等被列为反叛的书籍，却令他爱不释手。父母很快发现，小儿硕勋之所以对这些书籍痴迷，源于他倔强的性格和与生俱来的正义感。

果不其然，李硕勋升入县里高等小学后，父母的想法得到了证实。

军阀部队进驻庆符镇，横行乡里，无恶不作。一日，有兵痞偷盗教师家的母鸡，被发现劝阻，兵痞因此怀恨于心。不久，兵痞因盗卖子弹被拘，诬陷教师为“窝主”，连累教师无辜下狱。

李硕勋得知，便与同学闯进军阀连部，痛斥这一无理行径。军阀连长见是几个毛头小子，便想吓唬几句了事。怎奈，李硕勋道：“既然士兵说教师是窝主，必定与其关系密切，那么他一定对教师家中的情形比较熟悉了……”

军阀连长叫来士兵当堂对质，士兵胡乱编造的事情一下子就暴露出来。无奈之下，军阀连长只得放了教师。

升入县里高中学校不到一年，父亲突然去世，李硕勋不得不辍学回家。母亲目不识丁，却深知知识改变命运的道理。

翌年一月，在母亲的再三敦促下，16 岁的李硕勋因年纪问题没能进入梦想中的四川讲武堂，只好违心地走进储才私立中学。

当时，五四运动的风云席卷全国，新文化、新思想的劲风吹动着巴山蜀水。李硕勋所在的学校却好似一块顽石，不为所动。如此情形激起了李硕勋的愤怒，这潭死水必须搅动起来，不搅动永远是一潭死水……

话虽如此。正当他和同学们准备冲上街头，参加抵制日货活动的时候，遭到了学校的干预，他不得不再次辍学。辍学后，李硕勋进入川军骑兵第一团担任文书。时间不长，他察觉到川军的腐败，又断然离去，于年底返回家中。次年，李硕勋因病没能再去成都，又回到宜宾叙州联合县里中学。

在他离开一年多的时间里，联合县里中学发生了巨大变化。他的那些老同学早已成为五四运动的参与者，这完全出乎李硕勋的意料。当然，也正因为如此，才让他走上了革命的道路……

二

李硕勋真正接受无产阶级思想，是在 1921 年。

这一年，他偕同阳翰笙等同学，插班进入四川第一中学。在这里，他第一次接触到了陈望道翻译的《共产党宣言》和恽代英翻译的《阶级斗争》。

书中，反帝反封建的新思想与他疾恶如仇的正义感撞了个满怀。

自此，他不仅痴迷其中，还将其中的新思想变成了实际行动。

1921 年夏，李硕勋联络各校思想进步的同学，按照陈独秀主办的《新青年》上发表的《社会主义青年团章程》，与好友阳翰笙等创立了成都社会主义青年团，成为四川青年团组织的创始人之一。

无疑，这一青年马克思主义组织的建立，有力推动了四川省学生运动的发展。

1922 年 6 月，李硕勋等四川学生联合会领导者与教职员共同开展了联合罢课，要求教育经费独立，要求军阀部队撤出各学校。

声势浩大的学生队伍引起了反动军阀的警戒，他们下令通缉李硕勋等人，试图通过威胁和镇压，平息这股浪潮。

而此时的社会各界人士亦受到感染，纷纷进行支援，反动当局不得不做出妥协。

自然，这件事并未就此平息。反动军阀更不可能就此败在一帮学生手里。

1922 年 11 月，反动军阀借机再次对李硕勋、阳翰笙等人下发了通缉令。李硕勋他们在成都难以安稳，便一起去了重庆。

进入川东联合中学后，本以为会有一番新天地。无奈，此时的巴山蜀水，到处都是黑暗。

不到一个月时间，李硕勋便与其他同学辞别，孑然去了南京，而后又从南京辗转到北京，进入四川学生较多的弘达学院。

此时，北京为北洋军阀所盘踞，气氛异常沉闷。想一想，还是南方的形势更为活跃。一年后，李硕勋离开北京，考入上海大学社会科学系。

这是一座以共产党人为骨干，国共两党合作创办的革命学校。校长为国民党元老于右任，行政委员会主任和总务长为陈望道和邓中夏，瞿秋白任社会科学系主任。

在这里，李硕勋系统地学习了马克思、恩格斯、列宁的著作，先后听过瞿秋白、蔡和森、恽代英、张太雷等著名共产党人的课，无产阶级革命道路的思想在他心中的根，越扎越深。1924 年 5 月，李硕勋加入中国共产党。

不久，他又成为上海大学学生联合会和上海学生联合会委员。其实，当时的上海学生联合会就是全国学生联合会，只不过，对外是两个名称。也就是说，从那时起，李硕勋已经成为全国学生运动的领导人之一了。

三

五卅惨案，唤起了中华民族空前的觉醒。

1925 年 6 月 26 日，李硕勋着手筹备的全国第七届学生代表大会在上海小西门少年宣讲团团部开幕。

这次会议，李硕勋做了报告，提出了青年学生运动的方针和任务，倡议建立全国性学生武装和革命舆论阵地……

这次会议，民主选举了新的全国学生联合会执行委员会，李硕勋当选常务委员，并被推荐为中华民国学生联合会总会会长兼交际部主任。

一年后的 1926 年，李硕勋遵照中共中央和青年团中央指示，偕同张超一起前往广州，主持召开第八次全国学生代表大会。

这一年，他邂逅了自己的爱情，与大学同学赵君陶结为伉俪。

这一年，李硕勋受命担任中共上海南市区委书记。11 月，接受中共中央委托，接替了林育南的青年团湖北省委书记职务。

一个月后，李硕勋的生活和斗争道路发生了意想不到的变化——中共中央派他到国民革命军第四军第二十五师任政治部主任。

从此，他走上了投笔从戎的革命道路。

…………

南昌起义后，因形势所迫，起义军决定南下。

此次，二十五师担任后卫。其撤出南昌后，沿江西东部山区，经抚州、石城向南挺进，奔赴起义军大部队所在地瑞金。

起义军占领瑞金后，敌军集结于会昌、白鹅墟一带，成掎角之势，企图夹击起义军。“前委”当即决定：集中兵力，消灭会昌之敌，再挥师广东。

李硕勋和周士弟接到战斗命令，即刻赶往会昌。

8 月 30 日，会昌战役打响。战斗从早晨一直持续到中午，双方处于胶着对峙状态。李硕勋部赶到后，迅速投入战斗。他们将师指挥所移至前线，指挥部队采取迂回包抄、两面夹击战术，向敌人发起阵地攻坚战。

下午 4 时，会昌被攻破。

起义军继续南下，进入广东境内。二十五师转归第九军副军长朱德指挥，驻守三和坝，准备阻击两广军阀进攻，掩护主力进军汕头。二十五师以梅江为天险，苦战三个昼夜，歼敌 3000 余人。但，毕竟战斗残酷，毕竟敌我力量悬殊，部队伤亡惨重。

为保存实力，经朱德、李硕勋、周士弟研究，决定转移部队。

二十五师边打边撤，向东南方向开拔，与主力部队会合。与此同时，他们得知周恩来、贺龙率部攻打汕头失利，且无法取得联系。朱德在茂芝召集李硕勋、周士弟等 20 余名军官研究后，做出了“隐蔽北上，穿山西进，直奔湖南”的军事决议。

部队向湖南进军后，与党中央失去联系，犹如一群孤儿，东撞西碰，缺粮少药，饥寒交迫。朱德决定，派李硕勋去上海，向党中央汇报。

1927年10月下旬，李硕勋打扮成商人，依依不舍离开了部队。他没想到，这一走竟然成了与“铁军”的诀别。

四

1929年9月，李硕勋担任中共江苏省委军委书记。此次，他的一项重要任务就是，筹建中国工农红军第十四军。

那段时间，因长期劳累，加之营养不良，李硕勋已经患了严重的胃病。本该好好休养的他，还是将精力全都放到了工作上。二十几岁的青年，瘦瘦的，弱弱的，内心却充满力量。

那些分散在南通、海门、如皋、泰兴的零散武装最先被凝聚起来。

这就是第十四军的雏形。

李硕勋要求这支不起眼的队伍，边战斗边吸收新成员。正因为如此，这支队伍在不断壮大的同时，也积累了丰富的战斗经验。这是理论与实践的完美结合。

12月24日，李硕勋指挥泰兴地区的红军武装占领了长江畔的周头庄，一路挺进西来庵和长安市，一个较大的游击区已然形成。

同时，南通、海门、如皋、泰兴等地的青年农民，纷纷加入红军行列，也影响到宜兴、江阴、无锡等地的革命形势，一时间，各地出现了多股小型的革命武装力量。

发动尽可能发动的力量，吸收尽可能吸收的人员，是红军队伍不断扩大的策略之一。整个过程中，李硕勋引导青年工人、学生和妇女也参与进来，进一步增加了工人和知识分子的数量，建立工农红军第十四军的条件日趋成熟……

1930 年 3 月，仅仅不到一年时间，中国工农红军第十四军即正式宣告成立。同年，周恩来调任中共中央军委书记，接收李硕勋为中共中央军委委员。

这一年，李硕勋 26 岁。

五

1931 年年初，国民党政府发布了专门对付共产党人的《危害民国紧急治罪法》。

随后，国民党反动派以十倍的人力，疯狂逮捕共产党人和进步人士。时间不长，国民党反动派又调集 20 万军队，对江西中央革命根据地和其他苏维埃地区实行“围剿”……

革命者们，随时都面临着生命危险。

根据当前形势，李硕勋大胆提出，发动上海、江苏、浙江和安徽等地的共产党员、工会会员、进步人士，声援和配合中央根据地军民的反“围剿”斗争。

从 3 月中旬开始，李硕勋不断深入上海工联会、各区赤色工会以及中共沪东、沪中、沪西、闸北、吴淞、浦东等地，开展工人运动。如此一来，敌人后方不得安宁，不得不调来大批军队驻守镇压。

1931 年 5 月 20 日，李世勋告别妻子和不满 3 岁的儿子，登上了驶往香港的客轮，从香港取道赴红七军。

此时，中共广东省委机关设在香港。由于叛徒出卖，许多同志惨遭杀害。李硕勋抵达后，中共广东省委即写信给中央，要求李硕勋留在广东。

可是，半个月过去了，中央一直没有回信。

无奈，李硕勋便以“素”的化名，亲自给中央写了第二封信。

就在这期间，广东省委在人事上发生了巨大变化。省委书记蔡和森被捕牺牲。在这种情况下，中央和中央军委遂任命李硕勋为中共广东省委军委书记。

广东省的武装斗争，在中共广东省委和省委军委带领下，在东江一带开辟了以大南山、八乡山为中心的革命根据地，中国工农红军第十一军由此建立起来。

与此同时，粤北革命根据地和海南岛五指山革命根据地也相继建立起来。

李硕勋对这些根据地的斗争情况十分关注，他把军委工作的重心放在了壮大队伍上。李硕勋向省委建议，应该把东江革命根据地与江西中央革命根据地连成一片，只有这样，广东省的武装斗争才能形成燎原之势。

于是，海南岛进入到广东省委的重点关注视野。

1930 年至 1931 年，中国工农红军第二独立师和女子军特务连先后成立，推动海南土地革命达到第二次高潮，也使中共广东省委意识到海南战略地位的重要性。但当时海南斗争局面并不明朗——中共海口市委原书记严鸿蛟被捕叛党，导致原琼崖特委书记、省委巡视员黄学增惨遭杀害，琼崖特委和海口市委机关也因此遭到严重破坏，亟需领导干部前去指导开展革命工作。

派谁去呢？

李硕勋主动站了出来。

省委对此颇为担忧。李硕勋从来没有去过海南岛，也不会讲广东话，人地两生的生面孔，很容易被敌人发现。

争论再三，大家还是同意了李硕勋的建议。

可李硕勋并不知道，海南的国民党特务机关就像一只毒蜘蛛，早已布下罗网。

六

李硕勋到达海口市第五天，就被捕了。

这一天，是 1931 年 7 月 9 日。

被捕后，李硕勋被关进海口府城看守所。

李硕勋知道自己的日子不多了。

那段时间，天一黑，李硕勋就被押到琼山县警察局受审。刑讯时，敌人自然也是不择手段。木棍，烙铁，拳打脚踢，这些已经稀松平常。敌人还把他用铁丝缚起，悬吊半空，像荡秋千似的晃来晃去。敌人用铁丝绑住李硕勋的手脚，吊在木桁上，并在他的腹部压上两块大石头，一直折磨到次日凌晨……

为了从李硕勋嘴里弄到有价值的口供，连琼山县县长陈明栋和公安局局长冯尔珍都出马指挥动刑。

再后来，李硕勋的两条腿被打断了，从此再没站起来。

七

敌人对李硕勋的审讯，已然黔驴技穷。无奈，只得把他秘密押到琼山县政府监狱，并电呈国民党第一集团军总司令陈济棠核办。

敌人的这一变化，李硕勋知道意味着什么。

在生命的最后时刻，很少儿女情长的李硕勋，想到了妻儿。

9 月 4 日，李硕勋以写“罪状”为名，向狱警要来笔墨和印有“海口奇文密印”的信笺，写下了生命中最后想说的话：

陶：

余在琼已直认不讳，日内恐即将判决，余亦即将与你们长别。在前方，在后方，日死若干人，余亦其中之一耳。死后勿为我过悲，惟望善育吾儿。你宜设法送之返家中，你亦努力谋自立为要。死后尸总会收的，绝不许来，千嘱万嘱。

勋

九．四

遗书写好，李硕勋买通一名狱兵，寄给香港九龙岭中学教师林增华，又由其通过邮局送到地下党员陈志英手中。

陈志英拿到遗书，即向中共驻香港负责人章汉夫做了汇报，章汉夫立即派人营救。与此同时，李硕勋的妻子赵君陶见到丈夫的遗书，亦立刻报告党中央，请求营救。

但，他们都不知道，李硕勋早在两个星期前，就已经遇害。

这是2019年的夏天。我们静静地站在李硕勋烈士纪念亭前。眼前，“李硕勋烈士永垂不朽”几个大字，异常清晰。花岗岩雕刻的李硕勋半身石像，基座两侧李一氓撰写的“李硕勋烈士传略”和李硕勋烈士写给妻子赵君陶的“遗书”，让我们的心情久久不能平静。

这里就是当年的府城东校场，这里就是李硕勋行刑的地方。

我们仿佛听到了几十年前那穿透夜空的呐喊，那声音铿锵有力，振聋发聩……

那是革命者的声音，是信仰的声音，更是永远激励后人的声音。

本节引用资料：

①魏斌编著，《迟到的报告：记李硕勋烈士》，辽宁人民出版社，1995年9月版。

②何锦洲、谢东红，《李硕勋赵君陶的光辉历程》，中山大学出版社，1997年10月版。

③闫峰编，《为新中国作出突出贡献的100位英雄模范英雄人物：李硕勋》，吉林文史出版社，2011年4月版。

④郝铭鉴、胡惠强主编，《革命烈士遗文大典》，上海文化出版社，2001年6月版。

⑤《为了民族复兴·英雄烈士谱》，《铁骨铮铮李硕勋》，《人民日报》，2018年7月30日。

我的道路——吉鸿昌

察绥抗日同盟军解体后，吉鸿昌被迫转入地下，在北平、天津等地继续从事抗日活动。1934年11月9日晚，吉鸿昌在法租界秘密开会时遭军统特务暗杀受伤，被法国工部局逮捕……

这话在他心里憋了很久了。说出来的时候，他态度诚恳、严肃而又激动。

是的，他只是个开茶馆的穷小子，只念过两年私塾。自从 1913 年吃上当兵这碗饭，摸爬滚打已经将近二十个春秋。

这么多年，他一直希望自己能做一名救国救民的正直军人，能够为老百姓做些好事。无奈，他总也跳不出那个混乱的圈子。

自从开始接触共产党人，他觉醒了，顿悟了。苦难的国家啊，只有与劳苦大众血脉相连的共产党才能拯救。他决心告别军阀队伍，放弃高官厚禄，他要心坚如铁地信仰共产主义……

1932 年 10 月，北平官房胡同九号，中共北平特别支部书记张祝唐家中。

中共地下工作负责人吴成方，认真看着眼前这位身材魁梧、胡须茂密的汉子。听罢他的诉求，吴成方点点头，“你对反动势力疾恶如仇，这次去南方发动旧部起义，党认为你经受住了考验，决定接收你为中共党员……”

听完这话，他挺起胸膛，坚决表示：“请党相信我，我绝不会出卖同志，出卖党，我愿意把一切献给祖国。”

这一年，他 37 岁。

一

吉鸿昌是在一个贫苦农民家庭长大的。其父吉茂松在镇上以开小茶馆为业。家道贫寒，吉鸿昌从小就在茶馆帮父亲打下手。

他从小就是块“硬骨头”，不肯被人欺负，时常与人打架。每每在外闯祸，父亲常会抡着扁担追着揍他，吉鸿昌也因此留下个“扁担楞”的绰号。

那时候，茶馆常常是人们的闲谈之地。在这里，他听到了孙中山创造共和，听到了中华民国约法，新鲜的词汇灌进耳朵，他听不太懂，但关于自由、平等之类的词语，却使他深有感触。

理想是美好的，现实又是如此残酷。彼时的生活，老板依旧呼奴使婢，坐轿子的依旧坐轿，大老爷依旧威风凛然，护卫打手依旧横眉立目。那些汗流浃背的苦力呢，依旧过着衣不遮体、食不果腹的苦日子……

推翻了清政府，天下还是不太平啊。他想到过远走高飞，想到过逃离，可是又能去哪里呢？茫茫世界，举目无亲，更何况，哪里才是他想要的太平世界？

偶然一次机会，他看到了海岸上驶过的运兵船。登时，他心里冒出一个念头：当兵去。

然，好铁不打钉，好男不当兵啊。

传统的世俗观念束缚着青春的吉鸿昌，一时间，他又陷入了困顿……

那段时间，当兵两个字搅扰着吉鸿昌，他开始夜不能寐，开始寝食不安。

想起白日里泼皮无赖欺负小摊小贩的场景，想起那些受人欺负却无力反抗的人，吉鸿昌心里慢慢有了答案。

1913年秋，袁世凯政府的京卫军左翼第一团团长冯玉祥正奉命在河南郾城一带招募新兵，吉鸿昌经过几夜思考，一咬牙，瞒着家人投了军。

这一年，他还不满18岁。

二

进入部队，吉鸿昌才发现，一切并非想象中那么容易。

他们这些没见过什么世面的百姓，第一次接受军事训练，笨手笨脚，如此一来，就免不了受到一些军官的恶语相加、拳脚体罚。有时候，一天下来，身子好像散了架……

好在，吉鸿昌从小吃苦耐劳，加上心里那股不服输的劲头，他一忍再忍，坚决不当逃兵。

好在，冯玉祥是当时旧军官中，屈指可数体恤士兵的军官。为防止军官打骂和逃兵现象，冯玉祥制定了“八不打”戒条。同时，冯玉祥还注重严格练兵和精神教育，注重内务细节和文化教育……这些，都为吉鸿昌日后成为一名优秀的军人，奠定了基础。

苦练本领，吃苦耐劳，正直刚勇，随冯玉祥第十四旅部转战西安时间不长，吉鸿昌就得到赏识，进入模范连，成为一名模范士兵。

无疑，吉鸿昌之所以能够成为一名优秀军人，与冯玉祥有着密不可分的关联。

冯玉祥经常给他们讲述官僚政府的腐败，揭露清廷贵胄买官贿爵的黑幕，乃至老百姓的苦难日子。那时候，吉鸿昌还知道了袁世凯上演的复辟丑剧，知道了乌烟瘴气、动荡不安的政局……

这些，他都深深地记在心里。

冯玉祥曾经制定下两个斗争目标：要同国内的恶势力斗争；要同日本帝国主义斗争。

这些，他也深深地记在了心里。

1915 年 5 月，冯玉祥接到移防汉中的命令。出发前，他向大家发问："你们练兵的目的是什么？中华民国的敌人是谁？"

众人沉默中，吉鸿昌噌地站起来，他操着浓重的河南腔回答："反动军阀，洋鬼子。"

"面对他们，你们该怎么办？"

吉鸿昌道："打他个狗日的。"

略显粗野的答话，引得众人窃窃私语。冯玉祥心平气和地继续问道："用什么打？"

"用我们手中的武器打。"

"要是武器失灵了呢？"

"用大刀砍！"

"要是大刀也坏了呢？"

"我还有拳头和牙齿……"

冯玉祥早就知道有吉鸿昌这么个人，这一下，他彻彻底底记住了这个人。

三

1920 年秋，冯玉祥率领十六混成旅奉命移防河南信阳。

驻防信阳，众多河南籍官兵家属前来探望，这不免勾起了吉鸿昌的思乡之情。

得到批准后，吉鸿昌终于有了省亲的机会。

时间毕竟紧张，在父母面前，吉鸿昌直接道出了想法："在军队上，吃苦是一方面，更多的是学到了很多文化知识。这使我想到了家乡的那些穷乡亲，他们生活窘迫，无力求学，就业困难，我想攒钱办一所学校……"

那时候，北京有杜氏私立初等小学，常德有何氏私立小学，吕潭镇上仅有的一所国民小学，因经费短缺，生源极少，大部分孩子失学在家。这些年，家里一不买房，二不置地，老两口省吃俭用攒了些钱……

父亲吉茂松自然明白儿子的心思。听了吉鸿昌的话，父亲当即表态："咱爷俩想到一块去了。"

十日后，吉鸿昌离开家乡。临行前，他把办学之事让父亲代为筹办。吉茂松交际甚广，有一定号召力。经与当地绅商各界协商，借用吕潭镇陕西会馆西院，学校定名为"吕北小学"。

…………

1922年，已升至营长的吉鸿昌再次回到家中。

当时，吉鸿昌所部驻扎在开封郊区。那天，老家吕潭镇有人来信，父亲吉茂松卧病在床，十分想念儿子。吉鸿昌迫不及待回到家中，他紧紧握着父亲的双手，"儿子不孝，这些年没能好好照顾您，您有什么吩咐就说吧，孩子一定铭记照办！"

知子莫如父啊，吉茂松语重心长地告诉吉鸿昌："你正直勇敢，为父放心。不过，我有一句话要向你说明，你现在正是报效国家的时候，一定要记住当官要清白廉正，多为穷人着想，做官即不许发财。记住这一点，我也就死而瞑目了……”

返回驻地后，吉鸿昌对父亲的教诲不敢忘却。他把“做官即不许发财”七个字写到纸上，贴在床头，以示不忘父训。

不久，他亲自设计、书写的这七个字，交陶器厂，烧制瓷碗500多个，并在全营举行了庄严的赠碗仪式……

四

经年征战，足踏南北，吉鸿昌屡立战功。

1925年10月，他升任绥远省督统署直辖骑兵团团长兼警务处处长。不久又被任命为第三十六旅旅长；

1927年4月，所部扩编为第十九师，升任师长，归属冯部国民革命军第二集团军所辖；

1928年任三十师师长，调防甘肃天水；

1929年7月，吉鸿昌进兵宁夏，任宁夏省政府主席兼第十军军长。

可是，动荡不安的时局啊，哪有什么顺风顺水？

1930年4月，蒋、冯、阎中原大战爆发。吉鸿昌奉命率部从宁夏出潼关，参加讨蒋大战。9月，冯玉祥的西北军战败。吉鸿昌为保存实力，接受蒋介石改编，任第二十二路军总指挥兼第三十师师长，不久被蒋派往光山、商城一带进攻鄂豫皖苏区。

此时的吉鸿昌，早已被苏区百姓拥护共产党人的行为所感染。他深深地知道，唯有跟着共产党走，才能完成自己救国救民的夙愿。

形势发展越来越紧张，吉鸿昌加紧了起义的步伐。

殊不知，此时的蒋介石已经感觉到吉鸿昌被“赤化”，不能再为己所用，更不能眼睁睁看着鄂豫皖苏区日益壮大，决定拔除这个“眼中钉”。

正当吉鸿昌全力发动起义的关键时刻，南京方面通知他出国考察的电报来了，继而免去了吉鸿昌第二十二路军总指挥及所兼任的各个职务……

1931 年 9 月 21 日，吉鸿昌被蒋介石逼迫下野。

五

几经波折，吉鸿昌“出国考察”的事情终于尘埃落定。

这是一次令他“受益匪浅”的考察。在加拿大、古巴、美国、法国、比利时、德国，所到之处，吉鸿昌一边发表抗日演说，一边接受着西方经济、科技、军事的猛烈撞击。

在繁忙的考察活动中，吉鸿昌并没有忘记关注国内局势的发展。东三省沦陷后，国内抗日活动高潮不断，他迫切回国的心，跳得更猛烈了……

1932 年 1 月 29 日，经过秘密策划，吉鸿昌一行终于踏上了回国的旅程。

途中，还发生了一个小插曲。

在船上，随行的凌勉之对吉鸿昌说：“这次出国，是蒋介石派特务监视、强迫的。现在既然要回去，是不是要给蒋介石去电，得到他的批准？”

吉鸿昌义愤填膺地回道：“抗日救国，是中国人的天职，尤其是我们军人的责任，我回到自己的祖国，不需要任何人批准，抗日救国，何罪之有！”

2 月 26 日晨，吉鸿昌所乘轮船离开九龙开赴上海。因考虑沪战，恐进港受阻，他们提前一天，于 2 月 28 日抵达吴淞口外。

眼前的一幕着实让他吃了一惊。

只见高悬着太阳旗的海轮频繁往来，十余艘排列整齐的日本军舰，正集中炮火向吴淞口扫射。所幸吉鸿昌乘坐的轮船悬挂着英国国旗，才得以幸免……

此时的吴淞口，火光熊熊，浓烟滚滚，已然满目疮痍，遍体鳞伤，到处弥漫着炮火的味道。吉鸿昌顿足哀叹："蒋介石的不抵抗政策，竟使日寇深入堂奥，剚刃我胸，我辈军人岂不惭愧……"

轮船抵港，吉鸿昌眼见着同胞四处逃难，横仰竖卧，有如肉货的惨状，泪水夺眶而出……

六

回国后，吉鸿昌被所见所闻深深地刺痛着。随着抗日力量不断壮大，他愈发清醒地认识到，中国的前途命运只能寄希望于共产党。

他决定，尽快找到中共地下组织。

当时，淞沪会战正在激烈进行，上海身处水深火热之中，该如何寻找，又该到哪里去找？

几经思索，他想到了一个人。

浦化人，毕业于上海圣约翰大学，曾在西安创办圣公会并任会长，是一名基督徒。1921 年冯玉祥任陕西督军时，吉鸿昌与他同为教友，时相过从。浦化人聪明干练，长于口才，为冯玉祥所器重，

1922 年冯玉祥参加反奉战争，邀其同行。1926 年随鹿忠麟访苏，不仅学会了俄语，还加入了中国共产党。后来到了上海，公开身份做教会工作，实则是中共地下党联络员。

好友相见，一番闲谈后，吉鸿昌道出了内心的苦楚。他的意思很明确，自己并非因为被削职而来，而是相信共产党代表着大众的利益，要抗日，没有共产党领导不行。

浦化人自然明白吉鸿昌的意思。一方面言明自己可以帮助传达，另一方面希望他能去见一见冯玉祥。冯玉祥与浦化人早有来往。信件中，冯玉祥表达了自己抗日救亡的深刻想法，以及自己提出的抗日议案遭到国民党抵制后，与共产党人联系的事情……

别过浦化人，吉鸿昌心里踏实了很多。他相信，共产党人一定会派人与他联系。次日，他与夫人胡洪霞满怀期望地登上北上的列车，赶往天津的家。

吉鸿昌天津的家位于花园路，天津市花园路于 1902 年建于法租界，名霞飞路，又称 40 号路。这是一座欧式红色三层小楼，亦称“红楼”。

时间进入 3 月。一日，一个头戴礼帽、身着长衫的人前来会见吉鸿昌。客厅内相见，吉鸿昌大吃一惊，这个人就是宣侠父。

吉鸿昌知道，这是挚友重逢，更是共产党派来的人。

从出国所见所闻到去苏联签证碰壁，从抗日形势到满怀抱负，吉鸿昌与宣侠父谈得酣畅淋漓。宣侠父还是头一次听到吉鸿昌如此坦诚的自白，他沉思片刻说：“最近我要去趟上海，你如果跟我一起的话，我可以给你引荐几人，或许会有帮助。”

吉鸿昌听罢，欣然应允。

为了避免引起怀疑，吉鸿昌以治病为由，与宣侠父抵达上海。

本以为可以很快与共产党组织会面，没想到还是出了岔子。当时，由于王明“左”倾教条主义在党内的错误领导，对国民党高级将领，一概拒之门外。

无功而返，吉鸿昌只得返回天津。

七

后来的一段时间，吉鸿昌经常往返于天津与北平，以期与华北党组织取得联系。

5 月，《淞沪停战协定》签署，这个消息再次让吉鸿昌坐卧不安起来。正在这时，赵彦卿突然以老朋友的身份造访。赵彦卿是冯玉祥驻北平代表，负责与各方联系。赵彦卿转达了冯玉祥对吉鸿昌的怀念，并说明了不抗日，中国就没有出路的思想。

临了，赵彦卿告诉吉鸿昌：“冯先生痛定思痛地认为，要抗日就必须同华北党的负责人达成默契，取得他们的领导和帮助……”

一周之后，吉鸿昌履约到北平去见赵彦卿。

在赵彦卿家中，吉鸿昌见到了中共华北政治卫保局负责人吴成方。吴成方对吉鸿昌其人其事早已清楚。吉鸿昌性格刚直，直接表明自己愿意成为一名共产党员的态度。

对于吉鸿昌的言谈，吴成方心中暗自敬佩，但是在斗争形势异常严峻的情形下，他还是需要谨慎行事。

吴成方肯定了吉鸿昌革命进步的要求，“你愿意投身革命的立场、决心和你走过来的足迹，我们大体清楚。也理解你愿意加入中国共产党的愿望。共产党欢迎一切愿意革命的同志，但一切进步分子都要在党领导的革命斗争中接受考验，我希望你能明白……”

吴成方没有直接表明接受吉鸿昌为共产党员的想法，但对于吉鸿昌而言，能够接受这样的“考验”已经是很有分量的事情。

又过了一段时间，吉鸿昌突然接到一封信，吴成方邀他到北平再次见面。

再次见面，吉鸿昌还是三句话不离本行：“我已经做好了上前线的准备，但当务之急是唤起民众和联络抗日武装力量……”

吴成方突然问：“武装从哪来？”

吉鸿昌怔了一下：“我还是没有打消发动旧部起义的想法，如果拉队伍成功，无疑是对蒋介石‘围剿’苏区的有力打击……”

吴成方对二十二路军旧部并不熟悉，便道：“发动旧部起义也好，以你高级将领的身份去联络各派抗日力量也罢，这都是我党当前工作的重要组成部分，希望你能成功。”

吉鸿昌握着吴成方的手说：“是预祝我们成功！”

八

发动旧部起义，吉鸿昌还是没能成功。

这是一次颇费周折、极具危险的“冒险之旅”。

正当吉鸿昌争分夺秒向部队宣传抗日思想的时候，蒋介石得到他潜回旧部的消息。随即，蒋介石派出鄂豫皖“围剿”司令部参谋长曹浩森赶到宋埠。曹浩森是西北军老人，曾是冯玉祥的参谋长，也是吉鸿昌的旧友。

曹浩森奉命唯谨，劝吉鸿昌到汉口，并许诺只要离开部队，蒋总司令会另有重用。

吉鸿昌不以为然，“我无非是为了挽救中华民族的危亡而抗日。这次我来旧部看看，有什么大不了的事情，日本帝国主义得寸进尺，你我堂堂七尺男儿，岂能咽下这口窝囊气！请你向蒋介石报告，哪怕是在这里当一名小兵，有了报效国家的机会，也比回汉口强……”

曹浩森吃了“闭门羹”，便把吉鸿昌强行“请”到张印湘精心安排的一个院子里。

第三十军军长张印湘早就得到上峰密报，便日夜“热情”地陪着吉鸿昌，嘘寒问暖之余，还安排几个旅长来看望老长官。

吉鸿昌不仅见不到基层官兵，甚至连20个团长和四五十个营长都见不到。原来，前来看望的许多团营长，早已被张印湘的手枪队挡了驾……

吉鸿昌多次提出要求，想要会见部下，都被张印湘一一拒绝。

一天，两天，他们就和吉鸿昌这么貌和神离地周旋着。

吉鸿昌心里着急，但又不能表现出来，只能暗地里想着对策。

一天午饭后，吉鸿昌与张印湘闲聊，他既讽刺又幽默地说道：“我来这里已经好几天了，谢谢你的款待。不过，我总不能这么天天吃饭睡觉吧，怎么也得给我安排个职务，哪怕是给你当个伙夫、马夫也行……”

张印湘听完，貌似郑重地答道：“总指挥从来那天起，我就考虑给你让位。这也是你去年出国前，上面早就考虑过的事情。但，此一时彼一时，这么重大的事情，必须要通过中央，不好私人授受，最好咱们同去见蒋总司令，当面请示……”

吉鸿昌知道这是张印湘玩的花招，以为自己不敢去见蒋介石。他心中盘算，自己何不将计就计，趁着去汉口见蒋介石的机会，在半路的歧亭镇摆脱张印湘。

车行至歧亭镇，吉鸿昌见街上来来往往很多士兵，估计已经到了八十九旅防区。继而，他以路上颠簸厉害，腰疼难受为由，要求停车。

吉鸿昌突然提出来的要求，超出了张印湘的计划。无奈，张印湘等人只得找了个临时的休息之所。张印湘自然不会甘心自己的失算，便以到达汉口之后需要上下疏通打点为由，向吉鸿昌要了一张中南银行五万元的支票。

其实，张印湘心中早就有了计划。他打算利用这张支票作为赃证，控告吉鸿昌携带大量款项，收买他本人和各级军官，拉走队伍投奔苏区。

他哪里知道，吉鸿昌给他的，乃是一张空头支票。

吉鸿昌到达歧亭镇的消息很快被八十九旅旅长彭国桢得知，并很快把他接到了旅部。吉鸿昌晓之以理动之以情，说服彭国桢。

时间迫在眉睫，这天午饭后，吉鸿昌让彭国桢紧急集合各部军队。可惜，部队驻地分散，无法在短时间内集合，只召集了八十九旅、九十旅中的一部分。

将军见到久别的部下，心潮澎湃，五味杂陈；老部下见到敬爱的将军，热血沸腾，眼含泪花……

从部队现状到士兵们的生活，从眼前形势到未来前途，吉鸿昌正站在队伍前面讲着，两驾军用飞机由远及近呼啸而来。官兵们抬头仰望，从天飘落的传单好似鹅毛大雪。

安全起见，吉鸿昌唤大家紧急疏散。

吉鸿昌随手捡起一份传单，只见上面清晰地印着：三十军的官兵们，军人以服从命令为天职。首要的就是要服从现任长官的命令，严防坏人挑拨离间，更不要盲目跟从，盲目跟从是十分危险的，蒋总司令对你们给予厚望……

吉鸿昌在部队中的影响力和号召力实在太大了。这，让张印湘他们心中着实不安。于是张印湘他们开始盘算着如何编造吉鸿昌的罪证，好在见到蒋介石时汇报。

到达汉口后，张印湘他们第一时间向蒋介石告发了吉鸿昌的行动。

形势严峻，当天晚上吉鸿昌就把能召集到的营以上军官找来开会。会议开至午夜，吉鸿昌即让彭国桢下令，连夜把部队带往北山待命。同时，他还叫来以前的一位张姓团长和参谋长，令他们集合部队，准备行动。

起义的事情，眼看着就要实现了。

孰料，关键时刻，张姓团长以上厕所为借口，悄悄躲了起来。无奈之下，吉鸿昌只能死死扣住参谋长不放，同他一起下达行动命令。

与此同时，仅智文宪团积极响应，其他部队迟迟未动。吉鸿昌唯恐事情有变，便决定先率领这几百人出发。

值班参谋得知消息，把情况紧急汇报上去。张印湘惊恐万分。蒋介石得到消息，亦震怒至极，命张印湘誓死挽回不利局面。

吉鸿昌带领几百人行至羊角山一带停了下来。随即派出燕鸿甲和参谋苟某，持函火速联系八十八旅和八十九旅。

张印湘等组织的追击部队已然逼近吉鸿昌，可是燕鸿甲等人迟迟未归。吉鸿昌还不知道，燕鸿甲他们早已在联络途中遇害。

吉鸿昌他们被张印湘带领的手枪队包围了。现在唯一的办法就是突围。关键时刻，传令兵急中生智，顺手打开箱子，把仅有的一部分现大洋向着十几米远的地方抛去。所幸，手枪队中有不少人认识吉鸿昌，而张印湘等人又没有向他们下达抓获吉鸿昌的命令。张印湘考虑到，吉鸿昌与士兵感情深厚，如果下达这样的命令，恐枪口调转自己。

吉鸿昌他们边打边撤，钻进了深山密林，追击部队失去目标，才算罢休。此时已是第二天的夜晚，吉鸿昌看着所剩的几人，心里五味杂陈。经过商讨，有 6 人愿意继续跟随。

夜色中，吉鸿昌等 7 人向着苏区的方向走去……

九

吉鸿昌抗日救亡的夙愿，终于如愿以偿。

一开始，他在天津家中积极开展抗日联络工作，尽可能向好友介绍当前局势和自己抗日救亡的决心。

时间的脚步迈进 1933 年的门槛。1 月 3 日，日军攻陷山海关，进军承德，铁蹄继续向着热、察迈进……

1 月 17 日，中国共产党发布了《为反对日本帝国主义侵入华北愿在三条件下与全国各军队共同抗日宣言》。1 月 20 日，由阳泉开抵通县、玉田县一带的二十九军，于 3 月 11 日在赤峰口参战，爆发了著名的“长城抗战”。

这般抵御日本侵略者的正义行动，令吉鸿昌激动不已，欣喜万分。

然而，好景不长，由于蒋介石的不抵抗政策，长城各口接连失守。

就在这段时间，冯玉祥正在按照与中共北方特科共同拟定的“抗日纲领”积极开展活动。

喜忧参半啊。这一年春节，吉鸿昌哪还有心思过年，他的心早就飞到了张家口的抗日战场。就在这时，党给他安排了任务，让他尽快促成与冯玉祥高举抗日大旗，并培养一支属于自己的武装力量。

3 月 25 日，吉鸿昌抵达张家口。冯玉祥异常高兴，在张家口土尔沟“爱吾庐”住所款待了他……

无疑，吉鸿昌的到来，使冯玉祥如虎添翼。自然，冯玉祥给予吉鸿昌的，更是信心倍增。

时间不长，山西汾阳军校 3000 余名师生，奉冯玉祥电令，在中共地下党带领下进军张家口；方振武的抗日救国军亦冲破重重阻力，抵达宣化；吉鸿昌书信妻子胡洪霞，让其变卖家产，毁家纾难，胡洪霞果断应允……

抗日力量从无到有，从乱到治，吉鸿昌作为一名共产党员，在抗日浪潮中，如一粒火种，正在燃起熊熊烈火。

1933 年 5 月 25 日，察哈尔抗日同盟军成立，冯玉祥出任总司令，吉鸿昌担任第二军军长，随后又为张家口警备司令。

抗日同盟军亮出了抗日大旗，在全国产生了强烈反响。正值抗日形势逆转之时，5 月 31 日，蒋介石与日本签订了《塘沽协定》。根据这项协定，蒋介石实际上承认日军占领长城及山海关以北地区为合法，并把长城以南 20 余县规定为不设防区。

整个华北门户向敌敞开，平津危在旦夕……

6 月 15 日，抗日同盟军第一次军民代表大会在张家口召开。次日，在吉鸿昌请命下，冯玉祥任命吉鸿昌为北路军前敌总指挥。

无疑，这一次，吉鸿昌把智慧、胆识、魄力，发挥到了极致。他身先士卒，迭挫强敌，连克多伦、宝昌、康保、沽源等地……

同广大民众的抗日热情恰恰相反，蒋介石对抗日同盟军的“战果”十分震怒。7 月下旬，蒋介石派兵 16 个整编师，并配以装甲车 8 辆，飞机 2 队，围攻抗日同盟军。

国民党政府在军事、政治、舆论上不断施加压力，以及金钱收买、拉拢和特务暗杀，吉鸿昌察觉到，冯玉祥逐渐对察哈尔抗日同盟军失去了信心。

果然不出所料，8 月，冯玉祥在主持了“民众抗日同盟军收付察东四县阵亡将士纪念塔”和“多伦战役阵亡将士许有齐烈士墓”落成典礼后，于 14 日凌晨乘火车回泰山而去。

冯玉祥下野，张家口的形势急转直下。之后，吉鸿昌等人又带领抗日同盟军坚持了一段时间之后，不得不宣告失败。

十

重新回到天津，此时的这里早已被国民党的白色恐怖完全笼罩。

吉鸿昌并没有消沉。他主动寻找党组织，只身开展工作。功夫不负有心人啊，他不仅找到了组织，还与南汉宸、宣侠父等取得了联系。

多次商讨之后，他们决定，重整旗鼓。

1934 年 5 月，由吉鸿昌和南汉宸出面，中国人民反法西斯大同盟于天津成立。

之后，为了深入推进抗日救国运动兴起，吉鸿昌他们决定组织抗日义勇军，实施武装抗日……

吉鸿昌等人的活动，很快引起国民党政府的密切关注。国民党北平军分会特务处头目郑介民的暗杀名单中，吉鸿昌排名首位。当时，社会上秘密流传的由吉鸿昌根据组织安排编写的《民族战旗》刊物，亦成为特务们追踪的线索。

其实，吉鸿昌早就觉察到有特务在盯梢。

出于党组织和同志们的安全考虑，他及时改变了自家的联络地点和方式，并停止了刊物出版。那段时间，他也改变了工作作风，整日在惠中饭店、交通旅馆，“访友”“打牌”“听唱盘”，以此做掩护与各地抗日反蒋人士联络和会谈。

时间进入9月，被派往安徽、河南等地发动武装抗日工作的人被捕，天津组织抗日力量的工作暴露。

蒋介石震怒之余，责令郑介民亲自指挥，不惜一切手段逮捕吉鸿昌。

党组织得到消息，立即通知他们撤离天津。此时，已经撤离到上海的宣侠父等人，正在积极为吉鸿昌、南汉宸他们做着撤离的准备。

在危险处境中，吉鸿昌有着自己的计划和打算。从保存实力考虑，他们完全应该撤离。但是，吉鸿昌经手的好几批武器正在办理中，与广西的反蒋抗日力量的代表还没有见面，现在一走，这条线就断了……

吉鸿昌决定晚几日再走，在其劝说下，南汉宸先行撤离。

那天，吉鸿昌抽暇回家，与妻子胡洪霞简单交代后，便急匆匆赶回国民大饭店。这一日，是他与广西代表李宗仁见面的日子。

殊不知，此时的特务业已得到消息，并悄悄包围了国民大饭店。

为了弄清吉鸿昌房间的位置，天津情报组组长吕一民的姘妇、化装改扮的特务“杨小姐”，在楼道里假装玩小皮球，然后故意将球抛进吉鸿昌的房间……

这一天，是1934年11月9日。

十一

吉鸿昌被捕后，因枪伤被押解到法租界天主教堂后的法国医院救治。转天，被关进法国工部局监狱。

16 日，国民党北平军分会与法国工部局相互勾结，以“通缉在案”为由，将吉鸿昌引渡到国民党五十一军拘留所。

胡洪霞得知丈夫被捕的消息，肝肠寸断。为了营救吉鸿昌，她连夜乘车赶往泰山去见冯玉祥。11 月 21 日，她又赶往北平，去找吉鸿昌西北军交情至厚的旧友，寻求营救良策……

特务们对吉鸿昌使用了种种酷刑仍审讯无果，无奈之下，于 11 月 22 日将其秘密押解到北平。之所以“秘密押解”，是蒋介石他们害怕消息一旦走漏，社会舆论起来声援吉鸿昌，如此一来，必会招致正义呼声的谴责。

在北平，何应钦组织了“军法会审”，质问吉鸿昌为什么搞抗日活动，并要他招出秘密。

吉鸿昌义正词严地驳斥说：“抗日是四万万五千万中国人民的事情，有什么秘密？只有你们祸国殃民，和日本暗中勾结，干些不明不白的勾当，才有秘密！”何应钦张口结舌，无话可答，便用酷刑折磨他，吉鸿昌岿然不动，没有吐出一个字……

11 月 24 日，监刑官北平分会科长朱某，向吉鸿昌出示了“立时枪决”的电令和判决书。

刑场上，吉鸿昌用树枝作笔，以大地为纸，写下了就义诗：

恨不抗日死，留作今日羞。

国破尚如此，我何惜此头。

写罢，吉鸿昌快步走到行刑处，喝令刽子手：“给我搬把椅子来。我为抗日而死，死了也不能倒下！”

刽子手显然被吉鸿昌的气势震住了。他们想绕到背后开枪，吉鸿昌厉声道：“我一生光明磊落，不能背后挨枪。你就在我眼前开枪吧，我要亲眼看着你们是怎么打死我的。”

刽子手端起了枪，吉鸿昌瞪起双眼，用尽全力高呼：“抗日万岁！”“中国共产党万岁！”

枪响了，吉鸿昌至死也没在敌人面前倒下。

这一年，他 39 岁。

本节引用资料：

①吉瑞芝、郑慈云、郑吉平，《吉鸿昌传记》，河南人民出版社，1991 年 12 月版。

②郝铭鉴、胡惠强主编，《革命烈士遗文大典》，上海文化出版社，2001 年 6 月版。

③徐骏华编著，《吉鸿昌的故事》，中国社会出版社，2009 年版。

④《吉鸿昌：“我为抗日而死”》，《人民日报》，2021 年 5 月 18 日。

诗文绝句表忠心——瞿秋白

1934年下半年，蒋介石调动数十万军队，对中央红军进行围、追、堵、截。同时，派出十几万军队，兵分两路，对中央苏区进行全面清剿，要“挖地三尺”“斩草除根”。中央苏区部队不断改变战斗方式，破坏敌人的清剿，考虑到瞿秋白的病情，安排他们几人转移，途中踪迹暴露，他们被俘了……

死亡就在眼前了。

面对生死，每个人的态度千差万别。或畏惧胆怯，或狂躁慌乱，或刚毅坚强，或凛然无畏……

他，却是微笑着走向刑场的。

那一日，阳光明媚，没有一丝风，花草树木都安静地沉默着。

身着对襟黑褂，白色长裤，脚蹬黑袜黑布鞋，他昂首稳步走出牢狱大门。去往刑场，需经过中山公园，为防万一，公园早已设了多层警戒，游客被驱逐一空。

一席酒肴摆在公园八角亭。这是敌人特意为他准备的“送行饭”。他一边走向亭内，一边邀请敌人一起对饮。敌人犹犹豫豫地拒绝了。

是的，如果不是在这样压抑而特殊的场合，或许他们真的愿意坐下来与他对饮，听他畅谈。这不是没有可能，他的思想、智慧、才情、见地，总能令人耳目一新，受益匪浅。但是此时此刻，他们不敢。

按照安排，要在亭前拍照。他背手挺胸，面带笑容，一副胜利者的姿态。照完相，他背北面南坐定，自斟自饮，旁若无人。

酒兴渐浓，他用流畅的俄语唱起了《国际歌》和《红军歌》。

此时，默默无语的士兵，是为他送殡的陪衬。

此时，闪闪发光的刺刀，是为他送葬的魂幡。

痛饮数杯，他仰天放歌：人之公余稍憩，为小快乐；夜间安眠，为大快乐；辞世长逝，为真快乐也……

敌人的头目们惊诧无语，敌人的士兵们呆若木鸡。他们没想到，一个人面对死亡，竟然如此坦然，如此轻松，如此淡定。

香烟悠闲地夹在手指间，他缓缓起身，整整衣襟，漫步穿越公园，走向刑场。一边走着，一边再度高歌吟唱，并不断地高呼着——中国共产党万岁！中国革命胜利万岁！共产主义万岁！

罗汉岭下，蛇王宫旁，一块草坪上，他盘膝端坐。眼前的刽子手还在惊诧中，他却微笑着点了点头，“此地正好，开枪吧！”

哨声落，枪声响起……

这一天，是 1935 年 6 月 18 日。

这一年，他 36 岁。

一

瞿秋白出生的时候，他的官宦家庭已然衰落下来。

1899 年之前的很长一段时间，瞿家一直是常州颇富名望的显赫门第。他的家庭靠出租土地生活，明清两代，世代读书，世代做官……

时值清朝末年，山河动荡，家国破碎。维新运动失败，清王朝俯首称臣于西方帝国主义，中华大地惨遭列强瓜分，以农民为主体的义和团“扶清灭洋”的梦想破灭……

中国逐步成为半殖民地半封建社会，人民陷入深重的灾难之中。此种影响下，瞿秋白世传的官宦家庭在父亲这一代江河日下，破败衰落了。

家里的田产房屋全部卖光，父亲不得不寄居叔祖的“八桂堂”。瞿秋白就出生在这八桂堂的天香楼。

幼年的瞿秋白，靠着时为湖北布政司使的叔祖和身为知县的伯父的官俸，以及江阴贤庄姑母家的柴米接济。

仅仅过了几年阔绰日子和“少爷”生活，瞿秋白4岁那年，叔祖逝去，紧接着伯父罢官，柴米接济也因姑母的死和“诸子分炊”停止了。

瞿秋白的父亲瞿世玮，通四书，习黄老，擅山水，典型的旧式读书人。当年，虽捐过浙江候补盐大使，终究是个虚衔儿。没有混入仕途，亦无正当职业，瞿世玮的“黄老之学”又当不得饭吃，即便是擅长的“书画”，也不过纨绔之人的消遣，不能满足家需。更重要的，受世代官宦陈旧思想的束缚，即便家庭败落，瞿世玮亦要硬着头皮维系着家族所谓的“体面”。

如此一来，他们只能依靠家里剩存的家什典当度日。

物有尽，人要活。这样的日子自然不是长久之计。

待到家中什物典无可典，当无可当，四壁空空，债台高筑，瞿秋白仅剩半年就将于常州第五中学毕业的学业也被迫辍止……

对瞿秋白童年影响最大的，当属他的母亲。

其母金衡玉，亦为书香之“闺”，待人接物、诗文史典等，各方面都很优秀。瞿秋白从小表现出来的聪慧和文学天赋，让金衡玉对他寄予了厚望。在传统正规教育的同时，她把自己擅长的文学，徐徐灌输给瞿秋白，其4岁时即能诵背不少诗词了。

这一点，在瞿秋白后来的文字中可见一斑。他从不否认是母亲把他引上了文学道路，并称自己为一个“文人”。

母亲对儿子的天赋才华、必成大器，充满信心。或者说，家庭的困顿，生活的重压，乃至世俗鄙薄的白眼，等等，金衡玉都忍受了下来。这种精神的支撑，完全来自儿子瞿秋白。

可是现在呢？儿子学业中辍，金衡玉美好的设想与希望破灭了，她赖以支撑的精神支柱断了，曾经坚强的心亦随之崩塌。

可叹啊，金衡玉无法接受这个残酷的现实，万般无奈之下，只得选择了下下策——正月初五的晚上，金衡玉写完遗书，悄悄来到熟睡的孩子们床前。她仔细地，认真地，缓慢地挨个儿看过之后，回到自己房间，拿出一包火柴，将火柴头上的红磷剥下，会同着那杯虎骨药酒，一并吞了下去……

二

母亲金衡玉的去世，只是瞿秋白家庭“破碎”的开始。

是的，这是一个多难的家庭。或者说，支离破碎、妻离子散、家败人亡、骨肉离散，等等，诸如此类悲伤而无奈的词汇，几乎可以成为一个时代诸多家庭的代名词。瞿秋白家庭的遭遇，只不过彼时社会家庭的代表和缩影。

国之不国，何以安家啊！

当然，我们可以换个角度进行设想。如果瞿秋白的家庭没有遭受种种变故，依旧衣食无忧，依旧延系着封建陈旧的家族体制，那么，瞿秋白或许还是一个生活无忧的“少爷”，他走上革命道路也将是另外一种情形。依照他的性格和所接受的新文化知识，或许，他会以另外一种方式登上革命历史的舞台。

而瞿秋白在时代悲剧与家庭悲剧接踵而至的时候，从封建家庭里跳了出来。从这种意义上来说，他既是旧时代悲剧家庭之中不幸的人，又是另一个崭新时代的宠儿。

倘若不是因为一幕幕家庭悲剧的上演，想必瞿秋白亦不会在未满 17 岁的时候，就孑然一身，背井离乡了。正是因为这次背井离乡，他来到了北京。

这又是一种冥冥中的注定。

早在辛亥革命爆发时，瞿秋白的民主主义意识就已开始萌芽。但，正当袁世凯做着皇帝梦的时候，瞿秋白坠入了“唯心的厌世梦”。由“厌世”而“避世”，以至于刚到北京时，他“只愿考入北京大学，研究中国文学，将来做个教员度过这一世”的想法依然盘桓于心。

在北京，瞿秋白住在堂兄瞿纯白家里。他的“北大梦”因学膳费受阻，希望得到堂兄的帮助。无奈，瞿纯白经济上也并不宽裕，未能帮上忙。生活困顿的现实必须要正视和面对，堂兄希望瞿秋白能放弃文学梦想，寻得一份安全稳定的工作。瞿秋白听了堂兄的劝告，去参加普通文官考试，结果没有考上。

1917 年夏，瞿秋白决定进入不要学费的外交部立俄文专修馆，学习俄文。

其实，当时的瞿秋白对俄国文学和历史知之甚少，也并不知道俄国革命的事情。之所以进入陌生和并不喜欢的领域，完全出于无奈。还在北大旁听的时候，瞿秋白就对自己的“寄生生活”表现出苦恼。他曾痛苦地表示：当时吃的饭是我堂阿哥家的，不是我的。如此一来，他的堂兄瞿纯白就成为他进修俄文，寻求独立与安全“最后的靠山”。

是的，瞿秋白也曾坦率地承认，之所以选择这所学校，是因为它不像北京其他的大学，它不收学费，并许诺毕业之后“很有可能”成为驻沙俄的中国外交官或中东铁路方面的管理人员，学员每月还可得到一些津贴……

是的，正是因为瞿秋白选择学习俄文，才有了他之后流传至今的翻译作品。

是的，正是因为瞿秋白在北京稳住脚跟，才让他真正拓宽了世界革命的视野，并顺理成章地卷入到五四运动的滚滚潮流之中。

这，也成为他人生的重要转折点。

这些，也成为他走上革命道路的重要缘由。

三

被迫学习俄文，瞿秋白却干出了一番可以载入史册的事业。

是生活所迫也好，是动荡社会的助推也罢，抑或是命运的安排，归根结底，瞿秋白成了中国革命史上举足轻重的一个人。

作为中国共产党早期的主要领导人之一，瞿秋白的一生，三十六个春秋，短暂而又丰富，三十六个冬夏，他留给了后人那么多的不能“遗忘”。

比如，他是中国第一个报道十月革命后苏俄实况的人。1920 年 8 月，瞿秋白在北京俄文专修馆尚未毕业，便被北京《晨报》和上海《时事新报》聘为特约通讯员到莫斯科采访……

比如，他是中国第一个用文艺体裁描写列宁风采的人。1921 年的 7 月 6 日，瞿秋白在安德莱厅见到革命导师列宁，并与其进行了简短交谈……

比如，他是中国第一个完整译配《国际歌》词曲的人。在此之前，《国际歌》已有三种译文，但都不够准确，无法与曲谱配译，无法歌唱。为此，瞿秋白一边弹奏风琴，一边反复吟唱译词，不断地推敲、斟酌，如法文“国际”一词，译成中文只有两个字，而这个词有8拍，瞿秋白反复琢磨后把法文的“国际”音译成了“英特纳雄耐尔”……

除上述外，第一首歌颂中国工农革命的歌曲《赤潮歌》也出自瞿秋白之手。中国共产党第一张日报《热血日报》亦由他创办。他是第一个系统地给中国读者介绍马列主义文学艺术理论的人。他还参与创建了上海大学，并身兼教务长、社会学系主任等职……

一介文人，却有着追求理想和信仰的满腔热血，有着关乎民族命运、人民疾苦、国家未来的铿锵志向。

瞿秋白，以笔为戈，书写下轰轰烈烈中国革命史的世纪回响。

四

瞿秋白对于中国革命的伟大功绩，不是短短几段文字所能概括的。这里，只说他入狱之后的英雄无畏。

刻印章，成为瞿秋白狱中生活最大的精神寄托。

说起来，瞿秋白的篆刻技艺颇有根基。其六伯父瞿世璜能篆能刻，技艺精湛，瞿秋白从小耳濡目染。读中学时，他的国文教师史蛰夫在石刻艺术上也有较高造诣，并抽出时间对瞿秋白精心传授……

有关资料记载，瞿秋白在狱中的40多天中，仅篆刻印章就多达七八十枚之多。

要知道，印章篆刻需要凝神静气，需要心无旁骛，需要平和心绪，需要毫无杂念，只有这样，方能聚精汇力。

面对生死，瞿秋白却在狱中倾注于诗文和篆刻，他何以表现得如此坦然和淡定?

难道瞿秋白不怕死吗?

显然不是。毋庸置疑，面对可能到来的死亡，每个人都想继续活下去。就瞿秋白而言，他在狱中接受宋希濂为他治病，为他改善伙食，接受为他提供的诸多便利，其目的就是希望更好地活下去。不是吗，只有活着，很多未竟的事业才能继续做下去。

说起来容易，在狱中要想活下去，需要机遇，需要妥协，需要屈服……

信仰，理想，真理，志气，人格，初心，这些长到骨子里的词语，支撑着瞿秋白，宁可放弃眼前的机遇，也绝不妥协，绝不屈服。

内心深处，他早已放弃了生的希望。

在看透敌人的把戏之后，瞿秋白的心反而更加平静、更加坦然了。所以，他才能凝心静气地去刻他的印章，写他的文章。当然，一刀刀刻下去的，是对理想信念的坚定不移；一刀刀刻下去的，更是他对信仰的忠诚，对生死的无畏。

写作，成为瞿秋白狱中生活的又一个精神支柱。

从 5 月 17 日动笔，至 22 日，短短六天时间，瞿秋白先后完成了《何必说——代序》《“历史的误会”》《我和马克思主义》《多余的话》等文章共计七篇，近两万字。

或许，这是他最畅快的一次创作，亦或许，狱中的生活激发了他积蓄良久的才情。以至于直到他牺牲时，尚有 31 篇未完成的文稿计划……

这些，都成为他留给这个世界最后的话。

5 月 22 日，就在《多余的话》竣稿当天，蒋介石得知宋希濂未完成任务，就派出国民党中统局训练科科长王杰夫、行动科干事陈建中，途中拉上福建省党部秘书钱永健、厦门市党部书记朱培璜一同抵达长汀，再次对瞿秋白劝降。

这又是一个斗智斗勇的过程。

这更是考验革命战士坚定决心和意志的过程。

五

今天就是行刑的日子了。

6 月 18 日，天晴气朗，万里无云。吃过早饭后，瞿秋白换上了新洗净的黑褂白裤，黑袜黑鞋，泡上一杯浓茶，点支烟，坐在窗前翻阅着《全唐诗》。金灿灿的霞光投进窗口，他依旧平静地翻阅着，吟读着，思索着……

或许是突然间灵感迸发，瞿秋白伏案挥笔，写下了生命中的最后一首诗：

1935 年 6 月 17 日晚，梦行小径中，夕阳明灭，寒流幽咽，如置仙境。翌日读唐人诗，忽见“夕阳明灭乱山中”句，因集句偶成一首：

夕阳明灭乱山中，落叶寒泉听不穷。

已忍伶俜十年事，心持半偈万缘空。

晨8时，特务连长余冰走进囚室，向瞿秋白出示处决令，并催促启程。因刚刚写完上述诗句时间不长，瞿秋白思忖片刻，奋笔疾书：

> 方欲提笔录出，而毕命之令已下，甚可念也。秋白曾有句："眼底烟云过尽时，正我逍遥处。"此非词谶，乃狱中言志耳。
>
> 秋白绝笔

掷笔整衣，瞿秋白昂首走出房门。

10时整，余冰传令出发。

接下来，就有了文章开篇时的一幕。

罪恶的枪声响了。瞿秋白微笑着离开了这个世界。

无疑，这是一名战士对革命怀有必胜信心的微笑。

这更是一名革命者，忠诚于国家、忠诚于人民，无怨无悔的微笑。

本节引文资料：

①王铁仙主编，《瞿秋白传》，人民出版社，2011年6月版。

②宋希濂口述，汪东林采访整理，《瞿秋白被俘就义真相》，《纵横》杂志，2016年第1期。

③张晓东，《"狱印"背后凝结着信仰的力量》，《世纪风采》，2020年第10期。

④范春森、王其森，《瞿秋白被捕和英勇就义详情》，《福建党史月刊》，2008年第5期。

信仰的火种——方志敏

1934 年，由方志敏、粟裕率领的红军北上抗日先遣队，在谭家桥镇乌泥关、白亭、石门岗一带遭到国民党王耀武部队追剿。红十军团被王耀武率领的国民党军队追击包围，一万多人仅有粟裕等 400 多人突出重围，方志敏等军团主要领导均被俘、牺牲……

他躺在树林柴窝中，搜山的敌人，端着枪，瞪着眼，一波又一波从跟前晃过。找不到他，敌人便扯着嗓子叫嚣，恐吓："出来吧，你躲不过去了……"

难道自己的革命斗争生涯就此为止了？

仅仅闪过一个念头，瞬时，他又否定了自己。眼下的情景，被敌人搜出来，那也不过一死了事。如果搜不出来呢，最起码还能再轰轰烈烈地干他几十年……

生死关头，他依旧不能忘怀自己钟爱的革命事业。

一个小时过去了，两个小时过去了，三个小时过去了……敌人丝毫没有离开的意思。

敌人自然不会轻易离开，更不是漫无目的地胡乱搜索。

地方已经确定。山林里，除了荒草、树木、柴垛，别无其他安全的躲藏之地。敌人一遍又一遍，过筛子似的搜查。六个小时后，两名匪兵还是发现了他。

哐哐哐……

拉动枪栓，再次确定子弹已经上膛，敌人把枪口甩过来，"出来，再不出来就开枪了……"

他不慌不忙地站起来，昂然挺立，像座伟岸的雕像。

匪兵早就知道他的身份。两人鬼笑着，认定必有一笔横财到手。

从上到下，从里到外，从衣领到袜子，两个匪兵彻彻底底搜了一遍身。

结果，令他们大失所望。

他身上，除了一块怀表、一支水笔、一枚私章，别无其他。

匪兵自然不肯善罢甘休。平日里，他们敲诈勒索、鱼肉百姓惯了，眼前这个人的身份地位如此之高，怎么会身无分文，绝对不可能。其中一个把枪口向前推了推："赶紧把钱拿出来，要不然让你尝尝子弹的味道。"

他淡淡一笑："开不开枪是你们的权利。我不比你们国民党的官员，个个有钱，我们革命并不是为了个人发财……"

这话，绝非虚言。

长期的革命斗争，他一直过着清贫而简朴的日子。他职位虽高，经手的款项亦是不少，可是自己从来没有挪用一分一厘，全都用在了革命事业上。

清贫朴素的生活，正是革命者能够战胜许多困难的"法宝"。

匪兵并不相信他的话，又在其隐藏的地方搜查了几遍，仍旧一无所获。失望之余，匪兵不得不认清现实，这才狠狠地说了一句："跟我们走吧……"

对于革命事业而言，这是一个不幸的日子。

这一天是 1935 年 1 月 29 日。

他的名字叫方志敏。

方志敏，1899 年出生于江西省上饶市一个世代务农的家庭。他 8 岁入私塾，12 岁辍学务农，17 岁在县立高等小学，开始受到新文化运动的影响。

1922 年 7 月，方志敏在上海加入中国社会主义青年团，并结识了陈独秀、瞿秋白、恽代英、向警予等著名中共领导人。同年 8 月，根据组织决定，他离开上海，返回南昌创建江西地方团组织。

1923 年年初，方志敏与赵醒侬等人创建中国社会主义青年团南昌地方组织、江西“民权运动大同盟”和“马克思学说研究会”。1924 年 3 月，他加入中国共产党。

之后，短短四年时间里，方志敏在江西建立农民自卫军，农协会员发展至 80 余万人；领导建立江西红军独立第一团和中国工农红军第十军。1931 年 11 月，当选中华苏维埃共和国临时中央政府执行委员、主席团委员。同年，当选为赣东北省苏维埃政府主席兼财政部部长。

方志敏被捕，敌人好似抱住了一棵“摇钱树”。

早在 1928 年，蒋介石就到处张贴悬赏告示：凡生擒或献出赤匪方志敏头颅者，赏洋五万元。之后，蒋介石又把赏金提高到八万元。

当日下午，方志敏被押解到敌四十三旅七二七团部。敌人对他自然殷勤备至，酒席款待，他们的野心不单单数万块赏金那么简单，如果能从方志敏口中获得重要情报，高官厚禄更是可想而知。

敌人的套路并不新鲜，方志敏心知肚明。他一语不发，只字不吐。当天晚上，敌人又来纠缠，要方志敏写点儿东西。方志敏想了想，为了让敌人死心，便叫他们准备纸笔。

两个小时后，方志敏写完了。敌人如获至宝，兴奋的表情还没有完全展开，瞧见文字就傻了眼。

方志敏，弋阳人，年三十六岁，知识分子，于一九二五年加入中国共产党。参加第一次大革命。一九二六至一九二七年，曾任江西省农民协会秘书长。大革命失败后，潜回弋阳进行土地革命运动，创造苏区和红军，经过八年的艰苦斗争，革命意志益加坚定……

敌人费尽心思，却得到两页毫无价值的“废纸”，自然气急败坏。但，他们职微权小，不敢贸然对方志敏做出处决，只得次日将其押到四十三旅旅部。

四十三旅旅长刘振清邀玉山县伪县长王振寰和县党部书记柯常琳等出面“接待”。王振寰曾一度伪装进步，混迹国民党江西省党部，四一二反革命政变后，甘心做了反动分子。

“方司令，还认识我吗？”王振寰故作热情，主动套近乎。

“你不是王清尘吗？”

王振寰闻听方志敏称呼自己的别号，很是高兴。但，还未等他开口，方志敏便接着道：“你不是当大官了吗？你是贪官污吏，我们没有什么交谈的余地。我也用不着你们宽大，你们杀了我，我们党还有千千万万的革命者……”

王振寰弄了个满面红，他用颤抖的手指着方志敏：“现在谁也救不了你，只能靠你自己。”

方志敏义正词严：“我绝不会做背叛国家民族利益的事情。”

这一次，敌人又败下阵来。

第二天，刘振清等决定把方志敏押解到上饶。上饶是国民党赣浙闽皖边区警备司令部所在地。路上，为了防止方志敏逃跑，敌人给他钉了一副十斤重的脚镣。

方志敏一到上饶，警备司令兼第八军军长赵观涛就亲自出马，对他进行“审讯”。

赵观涛把司令部布置得警戒森严，杀气腾腾。他希望从气势上击垮方志敏的心理防线。怎奈，方志敏除了揭发蒋介石的罪行，别无他话。

硬的不行，敌人又使出了“软招”。国民党江西省党部书记俞伯庆专程从南昌赶来，用高官厚禄加以引诱。

方志敏开门见山：“我决意为革命牺牲，没有别的考虑。”

俞伯庆装出关心的样子：“革命，你们的革命不是失败了吗？”

听了这话，方志敏立马反驳：“我们在军事上暂时失败了，但在政治上并没有失败。而且，我可以告诉你，我们永远也不会失败。”

几番软硬兼施，敌人仍旧毫无收获。但，他们并没有就此死心。他们决定，在上饶召开“庆祝生擒方志敏大会”，以宣扬他们的“胜利”。

大会地点选在金龙岗下的体育场。方志敏脚戴重镣被敌人架上台，台下却死一般沉静。当年，红十军三次攻克上饶县城，打土豪，分田地，人民群众对方志敏有着深厚的阶级感情。

赵观涛见气氛沉寂，便吩咐士兵呼喊反共口号。怎奈，台下并无一人呼应。无声的抗议，沉默的怒火，让敌人感到恐慌，他们只得草草收场。

思忖再三，赵观涛他们还是决定把方志敏押解到南昌。

去南昌需经过方志敏的家乡，弋横暴动的策源地弋阳县。路上，“痴心”不死的敌人又盘算起了花活。他们要在弋阳县也开个“庆祝大会”，其目的是借机吓唬吓唬苏区群众。此时的弋阳县，已经完全处在白色恐怖笼罩下，这也是敌人胆敢生此想法的重要原因。

想法虽好，现实却让他们出了一身冷汗。

得知押解方志敏的囚车要在弋阳县停留，乡亲们扛着锄头，拎着扁担，拿着柴刀，握着木棍，足足有 3000 多人向着临时搭建的戏台聚集——他们希望营救自己的领袖。

气氛瞬时变得紧张起来，弋阳县伪县长张抡元吓得赶忙派人到半路通知赵观涛，千万不要在弋阳县停留。赵观涛半信半疑，命令士兵架起十几挺机枪，继续朝弋阳开来。到了弋阳车站，人山人海的情景令他不得不选择赶快逃离。

方志敏被押解到南昌，关在“绥靖公署”军法看守所。

“绥靖公署”军法看守所，原是蒋介石的“行营”，其搬至武汉后，这里便成了他们的审判机关。关在这里的囚犯，都由它审讯判决。在江西土地革命斗争中，许多共产党员、红军战士和革命群众被敌人杀害于此。

敌人对方志敏的落难，着实“高兴”了一阵子。

他们出“号外”，发“嘉奖电”，举行“记者招待会”，甚至出动飞机散发传单……他们犹嫌不足，再次决定召开“庆祝大会”。

这次，他们吸取前两次的教训，采取了前所未有的严密警戒。会场周围，布设了密密麻麻的警察队伍，大街上架着机关枪，不许任何人靠近。

会场上，上海《字林西报》访员询问方志敏被捕后的感想，方志敏笑了笑：“我有一个坚定的信念，就是不惜生命代价反对帝国主义侵略中国，为民族独立而奋斗……”

方志敏出现在了会场台上，早已按捺不住的人群一起向着台前移动，会场登时混乱起来，“快把他拉下去，快把他拉下去……”敌人精心策划的这次“庆祝大会”，再次以同样的方式结束了。

方志敏被囚禁的地方，是一间三等号。

这是一种最苦最糟的笼子，每个笼子约十几平方米，关押着七八个人，除每日放风一刻钟外，全靠门上一尺见方的铁窗换气。笼子里，放着大小便的木桶，阴暗潮湿，跳蚤横行，即便是身强体壮的硬汉，关进去，不是病倒也得掉层皮。

方志敏入狱不久，就生过两次病。他的身体本来就不好，十几年前，就因为工作劳累而吐过血。生病没有药，只能多喝热水，可是，即便是热水也是定点定时，不能随便喝。方志敏多次向敌人提出抗议，出于劝降的需要，敌人将方志敏的伙食由一日两餐改为三餐，喝水不加限制……

陆陆续续又有人来监狱劝降了。他们中间，有国民党江西省部、省政府、省保安司令部的官僚政客，也有他们的军阀、帮凶、特务和暗探。

一波又一波说客满怀信心地进来，又垂头丧气地出去。阿谀奉承，花言巧语，威逼利诱，恐吓威胁……方志敏回敬他们的只有坚定的宣告：我是共产党员，我与你们势不两立。我要消灭你们，岂能投降于你们！我既然被俘，一死而已，投降，那是你们愚蠢的妄想！

最先对方志敏进行审讯的，是军法处副处长钱协民。

这是个心狠手辣、双手沾满革命者鲜血的刽子手。他的办案准则是：宁可错杀，不能错放。凡是当过分田委员的，杀！凡是打过土豪的，杀！当过乡苏主席的，杀！担任过红军排以上干部的，杀！……

方志敏对此人早有耳闻。孰料，钱协民对他的审讯却一反常态。

方志敏拖着沉重的脚镣走进审讯室，钱协民马上吩咐看守员搬来凳子。凳子搬来了，他又说凳子不好，换作椅子。方志敏坐定，钱协民装出一副“礼贤下士”的样子：“方先生，今天我可不是审讯，是想告诉你一个消息。”

“什么消息？”方志敏看都不看他一眼。

“这个消息对你十分不利。说是你的夫人组织了军队，拆了我们的堡垒……”

方志敏听完，知道这是敌人的鬼把戏。他微微一笑："我需要给你指出一点，我的夫人不会带兵打仗，我们党完全有领导红军的力量……"

一计不成，钱协民马上换了主意："那么，你愿不愿意见见你的夫人，如果你愿意，可以给他们写封信，找她前来。"

钱协民拐弯抹角，无非是想用家眷作为要挟。方志敏早就看透了他的用意："把我的夫人找来，就表明我已经倾向于你们了是吧？"

钱协民点头哈腰："方先生是聪明人，你们夫妇能回心转意为国方做事，上面一定会重用的……"

方志敏冷笑两声："实话告诉你们吧，休想。我们共产党员都是深刻信仰共产主义的。我不爱爵位，不爱金钱，我已经决然为革命而牺牲……"

面对态度坚决的方志敏，钱协民无计可施了。

第二个前来"探望"方志敏的，是"绥靖公署"主任顾祝同。得知钱协民的审讯一无所获，求功心切的他，决定亲自见见这个共产党人。

几句寒暄，顾祝同直接表明来意："先生正值英年，不要抱消极态度。蒋委员长的意思，要先生发表一个书面意见，他想推崇先生为国家做一番事业……"

顾祝同的话不无来处。就在方志敏押解到南昌的第二天，蒋介石就从南京来到南昌，他直接过问了方志敏的案情，顾祝同所说的话，也是他的意思。

顾祝同原以为这一招要比钱协民高明，没想到方志敏坦然一笑："我是政治家，不是阴谋家，要我加入你们一伙，办不到，我们共产党人是不怕死的，我已经下定决心，准备牺牲。"

就这样，顾祝同也吃了“闭门羹”。

几次三番地劝说，方志敏态度坚决，始终不肯透露敌人想要知道的半点儿消息。敌人觉得，对付像方志敏这样的革命者，需要的是时间。于是，为了劝降，4 月初，他们把方志敏关进了“优待号”。

“优待号”里关押的，都是国民党的官僚和有资产的人。

房间比较宽敞，每室仅住一至二人。墙上装着玻璃窗，四面用白纸裱过，帆布床、钢丝床、乌木桌椅之类，也都齐全。

这里的囚犯，可以在围墙内自由活动，可以互相来往，可以由公馆送饭。总而言之，在这里，贪赃枉法，营私舞弊，完全公开，国民党社会上存在的种种黑暗现象，也都存在。

方志敏，“优待号”里唯一戴着重镣的人。这显然与“优待”不相匹配。

差别更大的是，方志敏的房间位于看守所所长和看守员的住室之间，对面是办公室，后面是军人监狱，使得他的房间完全置于敌人的视线之中。

方志敏并不在乎什么“优待”，更不考虑什么房间问题。他知道，敌人最终的目的，无非就是劝降，只不过他们的手段改变了而已。

果然不出所料，国民党反动当局的劝降者纷至沓来。除了官僚和军法处的头目外，这一次，敌人还发动了“优待号”的其他囚犯……

新一轮的劝降“潮水”，正在一浪又一浪向他涌来。

关押环境上的宽松，频繁的人员接触，再结合“说客”和敌人们始终抱有幻想的心理，方志敏似乎看到了一线希望。

难道不应该利用眼前的一切可能和时机，去谋图越狱吗？

是的，自己应该对敌人实施一些不损害革命利益的敷衍，以延缓死刑的执行。应该的，的确应该这么做。

一个共产党员，应该努力到死，奋斗到死！好的，就这样决定——以必死的决心，图意外的收获。

方志敏开始寻找一切机会教育被俘和看守人员。一段时间后，宣传教育发生了效果。一次，方志敏把一部分信件和文稿交给一名经他教育的军法官，没想到，军法官竟然信守承诺送了出去……

这可是难得的机会。既然不能亲赴战场，何不拿起手中的笔重新战斗？

从4月中旬开始，方志敏除了读书看报，就是伏案写作。时间对他来说，太宝贵了。能够越狱最好，即便不能越狱，他也要赶在敌人动手之前，把自己革命斗争的经验和教训写出来，交给党中央。

为了同敌人争夺时间，方志敏机警地打发着敌人，巧妙避开耳目，白天构思，晚上动笔，常常写到半夜。盛夏的南昌，暑气逼人，这些，他都顾不上了。就在这时，他的肺病发作了，咳嗽中带着血，时常头疼，四肢无力……

就这样，在入狱的100多天里，方志敏写了《我从事革命斗争的略述》《可爱的中国》《死！——共产主义的殉道者的记述》《清贫》《狱中纪实》等16篇文稿，现存13篇。

1935年，中央红军突破重重封锁，胜利北上。蒋介石反动统治集团预感情况不妙。为了维持自己的反动统治，他们变本加厉镇压革命斗争和抗日救国运动。

刽子手们发疯似的，一次又一次闯进号子里。

6月7日，江西省苏维埃政府政治保卫局局长娄梦侠惨遭杀害。

6月9日，中央工农民主政府土地部部长胡海，中共兴国县委书记谢名仁倒在了敌人的枪口下。

接下来，北上抗日先遣队二十一师师长胡天桃，北上抗日先遣队保卫局局长周群，亦都被秘密杀害……

方志敏知道自己的时日不多了。

但他知道，自己还有很多话要说。

为了做好应对突然事变的准备，方志敏先后写下了几封遗书。《我们临死以前的话》便是他留给党中央的遗书：

…………

苏维埃的制度将代替国民党的制度，而将中国从最后崩溃中挽救出来！

共产主义世界的系统，将代替资本主义世界的系统，而将全世界无产阶级和全人类，从痛苦死亡毁灭中拯救出来。全世界的光明，只有待共产主义的实现！

我们临死前，对全党同志诚恳的希望，就是全党同志要一致团结在中央领导之下，发扬布尔什维克最高的积极性，坚决性，创造性，用尽自己的体力和智力，学习列宁同志“一天做十六点钟工作”的榜样，努力为党工作！

…………

亲爱的同志们，我们因错误而失败，而被俘入狱，现在是无可奈何地要被法西斯国民党屠杀了。我们要与你们永别了！

法西斯国民党在用种种威迫利诱的可耻手段，企图劝诱我们投降。投降？你国民党是什么东西——一伙凶恶的强盗，一伙无耻的卖国汉奸！一伙屠杀工农的刽子手！我们与你们反革命国民党是势不两立的，你法西斯匪徒们只能砍下我们的头颅，决不能丝毫动摇我们的信仰！我们的信仰是铁一般的坚硬的。

我们现在准备着越狱，能成功更好，不能成功就坚决就死。

在法西斯匪徒们拿枪向我们的头颅胸膛发射，或持刀向我们头上砍下之前，即在我们流血之前，我们将用最大的阶级愤怒，高呼下列口号：

打倒日本帝国主义！

打倒卖国的国民党！

红军最后胜利万岁！

中华苏维埃共和国万岁！

中华民族解放万岁！

中国共产党万岁！

…………

1935 年 8 月 6 日凌晨，凶残的敌人在南昌下沙窝，秘密将方志敏推向了刑场。

临死前，他高呼："红军万岁！苏维埃万岁！"

敌人惊恐万状，慌忙弄了一团棉花塞进方志敏嘴里，又用一条白布把方志敏的嘴巴紧紧封住，妄图堵住真理的声音。

这一年，方志敏 36 岁。

是的，方志敏把生命的最后一刻，化作情与血的文字，献给了党和人民，谱写了一曲共产党人的正气歌，留下了一份永远值得后人珍藏的精神财富，真正履行了"我生存一天就要为中国呼喊一天"的铮铮誓言。

2019 年 8 月，几近与方志敏遇害相同的日子里，我们来到位于弋阳县的方志敏纪念馆。

远远地，我们就看到了那尊汉白玉雕像。高大的身材，威武的面容，坚定的站姿，刚毅的双眸，他静静矗立于此，眺望远方，他正在欣赏这新时代的盛世中华吗？

在英雄面前，我们都变得沉默了。对于方志敏而言，肉体的消失掩盖不住精神的长存。我们仿佛看到了他的笑容。他在遥远的地方，惦念着这片土地……

时至今日，伟大的中国共产党走过了百年征程。方志敏留给我们的精神财富，就是不灭的火种，必将引领我们走向更远更辉煌的路……

本节引用资料：

①戴和杰、何剑芳，《方志敏：在清贫中担当》，《中国纪检监察报》，2017 年 8 月 30 日。

②《方志敏传》编写组，《方志敏传》，江西人民出版社，1982 年 1 月版。

③周重礼，《方志敏舌战群敌实录》，《中华魂》杂志，2016 年 11 月刊。

④郝铭鉴、胡惠强主编，《革命烈士遗文大典》，上海文化出版社，2001 年 6 月版。

⑤《方志敏：信仰的力量》，《人民日报》，2021 年 6 月 15 日。

⑥《方志敏文集》，江西人民出版社，1999 年 7 月版。

不屈的“红装”——赵一曼

1931 年 9 月 18 日，日本关东军在沈阳制造蓄谋已久的侵华事变，史称九一八事变。短时间内，东北大片河山陷于敌手。同年，赵一曼被中国共产党派到东北地区领导革命斗争。1934 年担任中共珠河中心县委委员兼铁道北区区委书记，组织抗日自卫队，与日军展开游击战争。1935 年担任东北抗日联军第 3 军第 1 师第 2 团政委，11 月，与日伪军作战时不幸受伤被捕……

东方泛起了鱼肚白，车窗外飘着雾气，薄薄厚厚，浓浓淡淡，田野，树木，村庄，从眼前闪过又消失，消失又闪过。

天快要亮了。是的，天一定会亮起来的，黑暗的日子终究会结束的。

她静静地坐在车厢里，背靠座位，目视窗外。200多个日夜的摧残和折磨，她已然孱弱不堪。但，她心里的理想之火依旧熊熊燃烧着，从未泯灭。天亮了，时间也就不多了。面对死亡，她从容淡定，没有一丝恐惧。从加入队伍开始，她就做好了随时迎接这一天的准备。

她现在唯一挂念的，只有孩子了。

孩子，你已经7岁了。分开的时候，你还不到两岁。5年了，你又该是什么样子。你一定长高了，长大了，长得壮实了，更可爱了。你一定在无数个夜里梦到过妈妈。1800多个日夜，妈妈何尝不是如此？但，这能有什么办法呢。我们的国家，我们的土地，我们的同胞，正生活在水深火热之中，还有那么多孩子和你一样。

可怜的孩子，可能你连妈妈的样子都记不起来了。或许以后，你再也见不到妈妈了。遗憾，内疚，亏欠。孩子，可怜的孩子，妈妈很快就要永远离开你了。从出生到现在，妈妈没能尽到教育的责任。可是，妈妈希望你永远不要忘记，妈妈为什么而死，这是一种光荣，也是一种自豪。

孩子啊，亲爱的孩子。长大后，你应该做一个什么样的人，应该有怎样的信仰和态度，妈妈不能亲口给你讲了。将来有一天，相信你能明白，相信你也一定能够记住……

一

这是一场敌我势力悬殊的战斗。

是日，日军集结三部分兵力及伪警察大队等300余人，四面围攻珠河县春秋岭左撇子沟。

珠河县，现为黑龙江省尚志市，原隶属伪满于哈尔滨设立的滨江省，为下辖二十七县之一。日军侵占东北后，生灵涂炭，人民大众奋起抗击，革命力量如雨后春笋。较之其他地区，珠河县抗日活动最为活跃。正因如此，这里也成了日本侵略者的“眼中钉”，并试图通过“三光政策”予以彻底消灭。

仅五十几名革命战士，以一当十，顽强奋战。战斗从上午10点开始，整整持续了一天。

但，毕竟敌众我寡。

交战到最后，革命队伍伤亡颇大，弹药告急。为保存实力，团长和政治部主任分两队组织撤退。突围中，团长负重伤被捕，政治部主任因受伤，隐蔽在雪坑荒草中，逃过一劫……

这一天，是1935年11月15日。

这场战斗，就是春秋岭左撇子沟突围战。

负伤的政治部主任躲避在附近老乡家中养伤。7天后的11月22

日，不幸被捕。

被捕的政治部主任，就是赵一曼。

赵一曼，原名李坤泰，字淑宁，又名李一超，1905 年出生于四川省宜宾县，1923 年加入社会主义青年团，1926 年 2 月 28 日，赵一曼考入宜宾女子中学。读书时，被选为女中学生会常委兼交际股股长、宜宾妇联常委会主席。同年，宜宾特别支部成立时，她即由团员转为共产党员，同时担任宜宾妇联和学联党团书记。赵一曼曾在黄埔军校武汉分校、莫斯科中山大学学习。1928 年冬回国后，在宜昌、南昌、上海等地从事地下工作。1931 年九一八事变后，到东北从事抗日斗争。

活跃于东北期间，赵一曼运用知识和智慧，团结工人力量，开展反日罢工活动，团结群众百姓，建设革命根据地，驰骋抗日前沿，开展抗日斗争……敌伪报纸曾经有过“女共党赵一曼红装白马驰骋哈东攻城略地危害治安”的报道。

二

1927 年 9 月，赵一曼和爱人一起前往莫斯科中山大学学习。次年回国。

中国劳动者共产主义大学，即莫斯科中山大学。学校于 1925 年 9 月在共产国际支持下建立，专门为中国培养无产阶级革命干部。1928 年 9 月更名，其目的是用苏俄思想意识形态把中国学员培养成为合格的“布尔什维克”，为中国完成苏维埃式共产主义革命储备人才。

能够进入这所大学学习，要求苛刻，标准严格，实属不易。

比如，入选者必须有不少于一年的革命工作经验。

比如，入选者的出身，倾向于农民、手工业者、劳动知识分子、城市贫民子弟等，但拒绝在富裕家庭子弟中选择。当然，如果在其中选择学员，只有那些在1925年上海罢工事件前参加革命运动或群众组织，有一定经验的革命者可以破格录取。比如，教育层次要求学生达到中等教育水平，取得毕业证书，并掌握一门欧洲语言。

比如，招收学员总数中，共产主义信仰者的比例不少于半数……

1928年的一天，她觉察到身体不适，恶心，呕吐，有明显的妊娠反应。对于新婚夫妇，尤其对于婚后而孕的女人，这该是一件幸福的事。

然而，她疑虑重重，懊悔不已。

之前因为肺病复发，已经耽误了不少课程。她成绩优秀，加之懂得学习机会来之不易，怀孕的事情，势必会影响学业。懊悔之后，她第一时间把情况汇报给了组织。组织上早就考虑到这些问题。是的，组织上既然批准他们结婚，就已经考虑到会有孩子的问题。得到宽慰的她克服强烈的妊娠反应，依旧坚持学习。

这年，西伯利亚寒流袭击莫斯科。天气越来越冷，妊娠反应越来越强烈，还伴随着咳嗽。到医院检查，是肺病和妊娠的综合反应，需休息和补充营养。但，她依旧坚持上课和学习。

就在这段时间，她接到了回国任务。国内革命形势发展迅猛，自井冈山建立革命根据地之后，非常需要干部，尤其是女干部……

其实，按照自身状况，她完全可以向组织提出申请，暂不回国。丈夫也有此想法，希望她生完孩子再回国。可是，她宁可自己克服困难。

临别当晚，她和丈夫商量好了孩子的名字。丈夫说，无论是男孩还是女孩，都叫宁儿吧。她补充道："正好我的名字里也有一个宁字，这是我们从列宁故乡带回来的宝贝……"

三

1938 年 11 月 22 日夜，赵一曼第一次接受敌人审讯。

审讯她的人名叫大野泰治。大野泰治，伪滨江省公署警务厅特务科外事股股长，是个"吃人"的家伙。

初秋时节，在抚顺战犯管理所展厅，我们见到了大野泰治的照片。黑白底色上的这个人，横眉立目，满面煞气，残忍与粗暴、恶狠与凶怒，都写在了脸上。

就是这样一个厉害角色，没有想到居然会在一个二十多岁的女人面前败下阵来。

审讯的过程，同样是一场战争。一场胆识之战，心理之战，智慧之战。

审讯按惯例从姓名、年龄、籍贯、职业等内容开始。赵一曼早就想好了一套应对之词。滨警特密一三九四三号档案中，记载了赵一曼的答话。大致内容是，赵一曼，27 岁，原籍山东济南府，家庭是富户，受过中国女性的高等教育，和丈夫一起来东北做买卖，至于抗日部队的事情，一概不知……

赵一曼的回答，言辞流畅，毫无编造之嫌。

大野泰治自然不会轻信这番说辞。恰恰相反，赵一曼表现越为镇定和从容，大野泰治疑心越重。长久与抗日力量打交道，他知道，只有训练有素的革命者，才能有如此态度。

大野泰治继续发问，他试图通过话语诱导，让赵一曼跟着自己的思路走。他坚信，再圆润的谎言也一定会有破绽。

大野泰治直奔主题：你为什么进行抗日活动？

很显然，大野泰治话里有话。他希望赵一曼说出自己就是共产党员，甚至可以义愤填膺地表明自己就是和全国人民一道，反对帝国主义和封建统治之类的话。可是，赵一曼并没有如他所愿。恰恰相反，赵一曼反问大野泰治：“如果你是中国人，对于侵略者在自己土地上滥杀无辜、为所欲为，你会怎么做……”

在长达两个多小时的审讯中，赵一曼就这样和大野泰治周旋着。大野泰治丝毫重要的情报也没有得到。

终于，他沉不住气了。

大野泰治怒气冲冲，用皮鞭抽打赵一曼的伤口。赵一曼紧咬牙关，豆大的汗珠从额头滚下来。剧烈的疼痛让赵一曼几近昏死过去……

一次又一次酷刑，赵一曼流的血太多了，她的脉搏太虚弱了。

越是从赵一曼嘴里得不到重要信息，大野泰治就越觉得她的重要。为了防止赵一曼死掉，他找来了医生。检查完伤势，医生给赵一曼注射了樟脑液，并告诉大野泰治，如此折磨下去，她恐怕活不到明天。大野泰治唯恐出了差池，便命令医生必须保住赵一曼的命。无奈之下，医生只得留下来看护。

这一夜，赵一曼被注射了三针樟脑液。

樟脑液，一种治疗中枢性呼吸困难及循环衰竭的药物，超剂量注射，会出现头疼、兴奋、发汗等不良反应。之于这些，他们都不管不顾了。

四

她的宁儿，的确是个命大的孩子。

1928年11月中旬，她和其余五名同志离开莫斯科，赶往海参崴。那时候，中苏间的路途，可以从莫斯科坐火车到海参崴，再从海参崴搭乘轮船到上海。往返如是。

途经海参崴到莫斯科，是彼时中国共产党确定到莫斯科的六大路线之一。

然而，这条“回家”的路并非一帆风顺。

为避免海参崴出境的严密盘查，他们提前一站下车，徒步赶往海参崴。

这一年风雪特别大，他们顶着严寒，在没膝的雪地里跋涉。这对于一名已经怀孕六个月的女人而言，无疑是艰难的。一路上，妊娠反应作祟，加之身体虚弱，她必须要在同友的搀扶下行路。为了按时到达目的地，她紧咬牙关，尽最大可能不掉队。

为了躲避敌人盘查，他们乔装成被驱逐出境的华侨，还要用绳子捆起来……

如此艰难的旅途，她肚子里的孩子居然安然无恙。

五

大野泰治决定把赵一曼押到哈尔滨。

尽管用尽了一切办法，大野泰治也没能从赵一曼嘴里获得有价值的信息。从她身上找不到突破口，大野泰治就把目光转移到被同时关押的其余二十几人身上，以期通过他人的口供确定赵一曼的身份。

这一招，果然奏效。

其中，一名矮个男子挺刑不过，供出曾见过赵一曼在村里召集群众开会，是抗日工作人员，具体身份不明。大野泰治自然不会放弃这难得的突破口，又对这名男子加以严刑，矮个男子供出另外一人，说此人比较了解情况。

另外一人也没能扛过大野泰治的残酷折磨。他透露，见过赵一曼参加赵尚志团长组织召开的干部会议，其地位与赵尚志差不多，有着一定的发言权。综合多方面信息，大野泰治断定，赵一曼一定是珠河县抗日力量的领导者之一。

恰逢这时间，哈尔滨宪兵队听说珠河县逮捕了一名了不起的女人，便派人前来查看，妄图获得重要情报。

大野泰治像展示战利品一样，把两名宪兵带到了审讯室。

赵一曼自然知道这俩人是做什么的。听完大野泰治说明来意，赵一曼心中思忖片刻，登时眼眶湿润起来。她死死盯着大野泰治和两名宪兵控诉道：“去年春天，哈尔滨一名叫张子明的中国人就是让你们杀害的吧。那是我的丈夫……”

被赵一曼这么一问，俩宪兵瞠目结舌，“我们刚到任，不清楚你说的事情……”说完，俩人悻悻地离开了。

赵一曼饱含热泪的哭诉，其实是一番编造的谎言，或者说是一种临时的计策。张子明乃是与她并肩战斗牺牲在宪兵手上的一名战友。对战友的思念之情是真，应付敌人的盘问之言是假，真真假假的转换之中，不得不让大野泰治半信半疑。

大野泰治自然不会死心：“你的部下都招了，我已经知道你的身份，只要你说出你们的行动和组织机关，就放了你……”

赵一曼冷笑两声：“既然你都知道了，还问我干什么？”

大野泰治气急败坏，一边狠狠地踢赵一曼受伤的左腿，一边叫嚣：“像你这样顽固的女人，杀掉你是很容易的事情……”

剧烈的疼痛中，赵一曼再次昏死过去。

平复一下愤怒的心情，大野泰治感觉到，用这样的方法不会得到什么结果。既然逮住了她，就一定要想办法让她屈服——他不想放过立功的机会。

既然短时间内无法审讯出什么，大野泰治就决定把赵一曼带回哈尔滨审讯。

六

回国后，其余同志很快接到任务，她却迟迟没能被分配任务。眼下国内形势正值低潮，斗争异常残酷，艰难而伟大的革命事业，多一个人就多一份力量。

她知道，组织上还是考虑和担心她的身体。

但，这个原因绝不能成为阻碍她献身革命事业的绊脚石。她向组织提出申请：是祖国需要的时候我才回来的，希望尽快安排到最需要的地方。

的确，当时有个十分艰巨而特殊的任务，一直没有合适人选。

湖北宜昌是沟通四川和大西南与在上海的党中央之间重要的交通联络点。因军阀作祟，党组织被严重破坏，需要尽快建立秘密联络站……

她是最为合适的人选。但，组织上考虑到她的身体和宜昌的艰难处境，便迟迟没有做出决定。

她何尝不知道组织上的关爱？

怀孕已经七个多月，胎儿开始在肚子里顽皮起来。拖着笨重的身子到艰难环境中去开展革命工作，她考虑的不是危险，而是能不能胜任。几经考虑，她知道革命事业耽搁不得，组织上不到万不得已，不会把这么重的担子交给她。她怎么能辜负组织的信任呢？考虑之后，她向组织表态，说明了自己的想法。就这样，1928年12月，她克服困难来到宜昌。

到宜昌后，她通过关系，在长江边的一条狭窄巷子里租了间木板房。这里是码头搬运工的聚居区，多为穷苦人。在这里，她以开店铺为掩护，很快就开展了工作。她主要负责接待过往的交通员、购买船票、转换组织关系、传送文件等。

七

在赵一曼身上，敌人真可谓“用心良苦”。

只不过，他们的“用心”是邪恶之心，歹毒之心，狂妄之心；他们的“良苦”是无策之苦，无计之苦，无措之苦。

1935年11月27日，赵一曼从珠河县被押至哈尔滨。

大野泰治把结果报告给特务科长山浦公久和特高股长登乐松，然后话锋一转，提出利用赵一曼破坏抗日组织的计划。

但计划是否可行？一日，大野泰治把山浦公久、登乐松和特高股副股长大黑照一请到一起，开展了商讨。

大野泰治说："这样一个有骨气的女人，一定是共产党员。我们可以利用她在共产党中的地位和对苏联的关系，窃取情报……"

大野泰治侃侃而谈，似有百倍信心。其余人沉默着，思索着。此前，一日数次审讯和用刑，赵一曼的伤口已经开始化脓，伤情不断恶化，已然生命垂危。在一个快死的人身上大费周折，是不是值得？

大黑照一劝说道："明知道她异常顽固，想利用她恐怕办不到，还是杀了好。"

几人讨论多时也没有结果。最后，山浦公久做出决定，先把她关押起来，治好了伤再做打算。

敌人充满妄想的打算救了赵一曼一命，却没有想到后面发生的事情。

12 月 13 日晚，赵一曼被送往哈尔滨市立医院监视治疗。为防消息走漏，赵一曼被以"王氏"假名安插在医院，并由董宪勋、范迪民和田某三名警士轮流看守。

那段时间，大野泰治几乎每天都要去探看，并企图通过假慈悲攻破赵一曼的心理防线，以期达到自己的目的。

面对大野泰治的试探和诱劝，赵一曼用亲眼所见日本侵略者烧杀抢掠的事实予以对抗。大野泰治无法理解，这样一个弱女子身上怎么会有如此深邃的思想和坚强的意志。

八

她要临产了。

1929 年 2 月 1 日，农历腊月二十二，小年头一天。早上起来，她肚子阵阵疼痛，这是早产的迹象。

房东是个老太太，封建迷信思想根深蒂固。当地有这样的说法，外姓人在自家生产，会带来晦气，断了自家香火。更何况，马上要过年了，产妇的污血会亵渎家里供奉的神灵，十分不吉利。

房东老太太急了，推搡着要求她必须马上搬家。她只得和老太太理论。但老太太蛮不讲理，一边把她往外推，一边大嚷大叫撒泼。

被推出院门，她忍着隐隐疼痛向街心走去。年关之际，到哪里去找房子住。现在她也联系不上组织。无奈之下，她只得又返回来。重新回到住处她才发现，老太太早已锁了大门走掉了。

年关之下，举目无亲，她不知道该怎么办。邻居一个好心的搬运工实在看不下去了，便和妻子商量，把自家本来就狭窄的房子腾出来半间，用柜子隔开，现搭了一张板床容她住下。

这天晚上，她成了一名男婴的母亲。

听到孩子第一声啼哭，看着从苦难中提前来到人世的儿子，她心里五味杂陈。

她躺在板床上，闭着双眼。她太虚弱了，太需要照顾了。如果此刻丈夫在身边多好？可是，他哪里知道，自己的孩子差点儿生在了街头。

远在万里之遥的丈夫啊，看看吧，这就是咱们的孩子。分别时，你还担心孩子生下来无人照看，这话果然被你言中了……

九

赵一曼再次被捕。

说起来，“再次”的过程颇为传奇和曲折。

赵一曼被送往哈尔滨市立医院监视治疗，有三名警士负责轮流看管。经过一段时间治疗，赵一曼伤势逐渐好转。1936 年 4 月上旬，为便于审讯，敌人把赵一曼从人多的大病房转移到单间。

敌人的目的很明确，就是要切断赵一曼与外界的一切联系，接下来软硬兼施，完全控制住她。

不得不说，赵一曼是个很有智慧的革命者。一段时间以来，她注意到，在看管她的警士中，董宪勋心地善良，是可以争取的对象。

暗里拿定主意，赵一曼就借助各种机会，与董宪勋的交谈不断深入。当然，除了做通看管警士的思想工作，赵一曼还把目光投向为她治疗的护士韩勇义身上。从开始时的家长里短到后来的家国苦难，从作为一名中国人的责任担当到信仰和价值……

无疑，这些都为赵一曼逃离魔掌埋下了伏笔。

1936 年 6 月 28 日夜，在董宪勋和韩勇义的协助下，赵一曼终于逃了出来。

整整一夜的奔波之后，董宪勋他们把赵一曼带到了阿城县其叔叔董元策家中。董元策也是山东逃荒而来的农民，疾恶如仇，富有正义感和爱国心。已经是第二天白天，为了安全起见，董元策找到同村好友魏玉恒，求他套车把赵一曼送进山，寻找革命队伍。

6 月 29 日晨，换班警察范迪民发现赵一曼病房空无一人，同事董宪勋也不知去向，便知道事情出了差池。他马上把情况向警察署报告，署长逄世隆接到报告，知事情重大，即刻集合队伍赶往医院。同时，市警察厅特务科亦派出大量特务全城搜索。

敌人断定，赵一曼伤势并未痊愈，不能行走，必定以车代步。于是，他们把目光投向汽车、马车等，重点对当晚出入医院的车辆进行严格盘查。

下午 2 时许，敌人终于从一名汽车司机口中获取重要信息。根据他的描述，敌人又从一名轿夫口中得知了赵一曼的逃走方向。晚 9 时，逄世隆紧急召集各路警察 30 余人，连夜向阿城方向进行搜索。

这段时间，赵一曼和董宪勋、韩勇义等正赶往宾县。只可惜，刚刚下过一场大雨，道路泥泞，又恐沿途盘查，大车只得绕村，一夜下来只走了 20 多里地。

6 月 30 日 5 时许，赵一曼几人正加快速度赶路，不远处传来赶马的吆喝声和急促的马蹄声，敌人终于还是追了上来。

此时，他们距离最近的李家屯游击区，仅有二十几里。

赵一曼等人，再次落入敌人的魔掌。

十

没有亲人，没有经验，无依无靠。但她，却成了一个母亲。

天底下，还是好人多啊。

就比如正是因为搬运工妻子的照顾，她才可以在产后吃上一口热腾腾的汤面，她的孩子才能有人照顾，她也才知道了如何包裹孩子……

本以为可以踏实地调养一段时日，没想到消息还是泄露了。

搬运工因赌博被抓，必须交上罚款才能出来。得知困难情况，她卖掉了丈夫送的金戒指。

这件事引起了警察注意。她不得不带着孩子离开，连夜登上去上海的轮船。孩子还没有满月，时不时地啼哭。她知道，孩子这是吃不饱啊。可不是吗，怎么能吃得饱呢。自从生产之后，她一直没有得到良好的营养补充，加上寒冷和精神紧张，自己的健康都难以维持，更何况是孩子？

轮船在江面上笨拙地前行着。船舱外，风雨飘摇，前途未卜。紧紧抱着襁褓中的孩子，她犹豫着。眼下，孩子俨然成了拖累，与其让敌人抓去，还不如现在就扔到江中一了百了。

她挪动着艰难而迟缓的脚步，抱着孩子走到甲板上。眼前，江涛翻滚，夜色茫茫，孩子好像感知到了什么，又哇哇大哭起来。母子连心啊，孩子的哭喊让她的心一下子软了下来，泪水瞬时夺眶而出。

她不知道自己为何会有如此狠心的念头，她更不知道，将来革命胜利的那一天，她又该如何向自己的丈夫交代。这么多人的流血和牺牲，不正是为了孩子们的将来吗？苦难中诞生的孩子，更应该加倍珍爱，只有这样，革命的火种才会生生不息……

想到这些，她决定把孩子养大，再苦再难也应该这样。

十一

鞭打，烙铁，老虎凳，夹指器，剥皮器，抱火炉，碎身具，压杠床……

敌人对付革命者的刑法到底有多少种？

据有关专家研究，日本侵略者在我国东北进行殖民统治期间，使用的酷刑多达 34 类，500 余种。仅灌水之刑，就有 33 种之多……

赵一曼再次被捕，自然没能逃过这些酷刑的折磨和摧残。

这次审讯，由特高股股长、警佐林宽重与警务厅特务科共同进行。

林宽重，外号“林大头”，日伪时期最凶狠的日本特务。1938

年之前，哈尔滨地区发生的历次重大迫害爱国者事件，几乎全与他有关，经他处决致死的爱国人士不下百人。他曾对人说：“有人爱下棋，下棋有什么意思？抓人办案比下棋好玩得多……”

的确如他所言，对于赵一曼的审讯，他可谓刚柔并济，使出了浑身解数。

开始，林宽重装作毕恭毕敬、谦和关心的样子，并告诉赵一曼，自己不是大野泰治般好骗。“赵女士，你是个有才华的人，你的那些同党开始也和你一样强硬，最后呢，不都死心塌地归顺我们了吗？只要你为我们所用，保证你有享不尽的荣华富贵……”

赵一曼早就看出了林宽重的心思。她泰然自若：“是你们日本侵略者到来之后，我们的幸福生活才被你们破坏了。让我为你们做事，可能吗？既然你们什么都知道了，还问我做什么……”

…………

林宽重见自己的“柔”术丝毫无用，终于原形毕露。“来人，让她尝尝我这地狱里都没有的刑罚！”

早就等着的两人把赵一曼拖进了刑讯室。刑讯室内，吊着被折磨得奄奄一息的人，冒着火光的炭火盆，烧红的烙铁散发着焦煳的味道，木凳、木椅上血迹斑斑，眼前的情景让人恐惧而悚然。

赵一曼早就做好了准备，只要有一口气在，就要和敌人斗争下去。

对赵一曼行刑的主凶，是外号叫作“小阎王”的吴树桂。在林宽重等人的监督下，吴树桂他们用钢针刺入赵一曼的手指，用铁条拧她腿部快要愈合的伤口，用掺着小米和辣椒的水灌入她的鼻腔……

“你到底说不说……”

一次次昏死过去，又一次次被凉水激醒。赵一曼咬着牙道：“你们可以让整座村庄变成瓦砾，可以将人剁成肉泥，可是你们消灭不了我抗日的信仰，打败不了中国人抗日的决心……”

自以为很有本事的林宽重，最终还是在赵一曼面前败下阵来。他从赵一曼身上看到了一种无法理解又不可征服的力量。

十二

再次回到上海，她心里五味杂陈。

这期间，她几经生死。

开始，组织上安排她在中央机关工作，并以孩子作为掩护。那段时间，她邂逅了同窗好友郑琇石和郑奂如，得益于二人对孩子的照顾，她才能踏实工作。1929 年秋，奉上海中央之命，她带着孩子转战江西南昌。仅仅 3 个月后，1929 年 11 月 23 日，中共江西省委机关和下属组织第三次遭到破坏。她和襁褓中的孩子，再次经历了颠沛流离。风餐露宿，饥寒交迫，她带着孩子费尽周折再次回到上海，把江西的情况汇报给了组织。

几次险象环生的经历，让赵一曼不得不考虑儿子的安置问题。

尽管孩子对开展地下工作起到了一定的掩护作用，但更多还是拖累和不便。最重要的是，自己的工作随时都有生命危险，任何一个母亲都不愿这种危险降临到孩子身上。

就在这时，她遇到了同在上海中央机关工作的陈琮英。

在莫斯科分开时，丈夫和她就考虑过孩子的抚养问题。彼时，他们已经商量妥当，必要的时候，可将孩子送至湖南，请堂兄代为抚养。倘若如此，可以请陈琮英帮忙。

真正有了送走孩子的想法，她才发现自己有多么不舍。一岁多的孩子，已经可以蹒跚着走路，已经开始咿呀学语，正是需要母爱和照顾的时候……更重要的是，工作的多变，时局的动荡，不知道母子分开后，还有没有再次见面的机会。

次日，她带着孩子来到照相馆，拍下了生命中与儿子的唯一一张合影。

从此，母子俩生死两茫茫。

十三

敌人从赵一曼口中，没有得到任何有价值的口供，便再次把她监押到伪滨江省公署警务厅的地下室拘留所内。

此时的赵一曼，已经被折磨的体无完肤。

1936 年 7 月 8 日，关东军司令官植田谦吉签发《处理共产党有关人员要纲》，其核心是第二条中的“严重处分”，就是对落入日本人之手的共产党人消灭其生命，不允许其生存……

伪滨江省公署警务厅长涩谷三郎批准了将赵一曼处死的报告。

1936 年 8 月 1 日夜，赵一曼被押上开往珠河县的火车。

火车上，赵一曼向宪兵要来纸和笔，写下了母亲对儿子诀别的话。

宁儿：

母亲对于你没有能尽到教育的责任，实在是遗憾的事情。母亲因为坚决地做了反满抗日的斗争，今天已经到了牺牲的前夕了。

母亲和你在生前是永久没有见面的机会了。希望你，宁儿啊，赶快成人，来安慰你地下的母亲！我亲爱的孩子啊！母亲不能用千言万语来教育你，就用实行来教育你。

在你长大成人后，希望不要忘记你的母亲是为国而牺牲的。

一九三六年八月二日
你的母亲赵一曼于车中

遗书写罢，赵一曼又恐这遗言会给敌人留下迫害儿子的线索。于是，她又写下了一份编造的假遗言。

亲爱的我的可怜的孩子！

母亲到东北来找职业，今天这样不幸的最后，谁又能知道呢？

母亲的死不足惜，可怜的是我的孩子，没有能给我担任教养的人。母亲死后，我的孩子要替代母亲继续斗争，自己壮大成人，来安慰九泉之下的母亲！你的父亲到东北来死在东北，母亲也步着他的后尘。我的孩子，亲爱的我的可怜的孩子啊！

母亲也没有可说的话了。我的孩子自己好好学习，就是母亲最后的一线希望。

一九三六年八月二日
在临死前的你的母亲

1936年8月2日，赵一曼倒在了日本侵略者的枪口下，时年31岁。青春换得江山壮，碧血染将天地红。

日本战败后，曾经审讯过赵一曼的大野泰治，在战犯管理所交出了一首题为“滨江述怀”的诗：

誓志为人不为家，涉江渡海走天涯。
男儿岂是全都好，女子缘何分外差？
未惜头颅新故国，甘将热血沃中华。
白山黑水除敌寇，笑看旌旗红似花。

这是大野泰治对赵一曼审讯即将离开时，恳请她留下的纪念。

交出这首诗的时候，大野泰治先是立正，给写有诗歌的纸片敬了一个军礼。然后，他泪流满面，跪在地上忏悔。

他说，我一直崇敬赵一曼女士，她是真正的中国的女子。作为一个军人，我愿意把最标准的军礼给我心目中的英雄。

他说，作为一个人，我愿意下跪求得赵女士灵魂的宽恕……

本节引用资料：
①李云桥，《赵一曼传》，商务印书馆，2018 年 6 月版。
②《中共党史资料》杂志，2008 年第 3 期。
③郝铭鉴、胡惠强主编，《革命烈士遗文大典》，上海文化出版社，2001 年 6 月版。
④肖福元，《白山黑水除敌寇，笑看旌旗红似花——纪念抗日英雄赵一曼牺牲 70 周年》，《黑龙江史志》，2006 年第 10 期。
⑤《英雄赵一曼：铁骨柔情民族魂》,《人民日报》，2016 年 7 月 19 日。

永远是勇士——郭纲琳

1931 年后，由于“左”倾教条主义错误，白区的革命工作遭到极大破坏，上海街头布满了敌人的“眼线”。1934 年年初，郭纲琳调任上海闸北区团委书记。1 月 12 日晚，在海宁路祥麟里 1338 号亭子间郑子仪家开会，被中西探捕队逮捕……

一种信念一旦长进心里，就成了一个人的血液、骨头和生命。

白天或者黑夜，吃饭或者睡觉，休闲或者忙碌……不经意间的言行，都可能与长在心里的信念发生关联。

这完全变成了一种下意识。

无疑，革命理想和信仰长在了郭纲琳心里。

郭纲琳，中国共产党的优秀女战士，共青团的好干部。1910 年生于江苏省句容县。1929 年考入上海公学，并加入中国左翼文学研究会，积极探求革命真理。九一八事变后，郭纲琳不畏校方阻挠，积极投身抗日救亡运动，号召同学们成立抗日救国会，响应北平、天津、广州等地高校号召，多次参加要求抗日的学生请愿示威斗争。

1931 年 10 月加入中国共产主义青年团，同年底转为中国共产党党员。

1932 年淞沪抗战爆发，她代表中国公学爱国学生参加上海学联工作，夜以继日地发动群众，参加战地服务团，支援前线抗战。同年 4 月，根据党组织安排，化名刘英，到上海美亚绸厂工作，号召女工为争取自由解放而斗争。1933 年春，任共青团江苏省委内部交通，传送党的秘密文件和指示。同年 6 月，到无锡任团中心县委书记，领导无锡等地的共青团工作。1934 年初调任上海闸北区团委书记。1934 年 1 月 12 日，因叛徒告密不幸被捕，1937 年 7 月牺牲，年仅

27 岁。

郭纲琳被捕后，过着非人的囚徒生活，动不动就被拉出去严刑拷问。但，无论敌人使出怎样的招数，劝降，利诱，酷刑，她心里的信仰和誓言，如磐石，似铜墙，像江河，搬不动，攻不破，砍不断……

在遍体鳞伤、痛苦难捱的日子里，她心里想着的，依旧是革命事业。

一方洁白的手绢，左上角绣着一枚鲜红的五角星。绣完五角星，她端详良久，似乎还不够完美。她又用红丝线一针一针地绣上英文“Long Live”。这是“万岁”的意思，共产党万岁，青春万岁，生命万岁……

一个干净的枕套，右上角绣着一只展翅飞翔的大雁，左下方配以“起来”二字，那是她严守党的纪律和与难友们共同奋斗的决心。

更需耐力的，远不止这些。

她端详着两枚铜板。她已然想好了，她要把这两枚铜板打磨成铜坠，打磨成心形，她要挂在脖子上，让更多人看到自己忠于革命的坚定之心。她日日夜夜地磨，未来的心形就是方向，她要向着目标不遗余力。

铜板磨成了心形，她又用钉子在上面镌刻。一枚刻上“健美”，她希望身健体康地活下去，亲眼看到胜利的那一天；一枚刻上“永是勇士”，那是她绝不向敌人低头，永当革命勇士的信念和决心……

一

不止一次到过雨花台。更多是为了一份敬畏，一种缅怀，一个警示，一次鞭策……

自从决定写这部作品，我们再次拜祭这里，便多了一份责任，一种使命……

南京雨花台纪念馆，郭纲琳烈士展台，“永是勇士”的心形铜板摆在那里。我们凝神伫立，透过一枚小小的铜板，那苦难的岁月，那阴暗恐怖的牢狱日子，仿佛浮现在眼前。

1934年的上海，到处都是白色恐怖。此前，闸北区委已两次遭到破坏，环境异常险恶，革命同志屡有牺牲，危险随时可能降临。

1月12日晚，郭纲琳要去海宁路祥麟里1338号开会。这是特殊时期一场比较重要的会议。除了研究部署闸北区地下组织的下一步工作，还要见证和完成董青同志的入党仪式。

这天上午，郭纲琳将前两日因落雨没来得及洗的衣服洗了，将家中上上下下打扫了一遍，连窗户格子都用抹布擦了一遍。

下午，郭纲琳一边剪着大红的囍字，考虑着要不要把母亲和哥嫂接过来。想想还是算了吧，尽管同在一座城市，眼下母亲正在忙着照顾即将临盆的大嫂。现在又是非常时期，等大嫂生产了，坐了满月，一家人再团聚也不迟……

是的，提前把家里收拾妥当，开完晚上的会议，明天她就开始了新的生活——1月13日，是她和丈夫李丰平结婚的日子，女人生命中最重要的日子。

海宁路祥麟里1338号，一座砖木结构的两层小楼。这是20世纪二三十年代，一般上海人居住的房子。这里就是即将成为正式共产党员的董青家。

江一雁同志来了，老党员张志刚同志也来了，会议按照既定计划如期举行。

接下来，是简单而庄严的入党宣誓仪式。

众人抬开桌椅，屋里腾出地方。取出准备好的党旗，悬挂在窗户上……

“我志愿加入中国共产党……宣誓人：董青！”

祝贺你，董青同志！郭纲琳、江一雁、张志刚，纷纷向董青伸出革命的双手。

话音刚落，楼板咚咚咚响了起来。董青的母亲拿着竹竿猛烈地敲着。不好，有情况！

迅速烧毁文件，急忙藏好党旗……他们不能留下任何证据。

郭纲琳同志，你快走！从这里，跨过阳台就进了弄堂……董青焦急地催促道。

江一雁，你们服从命令。张志刚，董青，工厂的兄弟姐妹需要你们，你们快走。江一雁站在那里一动不动，你不走我也不走……

说话间，敌人已经闯了进来。他们被捕了。

二

这是郭纲琳第一次受审。

1934 年 1 月 20 日，郭纲琳被捕一个星期后，工部局在江苏省人民法院第二分院第一法庭对郭纲琳进行公开审判。

铃声响过，法官、陪审员、记录员依次坐定。

紧接着，身着紫红旗袍、外披深灰色呢子大衣的郭纲琳，从容地走进法庭。她环视一遭，向着众人点头致意。

一个熟悉的面孔在眼前闪过。定睛再看，自己的哥哥郭纲伦就坐在旁听席的人群中。两人四目相对，郭纲琳赶忙把目光收了回去，现在，她必须控制好自己的情绪。

姓名？籍贯？法官问。

姓郭，名英，江苏句容人。在敌人面前，郭纲琳更喜欢用自己的化名郭英，英是英勇的英，英武的英，英雄的英！

年龄？职业？

23 岁，日新纺织厂女工。

常规性询问结束，法官话锋陡然一转：你为什么站在这里？

我不知道！！郭纲琳镇定地答道。

你是不是共产党？法官又紧紧逼问。

不是！

不是？你支持十九路军，领导工人罢工，又煽动工人学生闹事，难道不是共产党？

我是中国人！！

说着，郭纲琳向着旁听席扭过头去。血泪的历史，我们每一个中国人都应该牢记。不抵抗，不抗日，东北失守，日寇的魔爪又伸到我们的上海，妄图从上海开始，达到占领中国的目的，妄想！我所做的一切，难道不是每一个有良知的中国人都应该做的吗？

郭纲琳话语铿锵，掷地有声，滔滔不绝的演讲，赢得台下阵阵掌声。更有外国记者暗自佩服：多么伟大的东方女性啊！她的眼神，她的话语，啊，这是胜利者的眼神，这是胜利者的笑容！

你不要在这里煽动是非！法官急忙控制法庭秩序，唯恐出了乱子。

郭纲琳继续抨击：法官先生，你也是黑头发黄皮肤的中国人，难道你忍心自己的国家山河破碎，同胞被任意蹂躏吗？将来，你的子孙如果问你，你又该如何回答？当然，如果你们非要说我犯了罪，那我犯的是反对祸国殃民的罪，犯的是拥护救国救民的罪……

无疑，这是一场出乎敌人意料的庭审。

《大美晚报》记者称：年轻女嫌疑人郭英，态度为之从容，为从来犯人中所罕见，面容秀美却冷酷，时摇头发平静之冷语。推事询其是否共党，摇其首称“什么党不党，我不知道”。问以汝为共产党书记，答称“不知道”。语更冷淡，站立被告席中无半点儿忧色。总之，为一冷静镇定又坚强之女性。

法新社给予了更高的评价：郭英，这美丽坚强的东方女性，她浑身散发着威严和不可侵犯的神圣光芒！她比古代的皇后还富有权力，她就是圣女贞德，她就是圣母玛利亚！

尽管审讯结果敌人一无所获，尽管上海各界议论纷纷，尽管各大报纸对这次公审指指点点，最终，法庭还是漠视法律和正义的存在，在没有任何证据的情况下，判了郭纲琳的刑。

他们强加给郭纲琳的罪名是：犯有“危害民国紧急治罪法”所列之罪，刑期 8 年。

三

郭纲琳一开始就有重获自由的机会。但，她放弃了。

对外公审的第三天，即 1 月 23 日，巡捕陈与两名士兵带着郭纲琳故意从刑讯室前经过。到刑讯室门前，他们停了下来。

透过铁门上的窗户，刑讯室里的情景一览无余。一个男人被五花大绑在木架上，血肉模糊，奄奄一息；墙壁上，皮鞭，铁叉，铁链，木棍，绳索，五花八门；墙根处，一架火炉冒着火苗，像毒蛇的信子，火炉上的烙铁烧得通红，一股皮肉烧焦的味道刺鼻而令人作呕……

郭英，看到了吗？现在，你还有选择的机会！巡捕陈一副假惺惺的样子“劝告”道。

郭纲琳知道，这是敌人的下马威。接下来会怎样，谁也不知道，但她已经做好了准备。

然而，审讯室里发生的事情，并没有她想象的那么糟糕。

一个西装革履的男人坐在桌子后面，和颜悦色。巡捕陈对他也很客气，并告诉郭纲琳，他是中央党部的王代表。

王代表开门见山。郭小姐，上海的很多共产党人早已放弃了他们的信仰，改变了立场，并同意与国民党精诚合作……

说着，他拿出一张报纸，递给郭纲琳。

那是一张前些年出版的《申报》，报纸的其中一页刊登着一些共产党人的退党声明。

郭纲琳看着报纸，王代表继续敲边鼓，他们的年龄都比你大，党龄都比你长，职务也都在你之上，他们都退党了，你还坚持什么……

王代表侃侃而谈，一副关心的样子。

郭纲琳喝下一口水，对这位王代表的说辞无动于衷。

这时，巡捕陈跑进来，凑到王代表跟前耳语了几句。王代表面露喜色，点了点头。时间不长，两名巡捕押着一名衣着破烂的女子进来，她面带惧色，泪水涟涟。

想通了？王代表问。

想通了。女子低声回道。

拿过来，读给她听听。巡捕陈拿来一页纸，慢慢地读起来：本人年幼无知，初入社会，误入歧途，危害民国。今起，自愿脱离中国共产党，改过自新，做一名信奉三民主义的国民，矢志为党国尽忠。

巡捕陈读完，王代表道，好，签字吧！

女子签了字，王代表又发话，派车，把这位小姐送回去……

那名女子走后，王代表对着郭纲琳说，郭小姐，看到了吧，你不要为难自己了，只要你在这张纸上签了字，就能和她一样重获自由了。

郭纲琳终于明白敌人葫芦里卖的什么药。她深知，只要自己签了字，那就是背叛，对党的背叛，对革命的背叛，对誓言的背叛，更是对自己的背叛。如果那样，自己之前所有的努力又算什么？自己又如何对得起那些牺牲的战友？

郭纲琳咬紧牙关，一语不发。这是沉默的对抗。此时的沉默，就是最好的回答。

四

亲爱的琳……

丈夫李丰平的信才看了个开头，她的眼泪就如同断了线的珠子，噼里啪啦落下来。

郭纲琳被关押的第二个地方，是老虎桥监狱。

史料记载，老虎桥监狱始建于清朝光绪年间，时至当时，已经成为老百姓恐惧至极的江苏省“模范监狱”。

如何恐惧？当地曾经流传，百姓吓唬孩子，常会以老虎桥监狱为例：不要号，再号，老虎桥监狱的警察来抓你……

如此情形的囚狱，郭纲琳一待就是两年余。

是的，对于郭纲琳来说，牢狱生活又能如何？只要有理想，有信仰，有心中不灭不息的革命信念，哪里都是战场，哪里都是奋斗的舞台。

那段时间，郭纲琳抓住监狱里的时机，为被捕的同志们鼓气加劲儿，为了争取更好的伙食，与同志们一起绝食达一周之久……

在坚强面前，在刚毅面前，在正义面前，在无畏不惧的革命者面前，敌人屡屡尝到了无奈的果子。

这，其实也是一种胜利！

炼狱中，任何自我的放弃都是对敌人的一种妥协，一种顺从，一种屈服。

这话，说起来容易。真正做起来，却需要莫大的勇气、胆识和魄力。

终于有一天，还是有一件事情戳到了她的软肋。

是日，恰逢监狱放风时间。一名陌生男犯靠近郭纲琳。躲过看守们的视线，陌生男人在郭纲琳身边悄悄说了一句：李丰平同志向你问好！

登时，郭纲琳心里咯噔一下。

李丰平？那是自己的爱人啊！陌生男子怎么知道他的名字？是爱人的熟人？是自己的同志？抑或是敌人的试探或者引诱？再或者，是敌人设下的圈套？

不能，万万不能轻易相信，此时的境地，一旦放松警惕，很有可能连累到自己的爱人。

尽快平复复杂的心绪，郭纲琳假装没有听到。

陌生男人显得有些着急，我是从中央军人监狱转来的。请相信我，李丰平同志给我看了你的照片，不然我认不出你！你去南围墙根儿，那块砖头下面，有一封信，再联系……

陌生男人看了郭纲琳一眼，又看看不远处的看守，悄悄离开了。

他说的话到底是真是假？南墙根儿，去，还是不去？

此时，再大的危险也挡不住对爱人的牵挂。她想好了应对理由，向着南墙根儿慢跑过去。

一块砖头果然躺在那里。她一边系着鞋带，一边把手探了过去……

郭纲琳迅疾把信笺揣进怀里。放风时间结束，她迫不及待进了牢房。悄悄打开信笺，丈夫熟悉的字迹呈现在眼前，瞬时，泪水模糊了她的双眼。

郭纲琳被捕后，李丰平很快辞掉了工作。但亦于4月初被捕入狱。狱中，敌人对李丰平进行了审讯，并无结果。后来李丰平被判处无期徒刑，关押到了南京中央军人监狱。

五

本文写到此处，我们为一个问题产生了分歧：郭纲琳狱中受刑的事情，详写还是略写？

这是写作者的纠结。一部作品，不止一次出现受刑、拷问等情节，似乎过于雷同。当然，单纯作为文学作品而言，作为结构和情节处理，确实如此。但，争论再三，我们还是达成了一致：为什么不写？一定要写。

是的，献身于革命事业，献身于国家，献身于人民的先烈们，他们在生命的最后时刻经历了什么，怎样的苦痛，怎样的折磨，怎样的诱惑，如果稍微放松警惕，只需一念之差，带来的后果可想而知。

所以，他们的苦难，他们的坚韧，他们的刚毅，他们的坚定，我们愿意重复叙述。在不断地重复叙述中，我们更能体会不忘初心，感受牢记使命。

随着国内形势不断变化，国民党对政治犯的手段无所不用，残酷至极。

第一次进入刑讯室，郭纲琳“饱尝”了一轮又一轮的皮鞭之苦——一个遍身鞭痕的血人，几度昏死过去。但，敌人一无所获。郭纲琳的嘴巴好似焊住了，就是撬不开。

第二次刑讯，敌人省了唾沫，直接上刑。

老虎凳，刑讯室里最常见的刑具。长凳一端竖直安装着一根木桩，另一端放着几块砖头。郭纲琳被绑在木桩上，手腕上了锁扣，绳索勒住脖子。然后开始在腿部累加砖头，一块，两块，三块，四块，五块……

每加一块砖头，郭纲琳腿上的筋就紧一寸，好似断了，钻心地疼。豆大的汗珠落下来，她把牙齿咬得咯咯响。

郭纲琳昏了过去。

一盆凉水泼到身上，郭纲琳慢慢睁开眼睛，“有本事，你们对付日本人去……”

话音刚落，烧红的烙铁就放到了她的大腿内侧。一股白烟升起，刑讯室里满是刺鼻的焦煳味道，郭纲琳再次昏死过去。

再次醒来，郭纲琳已经被抬到了牢房。疼，浑身火辣辣地疼。极力定定神，狱友们都在围着她落泪。与此同时，她看到大腿上烧焦的碎布条已经深深陷入肉里。狱友江一雁束手无策，一直哭。郭纲琳努力让自己笑了笑，“一雁，别哭，你下手快些，破布条就出来了……”

…………

1935 年一二・九运动后，抗日民主运动日渐高涨，全国人民要求“停止内战，一致对外”，“释放一切政治犯”的呼声越来越高。蒋介石阳奉阴违，公开答应“大赦”，暗地里却将政治犯转至反省院，并威胁：不自省，不转变，别想获得自由。

郭纲琳所在监狱的大部分犯人被押进了反省院。在那里，郭纲琳拒不执行唱国民党党歌、上批判马列主义课等规矩，被关禁闭。最后，敌人实在束手无策，于 1937 年 7 月 1 日，把她押送到南京宪兵司令部看守所。

郭纲琳被关进看守所的甲所 11 号。这里，被誉为犯人的“最后一站”“等死台”，但凡关到这里的犯人，几无生还。

郭纲琳做好了牺牲的一切准备。

六

丈夫李丰平得到释放，一定程度上让郭纲琳心里踏实了不少。

然而，关进看守所时间不长，敌人又使出了更让郭纲琳揪心的“招数”。

那日，郭纲琳拖着沉重的脚镣，被看守押进探视室。一进去，郭纲琳的心就碎了。满头白发的母亲来了，自己的亲哥哥郭纲伦来了，大嫂也来了……

郭纲琳内心的坚强一扫而去。她与母亲抱作一团，泣不成声。母亲更是声泪俱下，几年不见，那个可爱的、温柔的、聪明的、勇敢的、自己的孩子，竟然被折磨成这般模样。哪个做母亲的不心疼啊！

与此同时，郭纲琳看到了一个似曾相识的男人。仔细想想才想起来，那不就是自己被捕时间不长时，劝自己签下悔过书的王代表吗?

王代表笑嘻嘻地来到郭纲琳母亲跟前：令爱太过倔强，几年前我们就认识。要不是她这么倔强，你们一家人早就能在一起团聚了……

郭纲琳伏在母亲怀里，一语不发。

王代表迟疑片刻：你们一家人见次面也不容易，一定有很多话要说。好好谈谈吧，这可是最后的机会。

王代表退了出去，临走前，他向郭纲伦使了个眼色。

自从郭纲琳被捕后，家人一直设法营救。尤其是父亲郭定棠，告诉儿子，如何营救你妹妹的主意你来拿，需要多少钱咱们都出，砸锅卖铁也要出。

在郭纲琳的母亲和哥哥来之前，郭定棠请国大代表、国民党中央民训部视察专员巫兰溪来劝郭纲琳悔过。

巫兰溪是郭纲琳在句容县立中学的老师。他以老师的身份对郭纲琳说，你父亲托我来看你，现在不少人都登报悔过了，出来了。你就出来算了。你将自己的生命和青春自行断送，又有谁能记得你呢?

郭纲琳斩钉截铁地回答，你叫我们抗日，可以。叫我写什么东西，不行!

革命者的青春是美好的，我早已将她献给了伟大的祖国。为了追求我的崇高理想，我可以献出生命、青春和一切，我并不希望人们记起我、说起我，我只希望他们朝着自由幸福的道路前进，朝着祖国独立的道路前进!你们不可能理解，人民却会理解我今天斗争的意义。

这一次，也是哥哥郭纲伦花了不少钱，买通国民党反动派，准备保释她出狱。

可是，他并不知道，敌人正是抓住了他的心思，期盼通过这样的方式，让郭纲琳签下字据。如此一来，敌人又有了大肆宣扬的资本了。

探视室只剩下了郭纲琳一家人。

哥哥郭纲伦眼圈红润，我们再想一想，看看有没有其他变通的办法！你才 27 岁，只有出去了，咱们再想别的事情好不好。这几年，因为你的事情，家里一直不得安生，就连爷爷都……

听到爷爷两个字，郭纲琳再次泪如雨下。

从小到大，爷爷一直对她呵护有加。她有什么事，包括外出读书，父亲不同意，爷爷总是说，让孩子出去吧，女孩子见见世面也好……

妈，哥，我没想到这辈子还能再见到你们！郭纲琳的话一说出来，郭纲伦接下来的话就咽了回去。他想说，家中托人走了好多关系，终于答应保释。但有一个条件，就是能认个错登个报，不再参加什么党派的活动。

他知道，说什么都没用了，妹妹已经铁了心。

郭纲琳看出了哥哥的心思，哥哥，你说妹妹我能那么做吗？我们都读过好多书，都受过高等教育，难道你忘了那两个字吗，气节啊！气节比什么都重要啊，如果没有了气节，活着还有什么意义？

谈话间，王代表又踱着方步进来了。你看你看，你们一家人在一起多好！有什么比这个更重要的吗？

王代表自以为把准了郭纲琳的脉搏，继续道，怎么样，想好了吗？

想好了。郭纲琳擦擦脸上的泪珠，平静地答道。

王代表喜出望外，这就对了嘛。说话间，他掏出一张纸。

郭纲琳看也没看一眼，我早就想好了。被你们关进牢狱的第一天，在被你们折磨得死去活来的时候，在你们把我关进这“等死台”的时候，我就想好了。想让我在上面签字，没门儿！我坚决不会为了苟活，背叛自己的信仰！

母亲，哥哥，嫂子他们走后，哥哥郭纲伦又写信再做尝试。一个苦涩的晚上，郭纲琳给哥哥写下了这样一封回信：

伦兄：

我拖延了许久许久才复你信了吧！我不愿申诉和说明什么，因犯人的心理是绝隔人世不起作用，也许有很多的想象是脱离实际的。为了她抓不住实在做她估计的对象，所以给与她的会令她失望得可怕。现在我很能安静，脑袋似静水一样无波纹。

我不希望什么，更不为失望而悲叹。我现很能安命自守，虽在过去我不利用时间追求我的现实，专在追求我身体的自由而陷于失望的苦（枯）燥中。现在呢？我不那样企求了！现在我的中心是："让造成我的命运来完结我的命运，让我能得着的时日求些我愿求的知识，一直到最后一日。"我知道希望在追求中是甜密（蜜）的、美满的占多数，可是实现了后因时间与空间的更换，也许会恼恨希望的实现。所以你要我做的，我是不能给你圆满的回答。并我该告诉你："我不愿造一点点罪恶在我生命中。"

伦兄！请你原谅我不能屈伏（服）在一个无罪而加上有罪的名义下来遵从你。我知道自己，明白自己。并且我也知道你们的苦衷！我常常觉得给你们的实在也够烦忙了，我为什么要这样累赘你们呢？我能给你们一点什么答复呢？——哦！垂（睡）猪的生活——再有什么？什么也没有了！再有给你们的只有失望，还说什么呢？总算好，我的身体和夏日一样有力，自入秋来胃少有不佳，别均似夏日的我。请你放心！我近来还能读点书，因能读书，所以杂念也易消失了！

中秋节快临了，你们又忙着请客了吧！我们犯人一年照例有三次特许的买牛猪肉吃——春节、八月节、旧历年——所以每个犯人逢到这时都有一点兴奋。如没有钱，那只有望肉而兴叹了！八月节尚未到，早就计划着："还有一个月要吃肉和月饼了。"八月节可买月饼吃，五月节可买粽子吃。月饼比粽子好吃，能放得久多。八月节离我们还有半个月，不知你来得及请我否！七叔许久未来信了，大约公事忙吧！请他把小弟弟照片再寄张（给）我。并替我向他要求他："请我过节！"肯不肯呢？好！！纸完了！下次再谈！

祝你

努力保重

狱中英妹谨上

八月廿六日

七

国民党反动派对郭纲琳彻底绝望了。

当然，等待郭纲琳的，是更加无情的摧残和折磨。严刑拷打，郭纲琳呼喊，唱歌，大骂，以此释放着无尽的疼痛。为了不让她发出声来，敌人用竹管塞进郭纲琳嘴里，用烂菜叶堵住她的嘴巴……

一次次昏死过去。醒来，一阵呕吐之后，郭纲琳的呼喊声更响亮了，共产党万岁！共产党万岁！

1937 年 7 月 31 日，大暑之后的第八天。

郭纲琳在闷热的牢房里，难以入睡。铜坠上“永是勇士”四个字，在微弱的夜色中闪着亮光。三年零六个月了，从敌人的严刑酷打到诱骗劝降，从家人的保释未果到威逼恐吓，郭纲琳悉数经历，她没有辜负组织的信任，没有背叛自己的信仰，她对得起自己的良心……

甲所 11 号的门开了。是的，到时候了！郭纲琳艰难地从地上站起来，她捋了捋散乱的头发，挺了挺腰身，理了理衣衫，不慌不忙地走出牢门。

囚车一路向南，再向南……

路上，他们彼此看看对方，不约而同地唱起了国际歌：起来，饥寒交迫的奴隶！起来，全世界受苦的人！满腔的热血已经沸腾，要为真理而斗争……

郭纲琳，江一雁，还有几位男狱友，戴着脚镣，被推下了囚车。

雨花台，雨花台啊。郭纲琳站在那里，南侧，青龙山、方山、赤山绵延起伏。是的，再往东偏一点儿，就是自己的家乡句容县，那里有自己的童年，有自己的父老乡亲，有小时候数不清的欢乐……

一颗流星划过天际，黑暗的夜色中闪过一丝光亮。是的，黑暗是短暂的，光明是永远的，她坚信明天的太阳依旧热烈。

中国共产党万岁！共产主义青年团万岁！打倒日本帝国主义！打倒国民党反动派！清亮的声音穿越夜空，回响在山谷里，回响在雨花台。

本节引用资料：
①张晓惠，《碧血雨花飞——郭纲琳烈士传》，江苏凤凰文艺出版社，2016 年 6 月版。
②《郭纲琳："永是勇士"的革命女战士》，《河南日报》，2018 年 10 月 27 日。
③《郭纲琳：为民求大义，巾帼显英豪》，《新华日报》，2021 年 4 月 9 日。
④郝铭鉴、胡惠强主编，《革命烈士遗文大典》，上海文化出版社，2001 年 6 月版。
⑤《中共党史人物传》，中共党史出版社，2010 年 4 月版。

严刑利诱奈我何——金方昌

1939年冬，金方昌调到地处日伪统治中心地带、抗日工作基础薄弱的代县城关区任区委书记。1940年11月23日，在城东北赤土沟一带顺利完成督送公粮任务后，夜宿大白庄西山洞，被敌探发现，遭敌200多名步骑兵包围，突围时子弹用尽，与敌徒手搏斗，因寡不敌众被捕……

“严刑利诱奈我何，颔首流泪非丈夫……”

瘦小的身材，遍体的疼痛，滴血的伤口，刚毅的眼神。

敌人已经无计可施了。无计可施，他们就拿他的身体发泄，出气。先是挖掉一只眼球，接着又砍掉一条胳膊——敌人以为，肉体的折磨可以摧垮一切。

出乎意料的是，即便如此，他也没有透露半字，哪怕一句软话也没说。

11 月的牢狱中，昏暗湿潮，寒气刺骨，他艰难地举起仅有的一条胳膊，蘸着滴滴鲜血，在牢狱的墙壁上写下了自己的态度。十四个大字，笔笔殷红，字字如铁……

敌人惊愕了。他们哪里知道，共产党员的精神和信仰，远比肉体刚强和坚韧。

金方昌，革命勇士，震惊全城。

…………

公元 2019 年初夏，我们来到山西省代县方昌村。

方昌村，原名大西庄，只为纪念和缅怀这位年少刚强的英雄，才得以更名。

“今朝折箭哭烈士，他日祭君献敌头。”这是 1940 年 12 月代县回族群众为悼念金方昌写的挽联，一字一句，情真意切，这是代县人民对他的深切爱戴和敬意。今天，当我们踏上这片英雄的土地，仍能深深感到当地人民对英雄的无限追思和怀念……

一

金方昌，出生于山东省聊城县城内南步云阁一个回族家庭。其家境贫寒，少有温饱。少时，以炸油条维持生计的父亲，节衣缩食，把金方昌送进学堂。

1935 年，金方昌以优异成绩考入聊城山东省立第三中学。

中学期间，他的知识面宽了，眼界开阔了，在进步同学和身为共产党员的两个哥哥熏陶下，他渐渐地懂得了日本帝国主义为什么敢侵略中国，穷人为什么受穷的道理。北平学生发起一二·九爱国运动时，他积极参加了聊城的学生运动。

大哥是“山东各界救国会”的骨干成员，由于积极组织抗日救国运动，被捕入狱。大哥的被捕，使金方昌看清了国民党不敢抗日，却破坏学生抗日的反动嘴脸。

七七事变后，全民族抗战烽火燃起。

1937 年 11 月，金方昌报名当兵，家人说他年纪尚小，还应继续读书。金方昌不以为然，“我年轻也能办大事，当兵杀敌，为人民报仇雪恨，不比流亡好吗？”由此，他放弃安稳的学校生活，跟随中国共产党指派到山西参加抗战的二哥，来到山西运城。

这一年，他考入由山西军阀阎锡山创办的“民族革命大学”。

阎锡山打着“民族革命”的幌子，创办了临汾“民族革命大学本校”及“第一分校”和运城“民族革命大学第二分校”。其目的，是保存实力和扩充个人势力。

金方昌在“民大”二分校二中队学习，积极参加抗日救国运动，受到中共北方局派到学校的特别支部书记韩国忠、委员姚有智的注意。从此，金方昌从姚有智那里阅读了马列主义著作，坚定了共产主义信念。

1938 年 2 月，中共北方局批准金方昌为中国共产党党员。

反动军阀阎锡山，对日寇逼压学校不恼不怒，却对学校党组织的抗日活动惊慌失措。他派亲信将学校改组为学生大队，由其爪牙担任重要职务，并破坏抗日活动。

这些，激起了金方昌等人的极大愤怒。

一次，他发现一中队指导员经常收集进步学生资料，并予以跟踪，金方昌带领同学将其狠狠揍了一顿，并赶出校门……

金方昌的行动引起了学校领导的极大不满和怀疑，为保存革命力量免遭敌人迫害，学校党组织决定派金方昌到晋察冀边区去工作。

此时，是 1938 年 8 月。

二

到晋察冀边区后，金方昌被分配到代县“牺牲救国同盟会”工作。

当时，代县是抗日斗争的最前沿，其“根抵三关、咽喉全晋、势控中原”的特殊地理位置，引起了日本侵略者的高度重视。

1937 年 9 月，代县就被日军占领。日军把这里作为继续南进的战略据点，常驻一个旅团，并在阳明堡修建了机场。

金方昌到代县时，这里的抗日政府刚成立，只有十几名党政干部，力量小，武器缺，基础薄弱。不久，县委改组，金方昌任赵家湾区区委书记。

这一年，金方昌刚满18岁。

赵家湾地处山区，环境复杂艰苦，日军经常进山“扫荡”。

当时，为了加强统治，敌人命令各村向县府送村名册，领取“良民证”。村长李文华接到通告，担心不领“良民证”会招来屠杀，便偷偷跑到城里办了手续。金方昌知道后，立即把李文华找来，气愤而又诚恳地说：“你真糊涂哇！交了村名册，领回良民证，敌人可就为所欲为地派粮抓夫、残害百姓了，你这样做，是把老百姓往敌人火坑里推啊……”

1940年前后，华北各根据地兴起了减租减息的群众运动，晋察冀边区也普遍开展起来。根据县委部署，金方昌在赵家湾区积极推行“二五减租，四六分粮”政策，领导群众开展减租减息斗争。

这样一来，自然引起了地主、富农的极大不满。他们千方百计在群众中制造谣言，诽谤抗日政权。

但，这些都是徒劳。

此时的金方昌，早已与当地百姓打成一片，共产主义的思想，早已被人们热烈拥护。

可不是吗，当地百姓都亲昵地称他“小金”或“俺们的小金同志”。

这亲切的称呼，都是金方昌与当地百姓打成一片的结果。

一年夏天，赵家湾一带发生旱灾，地里庄稼枯旱绝收，许多人吃糠咽菜。金方昌看到房东王振邦的父亲体弱多病，就把组织上分配给自己的几斤白面送给了房东。老人看到金方昌白天黑夜地工作，十分劳累，怎么也不肯收。金方昌说：“您年纪大了，吃点儿白面，补养补养身体，我还年轻，吃些野菜没关系。”王振邦一家深受感动，把金方昌当亲人一样看待。

张德成是赵家湾区沿村一名50多岁的农民。一次，日军对赵家湾一带进行“扫荡”，张德成把金方昌藏在家中。“他是什么人？”几个日本兵端着明晃晃的刺刀问。“我的儿子！”张德成坦然答道，脸上没有丝毫惊恐，敌人悻悻而去。

在金方昌领导下，赵家湾区人民群众的抗日热情日益高涨。他们先后建立了农民救国会、青年救国会、妇女救国会等抗日团体，民主选举了抗日政权，成立了党的基层组织；向群众广泛宣传抗日救国的道理和党的政策，帮助群众种地、挑水……

赵家湾区，成为代县抗日斗争的一个坚强堡垒。

金方昌所领导的抗日武装力量得到迅速发展，日军和代县伪政权惊恐万状，在几次进山“扫荡”都失败后，便四处张贴布告：悬赏5000元，捉拿金方昌！

1940年春，金方昌当选县委委员，兼宣传部部长。

三

由于密探告发，金方昌被捕了。

1940年深秋，疯狂的日本侵略者一方面不断深入山村扫荡抢粮，一方面增加兵力，妄图切断根据地的粮源。

11月下旬，中共代县县委紧急指示，为保证根据地军民粮食供应，必须抢在敌人全部封锁通往根据地的山口之前，把公粮送到山里。

金方昌负责的一区各村的公粮，大都顺利运走，唯独赤土沟村的公粮运不出来。

原来，这个村的政权掌握在汉奸庞拴有、庞达达手里，群众还没有完全发动起来。11 月 22 日下午，金方昌同区抗日人民武装自卫队大队长周志远一起，来到赤土沟村。他们俩费了很大劲，才组织起人把一部分公粮送出去。

…………

距离赤土沟村 30 公里的县城，伪警察所所长郎豹武正满面愁容地喝着闷酒。他曾向日本侵略者夸下海口，不出半个月，一定把金方昌抓到手。可如今一个多月过去了，连金方昌的影子都没摸到。

正在这时，伪警察领进一个人来，说是有机密情况报告。

这家伙是赤土沟村的一个汉奸，他为了得到赏金，偷偷溜进城里，把金方昌在赤土沟村的事向郎豹武告了密。郎豹武听到这个消息，喜出望外，马上向日本鬼子报告，带领 150 多名日、伪军向赤土沟村摸去。

第二天清晨，大西庄鼓乐喧天，十分热闹。原来，大西庄自卫队队长柳狗狗今天娶媳妇，乡亲们都纷纷到场贺喜。金方昌和周志远也随着老乡赶来祝贺。他们刚到，一个老乡便着急地说："小金同志，城里的敌人天不明就包围了赤土沟，你们不知道？"

金方昌感到情况突然，冷静地思索了一下，立即招呼周志远和村干部向村北撤去。

刚撤出去没多远，一个老乡赶来，向金方昌报告说："刚才 50 多个敌人进村后没停，一直向西往城里去了。只有赤土沟的庞拴有和庞达达这两个孬种，看见柳狗狗办喜事，就赖在他家不走，吵着找村长要大烟、白洋。"

金方昌一听，非常气愤，拔出驳壳枪和周志远返回村来。他俩刚进村，迎面正碰上庞拴有和庞达达。这两个坏蛋也认出了金方昌，吓得掏出手榴弹扔了过来。金方昌眼疾腿快，飞起一脚把冒着白烟的手榴弹踢开，“轰”的一声，手榴弹在远处爆炸了。

出村没多远的敌人听见爆炸声，便喊叫着再次包围过来。

金方昌和周志远急忙向大西庄村北坡撤退。光秃秃的坡地，无遮无掩，敌人紧追不舍。金方昌、周志远一边撤，一边还击。子弹打光了，敌人蜂拥而至。金方昌连忙就势一滚伏在一条土沟里，把文件包、驳壳枪埋藏好，又跃起身来，拔腿从敌人的空隙中冲过去。

觉得离埋藏文件的土沟已经有一段距离了，他拐弯向另一个山沟跑去，不料被迎面包围上来的敌人抓住。

这一天，是 1940 年 11 月 23 日。

四

金方昌被关进日军特务机关“红部”。

“红部”特务头子石谷，外号“活阎罗”。单听外号，就知道这是个心狠手辣的家伙。但，石谷也有自己的小算盘：金方昌虽是共产党要犯，但毕竟年轻，只要能从他身上打开缺口，就可以把代县的抗日武装力量一网打尽。如此一来，这可是大功一件！

他在“红部”院内的东厢房安排了一间舒适的房屋，让金方昌住，每天好吃好喝。一天，郎豹武来诱降金方昌：“小兄弟，看来不过十八九岁吧？真是年轻有为啊！石谷先生和我本人对你非常钦佩。只要你回心转意，为日本人办事，郎某保你高官任做、骏马任骑……”

“呸！”金方昌骂道，“你是什么东西？没有骨气的卖国贼，总有一天，中国人民要和你算总账。”

诱降失败，敌人自然不肯善罢甘休。

次日，几个日本宪兵以及汉奸翻译秋山、特务郎玉昆等，把金方昌押到了刑讯室。这里摆着沾满血迹的杠子、铁尺、老虎凳等各种刑具。秋山狞笑着：“金先生，昨天你是好汉，队长给你的面子可真不小呀！”

郎玉昆在一边威胁着：“今天可不比昨天，你要老实招供，免得皮肉受苦！”

金方昌料到敌人要干什么，他毫无惧色：“用不着你们费心，今天的金方昌和昨天的金方昌没有什么两样！”

敌人愤怒了。几个宪兵恶狼一样蜂拥而上，把金方昌的上衣剥光，用蘸了盐水的皮鞭乱抽起来。这还不够解气，他们又脱掉金方昌的棉裤，逼他跪在一片碎石子儿上，用杠子压。再后来，他们又牵来狼狗撕咬金方昌……

金方昌遍体鳞伤，昏厥在地。

12 月 1 日，金方昌再次被带进刑讯室。

郎豹武还抱着一线希望，企图诱使金方昌就范。他厚着脸皮对金方昌说：“金先生年轻有为，前程无量，别这么死心眼，只要把你们的情况讲出来，在日本人面前由我去说，保管金先生要什么有什么……”说着，郎豹武拿出一份“自首书”。金方昌接过“自首书”撕个粉碎，狠狠地摔在了郎豹武的脸上。

一旁，石谷早已不耐烦。他命令宪兵再次对金方昌用刑。一边用刑，一边恐吓道：“你说了，马上放你，不说，今天就是你的末日！”

“我死了有八路军为我报仇，你们将死无葬身之地！”金方昌说完，一口血吐在了石谷脸上。

石谷边抹掉脸上的血，边声嘶力竭地喊叫：“我让你见不着那一天！”随着喊声，一群鬼子上来挖掉了金方昌的眼睛。

石谷还觉得不解气，又命人砍掉了金方昌的一只胳膊。

金方昌昏死过去。

金方昌在昏迷中被架进木牢。难友纷纷围拢过来，给他擦拭着身上的血迹，焦急地呼唤着他。他慢慢苏醒过来，忍着疼痛，挣扎着坐起来，稍停了一会儿，又毅然扶壁而起，用手指蘸着自己身上的鲜血，在墙上写下 14 个大字：

严刑利诱奈我何，
颌首流泪非丈夫！

五

经过几天的折磨，敌人用尽了皮鞭抽、开水烫、烙铁烙等所有手段，仍没撬开金方昌的口。

金方昌心里清楚，敌人快下毒手了。

1940 年 12 月 2 日深夜，在生命的最后时刻，金方昌借着月光，用铅笔头在纸烟盒上给县委和哥哥写了信。

××同志并转上级：

我借大西庄村长十元钱，请还他。我被捕是由“左”的冒险行动来的，对敌人没有充分的估计。这错误以教育其他同志，以免后患。我是死了，但丝毫没有对革命不忠实的地方，无论在敌人的拷打中、利诱中，没有暴露一点秘密。牺牲是为了革命，没有什么。这是革命成功的代价。还有几件事要交待……

致最后敬礼！

方昌

十二.二

接着，金方昌又在另一个纸烟盒上，给可敬可爱的哥哥们写道：

永昌、默生胞兄：

我于二十九年十一月二十三号在代县大西村被敌捕。临捕时以手枪向敌射击，弹尽将枪埋藏后拼命北跑，敌有骑兵追上被捕。我高呼中华民族解放万岁，并向敌伪演讲。

我在敌人的牢狱里、法庭上、拷打中、利诱中始终没有半点屈服、惧怕。我在被捕后，没有丝毫悲伤。我只有仇恨和斗争。我知道我是为了民族的解放、全人类的解放而牺牲。我在牢狱里向这些罪人工作着。我没有想过我再会活，也决不会活，我只有死。不过，我在死前一分钟都要为无产阶级工作。

我要求哥哥们：

一、能坚决为无产阶级革命奋斗到最后胜利的时候。这不仅是你们要有这种人生观，能为这种事业干，并且得把自己锻炼成像列宁、斯大林、毛泽东一样会运用马列主义到实际中去。这样才能使自己坚持到无产阶级革命成功的时候，这里边还有这样的希望，希望你们能在快乐的幸福的共产主义社会里生活。最后希望到时候你们还存在。

二、要求哥哥们能把咱弟弟侄侄们都能培养成无产阶级的革命战士，尤其是把七弟能培养成坚强的革命伟大人物。

哥哥们永别了！祝你们健康，致最后的敬礼！

你的弟弟写于敌人木牢

十二月二日

果然不出所料，12 月 3 日上午 10 时，一群全副武装的日本宪兵、伪警察气势汹汹来到木牢门口，“金方昌，周志远，杨三三，侯艾成……都出来！”

难友们心里都明白这是怎么一回事，不约而同地把目光集中在他们几个人身上。放羊娃曹锁万一下子扑到金方昌身上，痛哭起来。

金方昌平静地站起身来，解下自己的兜肚，塞到侯家沟的一个村长手里，亲切地说：“我用不着了，你留着用吧。”他向难友们深情地看了最后一眼，转身坚定地走出了牢门。

来到牢门外，金方昌对被点名的其他三位同志严肃地说：“同志们，要挺起胸膛，作一次最后的斗争，决不能让敌人小看我们！”

伪县政府大堂上，郎豹武已宣布完金方昌等四人的所谓“罪状”，他瞪着恶狼般的眼睛，向站立在边上的伪警察吩咐道：“给我拉出去枪毙！”

郎豹武话音刚落地，金方昌就大声喊道：“你们听着，我们是堂堂中华民族的好汉，做的是光明正大的抗日救国工作，根本就没有罪，有罪的是你们这伙狗强盗！来吧，狗强盗，我们是不怕死的！”

接着，金方昌和同志们高呼：“打倒日本帝国主义！打倒汉奸卖国贼！”

这天，代县县城大集。中午，在伪县衙的大门口，金方昌和他的同志们分别被押上了几辆马拉囚车。这时，赶集的人们纷纷涌来，越聚越多，他们都想亲眼看看抗日英雄威武不屈的气概。敌人不得不派出大批军警开道。

金方昌被押在第一辆囚车上，一路上，他不停地高喊：“日本强盗们，汉奸们，抗日的人民是杀不完的！”

后面的囚车上，其他同志也在齐声高喊“打倒日本鬼子！打倒狗汉奸！”

金方昌等人被推上了城外的土坡，刽子手强迫他们跪下。

“同志们，谁也不能跪下！我们死也要勇敢，我们要站着死！”金方昌喊着，其他同志也齐声应答着：“对，决不给强盗下跪！”

接着他们高呼：

打倒日本帝国主义！中华民族万岁！

中国共产党万岁！

几声枪响，金方昌和他的同志们倒下了……

这一年，金方昌刚满 20 岁。

六

1942 年，代县游击队在一次伏击战中，一举击毙双手沾满金方昌和其他无数抗日志士鲜血的日本宪兵队队长石谷。

解放战争中，罪恶累累的郎豹武投靠绥远国民军张朴部下任职。

1949 年 4 月，张部于绥远和平解放时以起义部队接受了中国人民解放军改编。

1951 年 7 月，郎豹武自行脱离部队，化名潜逃，并使用滚油喷溅面容，变成麻子脸，以为熟人不易辨认，混入黑龙江铁县林区当了伐木工人。

1952 年 7 月，代县公安局历经艰辛终将其捕获归案。

1953 年被判处死刑立即执行。

本节引用资料：

①张丁编著，《我心永向党：家书里的百年信仰》，人民日报出版社，2021 年 10 月版。

②《抗日英雄金方昌：严刑利诱奈我何》，《山西晚报》，2015 年 7 月 13 日。

③郝铭鉴、胡惠强主编，《革命烈士遗文大典》，上海文化出版社，2001 年 6 月版。

特殊志愿书——谢士炎

国共内战再次爆发后，国民党国防部保密局在各大城市部署了无线电侦测电台，用以侦查中国共产党的地下电台。1947 年 9 月 24 日，保密局特务在北平侦破了一处中共秘密电台，台长李政宣等人被捕，并叛变革命，供出了许多重要线索及地下党组织的秘密。保密局的特务们顺藤摸瓜，在北平、沈阳、南京、西安、兰州、承德、保定等地逮捕了 120 多名中共地下工作人员……

如果到过雨花台烈士纪念馆，你一定见过这样一份申请加入中国共产党的志愿书：

时间是1947年2月，即民国36年2月；介绍人为马次青，申请者为谢天纵。

志愿书篇幅不长，内容精炼，字字如铁，言辞坚定恳切。

余誓以至诚，拥护共产主义，在毛泽东同志领导之下，加入中国共产党，为无产阶级革命，尽终生之努力。

看似平常，这却是一份特殊的入党申请书。

何以特殊？

因为，这是一份秘密完成的入党申请书，内容为他人提前写好，他只是在上面签下了名字。因为，谢天纵只是他的化名。这是特殊时期，为保安全、以防万一的策略。

一

启用谢天纵之名，正是从他加入中国共产党之时开始的。

他的本名，叫谢士炎。

谢士炎，生于湖南省双峰县一个军门家庭。其父谢绍先为清太学生，曾任湖北陆军军需等职。伯父谢绍安，为中央陆军大学毕业生，曾任国民革命军总司令部中将参谋长。谢士炎家族中，叔伯兄弟有 9 人毕业于军官学校，其中 6 人为国民党高级将官。

少年时期的谢士炎，勤思好学、聪颖过人，崇拜岳飞、文天祥、史可法等英雄人物。他曾在一篇作文中表达了自己的志愿——尽忠报国斩豺狼。

1926 年秋，谢士炎跟随在国民党军中任职的伯父来到南京，考入南京工程兵学校。随后，就读于黄埔军校长沙分校第六期步兵科和中央陆军交通辎重兵学校，先后任陆军步兵营排长、交通兵团第一团副连长等职。1937 年，谢士炎考入陆军大学第十四期深造。

升入陆军大学后，谢士炎刻苦读书、认真学习，不仅军事成绩优异，还熟练掌握了英、法、俄三门外语。

陆军大学毕业时，正逢抗日战争爆发。侵华日军的铁蹄践踏着祖国的土地，山河沦丧，民不聊生。1938 年，他从陆军大学进入国民党第八十六军，先后任第十六步兵师第四十六团团副、代理团长、团长。

谢士炎的革命生涯，从此开始了。

二

这是谢士炎从军以来，参加的最惨烈，也最悲壮的一场战斗。

1941 年，日本偷袭珍珠港，美国对日宣战。同盟国为了增强在远东战场作战能力，在我国浙江、福建、江西等地扩建增修空军基地。

1942 年 4 月，美军飞机轰炸东京，返航后到衢州、赣州等地迫降。这次轰炸，日本感到了恐慌和威胁，为防止美军继续利用中国机场对日本进行轰炸，日本参谋本部向中国派遣军下达了摧毁浙赣地区空军机场群的作战命令。

金华、衢州、兰溪是浙皖赣闽四省的咽喉，古有“铜金华，铁衢州”之称。也就是说，谁控制了金衢兰，谁就控制了全浙，控制了浙赣线。

谢士炎所在的八十六军是第三战区主力，他所领导的四十六团战斗力较强，责无旁贷地成为坚守衢州的坚固堡垒。5 月下旬，谢士炎带领四十六团奉命进驻衢州。此时，金华、兰溪已经失守，衢州成为敌人的主攻目标。

抵达衢州后，谢士炎一方面向有经验的部队征求建议，布置战场，一方面发动群众配合防御，增加阵地工事形成纵深防御体系。

从 5 月 14 日开始，日军集结约 20 万人组成浙赣兵团，企图一举攻占浙赣全线，围歼国军第三战区主力。针对日军企图，国军第三战区调 30 万兵力迎战日军。

孰料，就在日军发起衢州全面进攻之际，蒋介石突然改变命令，“避免在衢州决战”。

第三战区主力部队随即大部分撤退，仅留下八十六军牵制敌军。

6 月 3 日午后，日军组织两股突击队，在炮空火力掩护下，冲进衢州城内。

谢士炎立即组织反击。与此同时，另一股日军冲到大南门指挥所附近，守卫连长高远举率全连官兵在瓮城与敌展开肉搏……大南门核心阵地保住了。守军伤亡 200 多人，入侵日军 100 多人全部被歼。

日军又多次进攻均未得逞，随后用飞机轮番轰炸，炮火集中轰击，并灭绝人性地投射毒气弹。

谢士炎团官兵伤亡惨重。6 月 7 日凌晨，谢士炎率部撤退。

此役，全团官兵除阵亡、负重伤被俘外，无一投降。日军一位参战军回忆："当我们攻进衢州后，'支那'的军队正在组织撤退，根据以往的作战经验，'支那'军的撤退就是逃跑，是没有作战能力的。但这一次我们的经验失败了，据说他们的团长留在最后，这就鼓舞了他们的士气，阻碍了我们的追击，让我们失去了扩大战果的机会。"

这场战斗中，谢士炎率一团之众，与 10 倍于己的日寇激战数昼夜，歼敌 2000 多人，击毙日军少将旅团长一名……

自此，谢士炎名声大噪。第三战区司令长官顾祝同收到捷报，高兴得差点儿从沙发上跌落下地，疾呼"痛快！痛快！"。饶是如此，仍觉不能表达自己的欣喜之情。于是展纸研墨，奋笔挥毫，写下"壮年有为，能文善武"八字，让人飞传谢士炎。老百姓更是对谢士炎不吝溢美之词，称之为"武状元"。

1943 年 8 月，谢士炎调至湖北恩施第六战区司令长官孙连仲参谋处，任参谋处副处长。

三

谢士炎入狱了。

不过，他这次入狱，有些意外，也有些寒心。

1945 年 8 月，日本宣布无条件投降，谢士炎受命参加芷江洽降。

谢士炎在谈判中举止得体、文雅大方，展示了中国军人的风采。之后，被推荐为武汉前进指挥所办事处主任，参与受降工作。

孰料，此次之行，竟然成了谢士炎的一大劫难。

8 月 30 日，谢士炎到达武汉。他身着崭新少将军服在机场发表讲话，有记者描述："这天的谢士炎，仪表堂堂，代表了中国军人的高大形象。他言语铿锵，内含着正义必然战胜邪恶；风度翩翩，显示了文武双全的特有气概。"

其实，国民党当局对于日伪占领区的接收，就是一场"劫收"。

受降结束后，局面一发不可收拾，国民党在接收中出现了大规模贪污舞弊现象。谢士炎上任后，严明纪律、刚正不阿，对趁接收之际发横财的反动军阀及"接收大员"严加抵制，对贪污腐化、抢劫民财者严加惩办。此外，军统特务对进步民主人士的残害，让谢士炎十分愤怒，他给予抵制，并进行抨击……

这些行为，直接触怒了军统高层，军统方面开始对谢士炎进行"反击"。

他们散布谣言，罗列罪状，诬陷谢士炎在受降过程中贪污受贿，说其在受降中接受日方宴请，夜夜笙歌、荒唐无度，还接受当地奸商的别墅、金条、轿车等。

在所谓"调查"一番后，谢士炎锒铛入狱。

从"抗战英雄"沦为"阶下囚"，谢士炎的心情低落到了极点，这也使得他冷静地回想自己从军以来的一幕幕……

他对国民党集团内部争权夺利、互相倾轧有了更为深入的了解，亲身体会到了国民党反动派的政治腐败和穷途末路，对光明和民主有了更多向往。

入狱3个多月后，在同僚好友的积极奔走下，谢士炎终于被释放。

出狱后，谢士炎生活拮据，原来的老上级、时任第十一战区司令长官孙连仲得知他的困难处境，对他发出了邀请。

1945年冬，谢士炎抵达保定，在孙连仲的第十一战区司令长官部任少将作战处处长。

四

谢士炎决定，与国民党政府彻底决裂，投身中国共产党。

国民党政府发动内战后，压制民主，施行专制统治，政府日益腐败，大小官吏贪污受贿之风愈演愈烈，裙带政治令人作呕，人民日益陷入饥寒交迫之中。谢士炎清楚地看到了蒋家王朝的穷途末路，决心弃暗投明，投奔人民的阵营。

欲济无舟楫，端居耻圣明。如何找党组织呢？谢士炎苦无途径。

谢士炎经过长期观察与思考后决定，去试探与他共事多时、平常表现一贯进步的保定绥署外事处副处长陈融生，他认定陈融生就是潜伏在国民党营垒里的中共地下党员。

谢士炎的猜测没错，陈融生确实是一名中共地下党员。

此时的陈融生，正火烧眉毛，苦无良策。

全面内战爆发后，国民党围攻中原解放区，华北地区成为国共两党争夺的重要区域。1946年9月，一次军事会议秘密召开，国民党决定进攻中共占领的军事重镇张家口，并制定了相关的战略部署。地下党组织指示陈融生利用国民党第十一战区外事处副处长的合法身份，侦探敌方真实的作战情报。谢士炎是这个计划制定的参与者。

猜测归猜测，谢士炎当时并不确定。所以见面时，谢士炎特意带了手枪，如果自己判断错误，他将击毙陈融生。

1946 年深秋的一个夜晚，明月斜照，万籁俱寂，陈融生却在床上辗转反侧，久难入睡。

突然，有一汉子闯了进来，用手中的左轮手枪对准陈融生，喝令道："起来，老实说，你到底是什么人？"

声音好熟，陈融生一阵紧张，难道他的地下党员身份被发觉了？

陈融生无言以对，闭上眼睛，听候对方发落，或许是无情的处决……

电灯亮了，稍稍平复情绪之后，陈融生睁开了眼睛。登时，他心里咯噔一下，他没有想到持枪对着自己的，竟然是共事多年的好友谢士炎。

谢士炎的枪口紧逼陈融生胸前，做出扣动扳机的样子："我要送出一份厚礼，如果你拒绝或办不到，我们两人就同归于尽！"

陈融生被这话弄得莫名其妙，紧张小心地问道："什么厚礼？我们是多年的好友，你为什么要拿枪逼人，这一切又是为了什么？"

"融生兄，老实说，我看你不像个国民党，说确切一点儿，你是个共产党。现在，我要找党，呈交一份国民党进攻张家口的详细计划。这件事非同小可。弄不好，你我都要死；如果我把你看错了，我也不想活了。"

"我不是共产党，我是一个民主主义者。你这样逼人，又让我到哪里去找共产党？"在没有完全弄清对方的来意之前，陈融生只好敷衍他。

谢士炎见陈融生不肯吐露真情，便道："融生兄，你不用怕，只要你帮我寻找共产党，我一定保护你。我们行动时，由我来驾驶汽车！”说着，他从口袋里迅速掏出进攻张家口的详细计划，“这份计划稿是我替孙连仲拟订的，已经获准付诸执行，不到10天会有行动。现在我要你将它送到叶剑英将军手里。你不肯干，我们就一起去死！”

陈融生如获至宝，但他假装为难的样子，叹了一口气说："唉，那就设法试试看吧。"

谢士炎和陈融生把作战计划交到北平地下党负责人徐冰手里，两人重新回到宿舍，陈融生按捺不住激动的心情，压低嗓音对谢士炎说："成功了……"顿时，两人兴奋得紧紧拥抱在一起，腮边挂满激动的泪水。

谢士炎立即打开酒瓶，庆贺胜利。这一夜，他们足足喝了一瓶白酒。

情报迅速交到叶剑英手中，旋即发报给延安。当时，周恩来正在与国民党代表以及马歇尔谈判，得知情报后，周恩来立即接见美国记者，对国民党进攻张家口的阴谋进行揭露，赢得了舆论上的主动。

谢士炎提供的情报不仅有国民党的进攻计划，还有谢士炎写的一个反击国民党进攻的作战计划。中共中央十分重视，即转发给晋察冀军区司令员聂荣臻做应战准备。

10多天后，中国人民解放军在张家口战斗中取得辉煌战果，证实了情报的准确性。

鉴于谢士炎所处位置的重要性，中共地下党组织决定，吸收谢士炎为秘密情报员，利用其特殊身份继续在第十一战区开展工作。

1947年年初，谢士炎以第十一战区司令长官部作战处少将处长的身份，出席了蒋介石亲自召开的涿州高级军事会议，获取了大量机密情报，并通过地下党转送解放军总部。他经常将重要军事情报送出，为解放战争的胜利做出了重要贡献。

五

组织上决定，吸收谢士炎为中共党员。

经过半年多时间的严格考验，组织上认为谢士炎已成为自觉地为人民革命事业奋斗的忠诚战士，决定考虑发展谢士炎入党的问题。

陈融生找谢士炎做了郑重其事的谈话。谢士炎十分感动，恳切地提出加入中国共产党的要求，并递交了自传和入党申请书。在入党申请书上，谢士炎郑重地写上了自己的革命誓词："愿为无产阶级事业流尽最后一滴血。"

1947 年初的一天，陈融生接到地下党组织通知：今晚陪谢士炎到郊外某空地等待组织谈话。

那天晚上，他们怀着万分激动的心情提前到预约地点等候。

一辆小汽车缓缓开来。车停了，马次青从车上下来，不慌不忙地打开车门，请他们各自上车。随后，马次青也上了车，随着关门声，汽车已经向前驶去。

这时他们才发现，坐在他俩中间的是一位长者。他身穿黑色长袍，头戴黑呢帽，头发和胡须都显得很长，还戴着一副浅色眼镜，脸上显出笑容可掬的样子。正当他们猜测这位长者是谁的时候，他操着客家话的口音慢慢地说："我是叶剑英。你们两位同志的情况，我已经知道了。"陈融生和谢士炎都情不自禁地"啊"了一声，一时竟不知说什么才好。

谈话约进行了半个小时，最后陈融生和谢士炎都表示了自己不怕牺牲、艰苦奋斗的坚强决心。叶剑英听后露出了满意的微笑。

车子行进到一个偏僻地方，停下来。两人下了车，无限深情地向叶剑英同志举手敬礼，目送着他的车子缓缓离去，直到消失在漆黑的夜幕里……

东直门海运仓胡同，谢士炎家里。窗帘拉了下来，房间里黑洞洞的。墙上挂着中国共产党党旗，桌子上点着一支红色的蜡烛。

叶剑英和马次青亲自来到现场参加宣誓仪式。谢士炎取出早已准备好的誓词稿，举起右手，对着党旗宣誓。叶剑英接过谢士炎的誓词，然后递给在场的同志传阅。最后，他又借着蜡烛的火，把那份誓词烧掉，不留痕迹。

这一天是，1947 年 2 月 4 日。

行文至此，我们有必要对开篇时的问题做一个关照。至于谢士炎入党介绍人一说，尽管字面上显示的是马次青，但叶剑英与谢士炎的夜谈，透露出更重要的信息。据《叶剑英年谱》记载，1947 年 2 月 4 日，叶剑英在北平介绍国民党第十一战区参谋处副处长谢士炎秘密加入中国共产党。

六

谢士炎被捕了。

谢士炎从一个国民党少将正式成为一名光荣的共产党员。他像一把插入国民党心脏的利刃，继续为党和人民工作。

国民党政府的重点进攻被粉碎后，调整了军队序列，第十一战区官邸被撤销，改为保定绥靖公署，指挥部迁往保定，谢士炎被任命为绥靖公署作战处少将处长。临行前，谢士炎专门向党组织做了汇报，组织上指示他前往保定，独立作战，非万不得已不得暴露身份。

谢士炎利用身份掩护在国民党军界高层从事地下情报工作，并被编入北平地下情报系统。在保定绥靖公署，谢士炎一直是该署主任孙连仲智囊团——设计委员会的重要成员，出席所有重大军事会议。他利用自己的有利身份，先后化名谢天纵、刘福，同打入敌人内部的其他同志紧密配合，利用电台或亲自送交，提供了一份又一份极其重要的军事情报……

1947年9月，“北平谍案”震惊国民党当局。

原来，国民党特务机关一直在侦破国统区的中共地下组织和地下电台，并将重点放在北平。

一日，国民党发现了一个可疑电台信号，一直不能确定准确位置。军统挨户夜查，在京兆东街24号发现密台，总台全体工作人员被捕。

电台台长李政宣被捕后，贪生怕死，叛变革命，供出了中国共产党在华北、东北、西北、华东等地军事情报系统的许多重要线索及地下党组织的秘密，并声称在叶剑英处见过谢士炎。

随后，敌特调阅谢士炎曾起草的作战计划，发现与署名“刘福”的电报底稿笔迹相同，由此推断谢士炎为中共秘密工作人员。

谢士炎的身份暴露了。

南京保密局局长郑介民、副局长毛人凤得讯后，立即当面报告了蒋介石，蒋介石大为吃惊，立刻命令逮捕。

谢士炎是被保密局北平站特别行动组组长谷正文抓捕的。

谷正文，山西汾阳人，曾为台湾“国防部军事情报局特勤处”少将主任，参与策划了“克什米尔公主号”事件。

在谷正文口述的《白色恐怖秘密档案》回忆录中，对谢士炎有大段记述。回忆录通篇极尽自我吹嘘之能事，唯独对谢士炎，极为恭敬。

谷正文写道：“我不是一个轻易以貌取人的人，可第一眼看到谢士炎时，却被他那从容凛然的气势给震慑住了。”

谷正文问谢士炎，为何以国军将领身份替共产党做事？

谢士炎答道：“党的名称并不重要，它们只有好坏之分。我在国民党部队很多年，经历过很多阶层，所以我有资格批评它没有前途。至于共产党，我欣赏它的活力、热情、组织与建设新中国的理想，因此，我选择我欣赏的党。而且，我认为国民党是妨害共产党早日建设新国家的最大阻力，所以，我用国军少将作战处长的身份，帮助共产党消灭国民党！”

与谢士炎同时被捕的，还有保定绥靖公署军法处少将副处长兼河北省政府机要秘书丁行、十一战区司令部参谋处少校参谋兼作战科科长朱建国、十一战区司令部二处少校情报参谋石淳和北平空军第二军区司令部上尉情报参谋赵良璋。

这一天，是 1947 年 9 月 27 日。

七

谢士炎等被捕后，在北平监狱关押了两个多月，11 月 29 日，被押送到南京宁海路 19 号国民党政府军法局，然后关进被称为“木笼大厦”的看守所。1948 年 2 月，送进陆军中央监狱。

上述五人被捕后，中共中央一直设法营救。但，此案蒋介石亲自过问，坚决要杀一儆百。他把“共谍案”变成了“通匪案”“泄露军机案”，如此一来，按照国民党的制度，泄露军机，哪怕你是中央少将，也一律要枪决。

狱中，受尽严刑拷打那是自然，但谢士炎等人，无畏无惧，视死如归，连特务看守都畏惧他们。

谢士炎还常常仗义执言，斥责敌人，维护战友。狱中饭食粗劣不堪，他挺身而出，带头抗议；看守长每天要“犯人”点名报数，侮辱其人格，谢士炎带头抗议斗争，终使敌人取消了这种做法；他在狱中他学着自理生活，他说：坐牢对我是有好处的。过去我在军队里做将军，从不洗衣，现在才有了锻炼自己的机会……

谢士炎的儿子谢鹏曾在访谈中提到，军统审讯的时候问了谢士炎三个问题：

第一，国共两党的比较。谢士炎讲，他参加国民党，从 1927 年到 1947 年，已经 20 年了，20 年看透了国民党内部的腐败，不光腐败，你们的政策、做法救不了中国，应用你们的方法解决不了中国的问题。

第二，国民党特务说就算你不怕死，你也应该为你的老婆孩子着想。谢士炎答道，我现在相信你们的统治坚持不了多久了，一旦共产党掌控了政权，他们会得到很好的安排，这点我毫不担心。

第三，特务告诉谢士炎，你这样顽固的话，可就要判死刑了，谢士炎说我要怕死就不会这样……

1948 年 11 月，东北野战军攻克沈阳，东北全境解放。蒋介石极为惊恐，恼羞成怒，便旧案重提，再次追究搁置了一年多的“谢士炎泄露军机”要案，并亲自下达了“处决令”。

1948 年 11 月 19 日晨，南京城西江东门外国民党中央军人监狱沉重的铁门打开了。荷枪实弹的国民党军警跟着典狱长来到这里，点名提取 5 名要犯，要进行处决。

第一个被点名的就是谢士炎。他坦然地穿好绿呢军大衣，扣好风纪扣，穿上鞋，一声不响地昂着头走了出去。接着是朱建国、石淳、丁行和赵良璋。他们步履坚定，昂首挺胸，神情威严。

5 人被押向狱外的一处菜园荒地刑场。

典狱长宣读了死刑执行书，然后招呼他们利用最后 15 分钟安排身后的事情。

谢士炎斟了一杯酒，怒视着典狱长：“我的遗书早就准备好了，在监房里我的制服口袋里，你们可以去拿，交给我弟弟。我遗物中还有我太太的相片，她已经去世了，希望你们将它撕毁了，不必让一个去世女人的相片在外面流落。”

典狱长答应了。

谢士炎又说：“你们今天把我们枪毙了，没有关系。可是我告诉你们，国民党是一定要垮台的！”

其他 4 人也义正词严地指责国民党反动派的罪恶。然后，他们昂首阔步地走向行刑地。刽子手吼叫着：“死囚们跪下来！”谢士炎啐了敌人一口，厉声怒斥道：“浑蛋，要我们跪下，没那么回事！”5 人互相鼓舞，谁也没有跪下。谢士炎又对战友们说：“来，同志们，我们呼口号！”他一边说，一边举起右臂，手铐叮当作响：“中国共产党万岁！”“打倒反动派！”雄壮的口号声响彻天空……

枪声在南京江东门外刑场上响起。5 位英雄倒下了。

这就是中共情报史上著名的“北平共谍案”事件，谢士炎他们，被称为“北平五烈士”。

事后，人们在谢士炎的口袋里，发现了一首血迹斑斑的遗诗：

人生自古谁无死，
况复男儿失意时。
多少头颅多少血，
续成民主自由诗！

牺牲时，谢士炎年仅36岁。

1949年4月23日，中国人民解放军三野第八兵团跨越长江天险，胜利攻占南京。当天下午，八兵团司令员陈士榘、政委袁仲贤接到叶剑英从北平发来的专电，务请他们派人在敌人监狱里找到谢士炎。

三十五军奉命立即派人去中央军人监狱寻找，最后从狱方的行刑记录上查到谢士炎等人已于几个月前遇害。

得知消息，叶剑英拿着电报的手不住地颤抖，动情地说：“谢士炎牺牲得太早了，哪怕再等个一年半载……”

本节引文资料：
①刘继贤，《叶剑英年谱》，中央文献出版社，2007年4月版。
②朱志伟，《谢士炎：“北平五烈士”之一的传奇》，《学习时报》，2021年1月21日。
③经盛鸿、杨春林，《走向刑场的国民党将军》，《世纪风采》杂志，2009年第2期。
④陈融生，《一个特殊的国民党将领》，《纵横》杂志，1985年第5期。

⑤郝铭鉴、胡惠强主编,《革命烈士遗文大典》, 上海文化出版社, 2001 年 6 月版。

⑥杨锡祥,《叶剑英为何出席谢士炎的秘密入党仪式》,《湘潮》杂志, 2014 年第 1 期。

太阳的微笑——李卡

1949 年 1 月 14 日晚上，李卡和梁坤同志在沙溪宝山村一带活动。深夜，他俩在禾草房里落脚休息。连日的劳累使他俩睡得很熟，当他们惊醒时，草房已被反动武装自卫队包围了。李卡立即将文件撕毁，塞进嘴里。敌人见状，举枪托砸向李卡前胸……

他不是诗人，但他的文字却如诗般优美。谁能想到呢，优美文字背后，他有着钢铁般的意志，烈焰般的激情，岩石般的品格。

因为，他是一名革命战士。

1949 年 8 月 25 日，年仅 27 岁的他，在生命的最后时刻，写下了一封柔美、浪漫、乐观的遗书。现在读来，依然令人鼓舞、振奋……

朋友：

当白色恐怖正在蔓延着，死亡之魔在狂吼的时候，这不是一个凶信，而是一个喜兆，你接到应该为此而快乐，因为任何魔力明知是消灭不了我们，而自己的心正在发慌，又故意装出残酷的面子，干尽伤天害理的事。

我走了，以后再不会见到我的笔迹，也许你为此而难过。

我们这一代就是施肥的一代，用自己的血灌溉快将实现的乐园，让后代享受人类应有一切幸福，这就是我们一代的任务，是光荣不过的事业，死就是为了这，而生者亦是生的努力方向。几多英雄勇士为此而流血，抛出自己的头颅，我不过是大海中一滴水，平原的一株草，大海无干旱之日，烈火亦无烧尽野草之时。

我走了，太阳我带不走，你跟着它呀！永远地跟着它呀！

朋友，努力！天一亮，你就会看见太阳的微笑。

愿你

幸福愉快

卡 留笔

旧历闰七月初三

他的名字，叫李卡。

蹈厉之志，大节不移！

有关资料显示，李卡被捕后，仅狱中所作诗文就有23份之多。透过文字的光亮，那闪耀着的，是一个儒雅的粤西少年，是一位消瘦而坚强的革命者，是一座揭露黑暗、追求光明的信仰之碑。

他的原名叫李均海，1922年出生于化州双牌村。抗战胜利后，李卡考入广州国民大学新闻系，其间，担任《建国日报》记者，启用“李卡”“徐雪”等笔名。

自那时起，他就胸怀理想，以笔为戈，写下了上百篇诗歌、杂文、通讯等，在《建国日报》的副刊和香港《华商报》发表，揭露国民党打内战、杀害人民的罪行。

是的，他的诗满怀热情，内含理想，崇尚美好，向往自由，锵金铿玉，富寓哲思。在《我有一支胡笳》中，李卡写道：

> 我有一支胡笳，从战地带回了家。春天，在田野里，在闪烁的水面上，我和青蛙、虾蟆一齐歌唱。秋天，在河边，在拂着的榛树中，我和流水、夜莺一起哀伤。我有一支胡笳，可是我不是一个音乐家……我有欢乐也有忧伤，我爱土地也爱海洋。

是的，他的文字尽显正义，如刀似剑，轻卒锐兵，铿锵磊落。那篇《谁叫你失学》这样写道：

> 惟是在抗战胜利了的今天，竟然有些教育家，不知廉耻，大发其招生简章，假借某院长某部长某将军做校董来招生，到了水落石出，奉令停办的时候，竟不发还学费等无耻的行为，

实为中国教育界最大的耻辱，亦即是中国的青年学生最大的痛苦。一面是教育家大发其“复员财”，一面是一群莘莘学子走入了失学的迷途去，呜呼中国教育！

文能提笔作赋，武能上马杀敌——如果在古代，李卡就是一个标准的儒将。

1947年，李卡加入中国共产党。同年4月，他被组织派往韶关粤赣先遣支队，任支队司令部参谋，随后被调往曲南游击大队，与战友活跃在翁源、曲江一带开展游击活动。

他枪法极准，百发百中。因为受过良好教育，还曾被地下学联送到香港达德学院学习。李卡指挥作战履机乘变，很快就打了好几场胜仗。一时间，他成了敌人心中神秘而又可怕的人物。

那时候，很少有人知道他的真名，只晓得他的绰号——“古怪李”。说起来，这里面还有个小插曲：有一次晚会，诙谐幽默、性格活泼开朗的李卡，自演自唱了一段当时颇为流行的《古怪歌》：往年古怪少啊，今年古怪多啊，板凳爬上墙，灯草打破了锅……，滑稽讽刺的表演，逗得大家前仰后合，“古怪李”从此不胫而走。

他是1949年1月14日晚上被捕的。

那天晚上，月光如洗，李卡和梁坤同志在沙溪宝山村一带活动。夜深了，他俩在张屋的禾草房里落脚休息。连日的劳累使他俩睡得很熟，当他们惊醒时，草房已被反动武装自卫队包围了。李卡立即将文件撕毁，塞进嘴里。敌人见状，举枪托砸向李卡前胸……

即便进了芙蓉山监狱，李卡也还是那个李卡，乐观向上，坚强无畏。

在狱中，他和其他党员一起，团结难友，与敌人展开针锋相对的斗争。

狱中的环境和条件很差，100多人住在一间不大的房子里，粪便臭气、烟气、湿气和浓重的汗酸味笼罩室内。每人每餐只给两小碗掺沙的粗米饭，没菜，半饥半饱。但李卡谈笑风生，给难友讲革命故事，鼓励大家：坚持就是胜利。

敌人为了得到李卡的口供，对他严刑拷打，但都徒劳无获，又采取利诱。一天，敌人提审李卡，两个法官身着西装，挂着司令部的证章，看样子是敌总队部的参谋。一个高个子法官对李卡说："我以前到过陕北，因感到共产主义不适合中国国情，才又回到国民党这里来了。你可以像我一样，我们可以做个同事嘛！"

李卡鄙视地看了他一眼，斩钉截铁地说："叛徒，无耻！要杀就杀，我决不当叛徒！"

每次审讯，李卡都用事实给敌人以无情的揭露和辛辣的讽刺，弄得敌人狼狈不堪，无计可施。

李卡，一个乐观的青年，一位儒雅的文者，更是一名英勇的革命者。

狱中文章多名篇。文天祥写出《正气歌》，谭嗣同挥就《狱中题壁》，方志敏创作《可爱的中国》。李卡呢？他把自己对家国命运的思考，对亲戚朋友的嘱托，尽付"狱中书简"，由狱友郑超群的母亲秘密带出。

他对革命充满必胜的信心："国共和谈，虽共方宽大为怀，以与人为善的态度来谈，但大局如此，也许谈不成。什么力量亦不能阻碍人民的前进，谁有这么大的力量？谁敢，谁就被消灭的。""好的日子是属于全人类的，海不会自私，有什么出乎你意料之外时，宜把过去的旧的放在事业的后头。""国家事时刻在变，真快了。""黑夜的魔鬼赶不走我们的好梦，天快亮了，你看东边，红光起处就是太阳出来了。”

他对死亡大义凛然：“最坏的，也是我感到最快乐的场面会降临，我时时准备着，但最恼的就是不清情况而已。”“我的生死，我是置之度外，你不要为此而悲哀，千祈，千祈。”“我是随时准备那快乐的时刻——被杀戮到来，我是有此勇气的。不过，老实说，敌人也要对我的问题作周详的考虑，今天谁不清楚敌人，而敌人又何尝不了解他们自己？我有时默然的呼喊——‘有本领就杀吧！！！看你行运到几时！！’”

他对待个人与家国的态度，又是如此清澈：“在个人的幸福看来，当然是件痛哭流涕的事，在追求人类解放工作看来，是影响微小的。”“对我的问题，千万不要摇尾乞怜，这才是爱我的表现。”“我的遗尸问题，你不必理它。人死了尸是不值得留恋的。”“我个人或有一些值得别人学习的优点，我死后，你不要向别人夸耀，那是极其微小的，何况我缺点多着呢。”“我真快乐，形容不到的快乐样子。”

死亡孕育着成熟，最后的日子可以让你的眼界变得更为开阔，甚至会让你的见识超越你对生命的原有认知。

自从被捕，李卡就知道自己的时日不多了。于是，在临别前，他写下了那封鼓舞人心的遗文。

1949 年 9 月，解放大军横渡长江，国民党反动派预感到末日已到，决定对李卡下毒手。

9 月 4 日中午，从罗沙港口、风度中路到旧飞机场，沿路两旁里三层外三层站满了围观的群众。因为人们知道，敌人要枪杀的革命者是“古怪李”。

李卡和梁坤被四个刽子手押着走在中间。在如狼似虎的敌人面前，他俩大义凛然，视死如归。

李卡看了看路旁的人群，用洪亮的声音高呼：“打倒国民党反动派！”“打倒蒋介石！”“国民党的日子就要完了！全国就要解放了！”“红军一定会为我们报仇！”“中国共产党万岁！”……

敌人妄想叫李卡跪下，他昂头不理，敌人用力把他按下，一松手他马上站起来，再按倒，再站起来。弄到敌人一点儿办法也没有，最后只好使劲地把他揪住，不敢松手。

好一个革命者的姿态！好一个革命者的气魄！

枪声响了，李卡，“古怪李”，这个年仅27岁的共产主义战士，就这样把宝贵生命献给了中国人民的解放事业。

> 我走了，太阳我带不走，你跟着它呀！永远地跟着它呀！
>
> 朋友，努力！天一亮，你就会看见太阳的微笑。

是的，天亮了，我们看到了太阳的微笑。

火红的太阳升起在东方，照亮了整个世界……

本节引文资料：

①李宜航，《读27岁茂名烈士李卡的狱中遗书，重温共产党人的初心使命》，《学习时报》，2019年11月3日。

②李池、谭水容，《坚定信念 高尚情操——记革命烈士李卡同志》，《源流》杂志，1996年第1期。

③刘俊、刘栋铭，《化州年轻的革命烈士李卡狱中遗书，让所有人为之感动》，《南方日报》，2019年10月20日。

宁关不屈——许晓轩

抗战胜利后，中美合作所按照协议关闭，美方将其所有设施移交军统局。从此，中美合作所成为神秘的“特区”，成为国民党反动派关押迫害革命者的人间魔窟，其中白公馆、渣滓洞，更被称为两口活棺材。1949 年 4 月，人民解放军解放南京，国民党特务开始分批屠杀狱中革命志士。11 月 27 日，重庆解放在即，国民党反动派逃跑前，对囚禁在监狱中的革命者进行了大规模屠杀……

死亡，对于一个革命者，是多么无用的威胁。

他神色自若地蹒跚地移动脚步，拖着锈蚀的铁镣，不再回顾鹄立两旁的特务，径自跨向石阶，向敞开的地窖铁门走去。

他站在高高的石阶上，忽然回过头来，面对跟随在后的特务匪徒，朗声命令道："走！前面带路。"面对着步步逼近的鬼门关，许云峰没有表现出丝毫的害怕，革命信念反而更加坚定，即使海枯石烂、天崩地裂，也不会动摇……

上述文段，出自罗广斌、杨益言创作的长篇小说《红岩》。无论是文学作品，还是影视剧，抑或者其他文艺门类，齐晓轩、许云峰、江雪琴等人的革命英雄形象，已然深入人心。

文学，仅仅是文学吗？直至来到扬州市江都区仙女镇，来到这座三进四厢、青砖小瓦的民宅，我们再次感受到文学来源于生活。

是的，这里是革命烈士许晓轩的故居，这里是他学习生活了20多年的地方。这里的砖瓦，这里的草木，这里的土地，这里的街巷，这里的蓝天，这里的白云，这里的清风，这里的雨露……无不沾染着他的气息。

斯人已去，房舍空空，但我们依然能隐约感觉到他的存在，那是精神的力量。

许晓轩，就是《红岩》中许云峰的原型。

乌黑的头发四六分开，瘦长的脸颊英俊帅气，白皙的面庞温文儒雅，再配上一副具有知识分子气质的眼镜，他俨然一个书生模样。

无疑，如果生在和平年代，生在我们的新时代，他的相貌足以让我们想到那些受人尊敬的人民教师。

当然，这只是作为现代普通人的假想，假想中带着无限敬畏和缅怀，带着无限痛恨和惋惜，更带着无限震撼和感动……

一

1930 年，15 岁那年，许晓轩就参加革命了。

1916 年，许晓轩出生于江苏省江都市一个工商家庭。家境虽说得过去，但世道颠倒，他不得不中途辍学，到本地钱庄当了学徒。其间，他边学徒，边参加了陈士德为青年店员和学生组办的外语讲习班。因为青年店员思想进步，许晓轩受其影响，一点点开阔了视野。

九一八事变后，抗日运动蓬勃兴起，许晓轩同许多进步青年一样，投身到抗日救亡的洪流中。

1935 年，许晓轩到无锡公益铁工厂当了一名会计，并参加了抗日救亡组织“无锡学社”。两年之后，许晓轩随厂迁至重庆。在那里，经救国会负责人沙千里介绍，参加了中国共产党领导的重庆职业青年互助会。互助会是在党领导下，组织青年学习革命理论、宣传抗日的社会团体。

许晓轩平易近人，待人热诚，组织能力强，不久便成为互助会的领导成员。

无锡公益铁工厂是一家制造成套纺织机械和部分面粉加工机械

的制造厂，当时称得上民营机械厂中的佼佼者。1937 年“八一三”抗战爆发，上海前线缺乏兵工器材和手榴弹等武器。兵工署与工厂洽谈，要求工厂承接军需制品制造支援前线，许晓轩积极支持，动员工人为抗日前线做兵工产品。

之后，由于形势日渐紧迫，工厂决定将部分机器设备和全部技术资料转移到武汉。许晓轩也随厂到了武汉。除工作外，他积极组织职工以“无锡抗日后援队”名义，参加武汉各界发起的救亡、捐献、支前等活动。

1938 年 5 月，许晓轩加入中国共产党。这一年的秋天，日军逼近武汉，许晓轩又与工人一起，再次承担了迁厂任务，想方设法把大批机器设备运往重庆。

到重庆后，许晓轩继续担任厂会计。同时，他继续参与互助会活动，在一次以“我们要过集体生活”为题的座谈会上，许晓轩表达了自己的想法，只有在群众的、集体的生活中才能发挥青年人的热情。独乐乐乎？不乐也，众乐才是乐。

集体生活是斗争的武器，生活就是斗争。轰轰烈烈的一二·九运动，是北平学生集体生活的产物。日本帝国主义侵略中国，可以欺侮个别的中国人，但在团结一致的中国人民面前，它就只好发抖……

入党后，因为革命工作需要，许晓轩经常更换职业。复兴铁工厂，液体燃料管委会，中华职业教育社，青年书店……每次他都非常愉快地接受任务。他积极乐观——工作的地方越多，认识的人就越广，更有机会接触群众，这才有意义呢！

许晓轩生活非常节俭，把积存的大部分收入用在革命工作中和解决同志困难上，而对自己的家却极少花费精力。

母亲曾埋怨：“你一点儿不管家里的事情，简直不要家了。”

许晓轩耐心地对母亲说："帝国主义正在侵略中国，民族灾难这么深重，有国才有我们的家。只有国家富强了，才会有家庭的安宁……"

同时，他还说服家庭成员，动员妹妹许永清参加进步活动。1938 年 12 月 21 日，他给三妹的信中写道："……《子夜》今天寄给你。这书很好，虽然故事旧了一些，不适合目前的环境，但还是可以告诉你一些中国社会里各种代表人物，工人、老板、小姐……是怎样在生活。从这里可以看出中国社会是怎样组成的。中国的厂主是怎样一方面走到买办的路上去，一方面帮助敌人来压迫自己人，中国的工人是怎样在双层压迫下生活着。中国的农村是怎样的在穷下去，而都市又是怎样的在畸形发展……"

1938 年，地下党川东特委青委决定创办刊物《青年生活》，许晓轩负责编辑和发行工作。

每期编好稿件，都由许晓轩送到《新蜀报》或《商务日报》印刷厂排印，每期印刷大约 2000 份。除内部赠送，大部分交生活书店出售。

编印刊物期间，许晓轩撰写了不少文章，其曾在《"五四"在今年》一文中写道："'五四'到今年，已经二十年了。童年的中国，经过二十年的奋斗也发育成一个朝气勃勃有作为的青年。按照现实环境所需要来完成'五四'未完成的任务，这些任务也是抗战过程所必须完成的。在进步了二十年的祖国，遭受空前大难的今天，我们更要学习前一辈青年英勇爱国的精神，为完成'五四'任务，解放中华民族而工作……"

后随着革命形势日渐紧张，日本飞机狂轰滥炸，社会秩序混乱，国民党特务肆意逮捕革命群众，刊物很难再出版，被迫停刊。

1939 年春，许晓轩担任了中共川东特委青委宣传部部长。1940 年任重庆新市区区委书记。

二

19岁那年，许晓轩邂逅了自己的爱情。

父母之命、媒妁之言，结婚之前他们都未见过面，亦没有相识相知的山盟海誓，卿卿我我，但他们在生活中却恩爱有加，惺惺相惜，忠贞不渝。

许晓轩的父亲在钱庄做经理，姜绮华的父亲为会计，他们的婚姻可谓门当户对。

结婚那天，吃过早饭便上轿，整整抬了将近一天，才将姜绮华从娘家抬到许家。一路上锣鼓喧天，全是围观的眼睛。

轿子里，羞涩的姜绮华很少有机会瞅一眼这个已经成为自己丈夫的男人。偶尔趁人不注意，朝旁边瞅上两眼，她恍惚看见了他的模样，一个高高瘦瘦的斯文人。

过门后，姜绮华感觉自己进入了一个从未见到过的大家庭，家里人各房管各房的事，彼此非常独立。而她，对丈夫的敬意一直有增无减。姜绮华心中的丈夫，是个才子。他出口成章，善对对联，提笔成文。

自然，姜绮华更为敬佩许晓轩的，还因为他是一名革命者。

许晓轩到了工厂后，全身心投入到军需生产上，根本无暇顾及家庭。有次孩子生病，住了好几天院，许晓轩也没顾得上看一趟。姜绮华也有过抱怨，抱怨他不顾家，不顾孩子。许晓轩的脾气如他的相貌一样，温文尔雅，他耐心地解释，我不是不爱孩子，实在是工作抽不开身。有国才有家，只有国家安定了，才会有家庭的安宁……

许晓轩为人热情仗义，经常带革命志士到家里小住。怎料，其中一位就将痢疾传染给了他们1岁的儿子。孩子送到医院抢救，也没挽救过来。他们的儿子夭折了。

即便如此，许晓轩也从来没有埋怨过一句。

许晓轩到重庆后，在外面奔波的时间更多了。自然，许晓轩心里挂记着贤惠的妻子，也从来没有忘记过这个家。

那是一段多么幸福美好的日子啊！逢礼拜天有了空暇，许晓轩一定要回家。回到家里，许晓轩就带着姜绮华和一些朋友到家里的后山散步。他们说说笑笑，偶尔也会讲一些通俗易懂的革命话题给姜绮华听。

时隔多年之后，姜绮华回忆起来，才发觉许晓轩的深意——他是有意让妻子参加革命的。

三

许晓轩被捕了。

1940 年 4 月，许晓轩按照既定计划，去大溪沟兵工厂开会。然而，他却不知道，此时的大溪沟兵工厂已危机四伏。几天前，已经有人叛变，这次会议的消息走漏，特务们早已在这里布好了“毒网”。

许晓轩被捕的消息很快传到家里。焦急之余，家人托关系四处打听，最后才得知他被关在重庆望龙门 22 号的军统看守所。

狱中，许晓轩得知家人正设法营救，便用铅笔在包香烟的薄纸上写下了“宁关不屈”四个字，托人捎出。

这是他革命到底的决心。

为了慰藉家人，许晓轩通过狱中关系给家人写了一封信。信中告诉了一个秘密联系办法。

收信后的几天，在《和平日报》，即当时的《扫荡报》广告栏，连续登一星期寻人广告。内容为：“庆辰X弟，自汝离家，已经数载，老母……妻……望速来信X XX处转。兄泰贞白。”

许晓轩在狱中可以看敌人的报纸。如发现广告，可找人按上面的地址去取信。这样与家人取得过一些联系。他每次带出的口信都说：身体很好，生活也不差，以安慰亲人。

他曾在一封信里写道：“货殖为求慈母喜，时艰倍觉弟兄亲。”同时还把自己在除夕写的一首七律抄寄家人：

不悲身世不思乡，
百结愁成铁石肠。
止水生涯无节日，
强颜欢笑满歌场。
追寻旧事伤亡友，
向往新生梦北疆。
慰罢愁人情未已，
低徊哦诵“惯于”章。

四

许晓轩被捕的事情，家里人一直瞒着姜绮华。

此时，他们的女儿仅出生8个月。家里人瞒着她，说许晓轩出差了。然而，姜绮华与许晓轩的心好似相通的，她感觉到了事情不太对头——即便出差，也该有个书信或者电话，可是一直没有。

得知爱人被捕，姜绮华悲痛之下染上严重肺病，足足在家躺了3年。当牙牙学语的女儿每次问她“爸爸在哪里”时，她都心如刀绞。

一次许晓轩的大哥得到消息，趁空袭放警报时来到监狱外，远远看见许晓轩被士兵押往防空洞。他穿着囚服，人瘦得不成样子。他们远远地互望了一眼，可在凶神恶煞的士兵监视下，连一句话都说不上。

狱中的许晓轩为不连累妻子，还请哥哥转告爱人姜绮华：我无归期，请她早做打算；希望能找点儿事做以谋自立；馨儿长大务必送到我的老友处去教育。

但作为妻子，姜绮华却始终都在为他守候。连年来，她在生活上和精神上虽都承受着巨大压力，但她没有倒下，不仅是因为她有可爱的女儿支撑，更因为她在期待奇迹发生，希望丈夫有一天能平安回家。

但这只是一种奢望而已。姜绮华知道，丈夫许晓轩天生一副硬骨头，只想着革命，想着别人，却总是忘了自己……

…………

白公馆监狱旧址，位于歌乐山上。在白公馆一处角落里，生长着一棵大石榴树，这是60多年前，许晓轩外出劳作时发现了一棵树苗，带回监狱种在此处。这么多年过去了，这棵树早已枝繁叶茂，每逢花期，花红胜火。

1999年，82岁高龄的姜绮华再次来到白公馆，来到当年关押丈夫许晓轩的牢房里。她站在丈夫的遗像前，轻轻抚摸着，往事如烟，心如刀割。但，她没有泪水，她的泪水早就流干了。不！不是流干了，她不能落泪，她也不希望让丈夫看到她的委屈——因为，她是革命者的家属。

许晓轩和姜绮华的婚姻生活只有短短6年，姜绮华却用大半生时间去值守这份情感。

60多年来，从丈夫被捕到牺牲，姜绮华从希望到绝望，又在绝望中愈显决绝。

曾有人问姜绮华，为什么不改嫁？

她的回答只有6个字："我无法忘掉他！"

五

1941年10月，军统白公馆看守所的全部"犯人"转入息烽监狱。

在息烽，国民党特务称牢房为斋房，按忠、孝、仁、爱、信、义、和、平来命名。囚犯在监狱里不准用真实姓名，用号码来代替名字。许晓轩编号是302号，囚在义斋。

1941年下半年，监狱主任周养浩以便于管理为由，提出"监狱学校化""监狱生产化"口号。在加强所谓思想教育感化的同时，搞些生产业务，如开办工厂、兼营商业和运输等。凡出来参加这些工作的都叫工作修养人。

去不去当工作修养人，曾引起过一些争论。

许晓轩认为，这是国民党特务的圈套，是剥削我们的劳动成果，主张不去。也有同志说，在不附加任何政治条件的情况下可以去。

狱中党组织分析了国民党特务的用意和当时狱中的形势，认为党员是少数，可以因势利导，将计就计，利用这个机会团结更多的难友，开展斗争。最后决定，都可以当工作修养人。许晓轩被安排在印刷厂木刻部、铅印部。

许晓轩喜欢看书，也写得一手好字，当然，雕刻也不在话下。一次，敌人强迫许晓轩在两棵核桃树上刻上“忠于党国、先忧后乐”八个大字。这个“党”指的是国民党，其目的就是设计陷害许晓轩叛变。

许晓轩敏锐洞察到了敌人的不怀好意。他用梯子爬上树以后，先刻下了“先忧后乐”四个字，再把梯子换到另一棵树边，准备刻“忠于党国”四个字时，他故意双腿一软，脚底打滑，从梯子上摔下来，把自己的手摔断了，这样自然刻不了字了，敌人的处心积虑也只好草草收场……

如今在集中营旧址的核桃树上，“先忧后乐”四个字还清晰可见。

许晓轩在狱中威信很高，难友们都尊敬他，每当危难的时候，他都会鼓励大家：“越是关键的时刻，我们越要叫敌人知道，共产党人是不可动摇的。”

有位叫文泽的难友，因不满特务残暴，拒绝外出劳动，遭毒打昏倒。许晓轩挺身而出，怒斥敌人的蛮横无理，“你们这样蛮干，干脆把我们枪毙好了！”特务无言以对，只好怏怏而去。事后许晓轩主动找文泽交换意见。肯定了他斗争的坚决和勇敢，但也十分坦率地指出：“我们处在这样特殊的地方与凶残的敌人斗，不但要勇敢，更重要的是谋，要讲究斗争艺术。”

六

自从被捕，许晓轩就知道自己的时日不多了。

面对死亡，许晓轩做好了准备。一个寂静的深夜，许晓轩强忍着遍体伤痛，平静而自然地写下一封家书，向家人表达了温情厚意。

通篇的家常话，没有慷慨激昂之言，字里行间却渗透着他为革命献身的决心。

哥哥：

几年来，想你的时候，总觉得你是一个善良的兄长。虽然我们之间隔开了一段时间，但这是另一方面的事，就手足之谊来说，我是很觉内疚的。记得逃警报的时候，你的两句诗是“货殖为求慈母喜，时难倍觉弟兄亲”。当时我读了竟然懵然，现在才体会到你的心情，也才了解到自己的稚气。

想到母亲，我也很觉有罪。当时我偶尔回家，总是淡然的，记得母亲说过我是“哑巴”，真是的，为什么我不能体念到老人家的心情呢？这自然是时代的距离，可是对于伟大的母爱，竟能这样淡然忘之吗？想来想去，我觉得这仍是由于稚气所致，这决非掩饰，确系实情，至少当时有这样的想法。此外，我还检讨出我从父母那里继承到的性格。从父亲那里继承到了淡泊和大度，从母亲那里继承到了扶弱抗强，这些在后来我走的道路上都曾起到积极作用的，也可说二老给我的宝贵产业，我会好好保存和发扬的……

我和华相处几年，始终未能好好体谅过她，没有帮助她，慰藉她，而总是冰冷和又有不决绝的样子，虽则基本的成因不在我，但以我们之间的处境，学力，等等来说，我也应该负起没有积极主动的设法改善我们的生活的责任来，从而我也应对她致衷心的歉意……

弟安　三七

七

许晓轩他们，准备越狱。

1945 年 8 月 28 日，毛泽东亲赴重庆谈判的消息传到狱中，难友们无不欢欣鼓舞。

许晓轩深情地说：“天快亮了！”

一时间，大家笑逐颜开，都认为要释放政治犯了，他们可以重获自由了。

谁知，国民党反动派背信弃义，暗地将一些“政治犯”秘密杀害或异地监禁。

1946 年 7 月，军统息烽监狱撤销，除释放 100 多人外，剩下的 70 多人转重庆并入白公馆看守所。这里囚禁的大多是国民党认为案情严重的政治犯。

许晓轩与罗世文、车耀先、谭沈明等都转囚重庆。由于斗争需要，由许晓轩、谭沈明、韩子栋三人组成临时支部，许晓轩任书记。

经临时支部研究决定，准备组织难友越狱逃跑。

第一次机会，他们错过了。

那是从阳朗坝解重庆的中午，因天气太热，汽车经长途行驶，水箱的水沸腾了，不得不暂时停在名叫半壁山的陡坡处。

几个狱卒像一摊烂泥，横七竖八躺在树荫下，许晓轩与几人商量想法逃走，但看到车耀先腿不方便，正在想办法的时候，汽车发动了，就这样，一次难得的逃跑机会错过了。

之后，根据敌人监狱警卫森严这一特殊情况，临时支部决定：跑一个是一个，谁有机会谁先逃。

许晓轩、谭沈明考虑到韩子栋有机会逃走。当时，韩子栋在狱中小卖部和伙食团干一些杂活，出出进进比较方便，便于逃跑。韩子栋利用自身便利，画了一张道路、壕沟、岗哨、四周环境的简图交许晓轩，并将他在狱中积存的钱换成了现钞。

至于逃出去之后，他们商定了几个具体方案：逃出后要想法化装；逃出后要向山多的地方跑，最好能准备一把刀子，遇上敌人可以跟他拼；四川山多易迷失方向，夜里要看准一个方向，一个星座，白天要想法与抬滑竿的人接近，他们都是穷人，可请他们帮忙……

1947年8月18日，韩子栋随看守卢兆春等人去磁器口街上买菜，乘他们打牌之机，机智地逃脱了。

韩子栋的成功逃狱给了许晓轩他们不小的信心和希望。

但，韩子栋的条件，他们都没有。许晓轩几人筹划的集体越狱，也最终未能实现。

八

姜绮华已经很久没有许晓轩的消息了。

被捕之初，夫妻俩还能通过某种渠道书信来往，转押到他处后，他们之间就断了联系。

姜绮华思念着许晓轩，狱中的许晓轩，何尝不是如此。多年的监禁生活，不仅没有消除许晓轩对妻女及家人的思念，反使这种思念之情愈加浓烈。

一天，许晓轩被押到狱外做苦工时，看到满山挺拔的松树随风摇摆，小鸟在枝头欢快地唱跳。此情此景，令他脑海里浮现出7年前的清明节，他和爱妻、女儿在自家屋后山坡上温馨散步的画面，不由感慨万千。回到看守所，他将思念之情付诸笔端，给妻子姜绮华写了封长信，并设法托人将信带出。

华：

七年了！从二十九年清明节，我们抱着馨儿在屋后面小山坐着，看到德华走失了路，哭着由警察伴了回家，——从那时到现在，七年怕都过了一两个月了吧。七年是很长的一段时间，那么你受苦的时间也很长了。我实在对你不起，让你苦痛了这样久，而就是现在，我还是没有办法来安慰你，除掉说我还活着之外，还有什么可说的呢。还有就是我心里很不安。如此而已。不是想不出话说，而是无法说出实在可靠，可以兑现的话来安慰你啊。

七年，我当然也很不容易度过，可是我的苦只是外形的，偶然的，有时伤一两天脑筋，也就完了。并且我自己清楚苦的来源，因此我想得开，也不会失望和悲观。在你情形完全不同，我可以想得出，你是长时间沉在苦恼里的。就像我只有暂的苦恼一样，你这几年当中，怕也只有过暂愉快，或者只有过暂的离开苦痛吧？

几年来，我闲着无聊时，常常拿回想过去旧事作消遣。在回想里，当然也有我们过去的生活，每次想到我们在会府住着的一段生活，我就记起自己的过错了。那时你让我帮助你读书，而我总是马马虎虎的拖着，结果是打断了你的兴头，你也就松了下来了。其余想的还很多，此地没法细讲的。

有时我也想到将来，有时更乱想一顿，像做梦一样，想到如果我永远不能回家，家里是怎样的情形。我想到馨儿长大了，她长得很结实，比你我都强。她读我读过的书，做我做过的事，并且相当能干，一切不落人后。我更想到，你在什么地方做一点小事，并且还有一位比我好的人在帮助你，你过着很好的生活。想着，这样想着，我心里舒畅得多，好象肩膀上的一块重石头放下了，也好象丢掉了人家一样重要东西又找回来了一样。请你不要怪我胡思乱想，我这样想确实一点没有坏心，不过这样想着玩罢了。前面我已说过，这就象做梦一样，梦醒之后，一切又都是原样了。至于说我为什么要告诉你这些梦话，那不过是顺便提起，让你晓得我曾经做过这些梦而已。并且我早迟总说不定要回来吧，回来之后把这当着笑话谈也是好的。

最后我还要请你少记挂我，多关心孩子，把希望多放在孩子身上，她在面前，是可靠的。少把希望放在我身上吧，因为我是身不由己的人。说起来似乎是办不到的事，但请你练习起来，日子久了，会慢慢习惯起来的。

还要申明一句，如果有机会，我决定要回来的。虽然我这一辈子大概免不了在外边奔波，但回一趟家是一定无疑的，并且如果你愿意又不怕劳苦，而且机会又许可的话，那我们一同到外边走走也不错啊。说着说着，又扯远了，远了的事，世界上没有神仙，谁料得定呢。那么还是上面的话：多关心孩子，少记挂我吧！

这封写给妻子的信，没有讲大道理，亦没有人生理想。然而，字里行间却尽显温情，透露出的是一个离家 7 年之久的男人对妻子、女儿的愧疚和无限思念，一位慈爱父亲对女儿将来寄予的殷切希望，以及一个革命者不管情形怎样“也不会悲观和失望”的乐观向上精神。

近乎6年音讯全无，突然收到丈夫来信，姜绮华激动万分。

当看到信中“少记挂我，多关心孩子，把希望多放在孩子身上……少把希望放在我身上吧，因为我是身不由己的人”这些语句时，姜绮华泪流满面。

她知道丈夫不是不爱自己了，而是因为太爱而想放手，让自己去寻找幸福。等擦干眼泪，她再次开始为营救丈夫而努力。

1947年9月，她向重庆地方法院发出申诉状，要求当局释放许晓轩，而法院则以军统局已经撤销，无法办理为由，拒绝了她的申请。

悲愤之下，她带着女儿随许晓轩家人离开了这个令人伤心欲绝的城市，搬迁到了上海，担起了养家与教育女儿的重担。

上海解放后，姜绮华更加关注重庆的消息，她希望人民解放军尽快解放重庆，解救自己的丈夫。

然而，她寄望于合家团聚的梦想最终却破灭了。

九

敌人好像看穿了他们的心思。

为以防万一，敌人要许晓轩保证不越狱逃跑。许晓轩拒绝了，拒绝之后，他被戴上重镣，在烈日下做苦工，被关在终日不见阳光的地牢里。

利用报纸传递信息的事情还是泄露了。

一位无辜的青年遭到敌人毒打，敌人追问他纸条上的消息是从哪里来的，是谁写的？紧急关头，许晓轩胸有成竹地站出来说是自己写的。看守进一步追问他消息从哪里来的？许晓轩从容地回答，是从你们的办公室、你们的报纸上看到的。接着，他厉声道："你们打报告枪毙我吧！我永远是一个共产党员！"看守们怕事情闹大了无法收场，当即气急败坏地宣布：今天停止放风。

这件事就这样平息了下来。

敌人碰了一鼻子灰，无可奈何，最后得出的结论是：他是一名不容易对付的共产党员，任何刑具对他都是没有效果的。

敌人见硬的不行，便改用软的花招，派他当会计，并诱以相当高额的津贴。他却回答说："我对倒马桶、洗茅房很有兴趣。"又有一次，中美合作所所长丁敏之说："我们打算释放你，并介绍你去教书。"许晓轩答："先无条件放出去，再谈工作吧！"

…………

1948 年 7 月 21 日，敌人在重庆大坪公开枪杀了地下党重庆市委委员、工运负责人许建业和共产党员李大荣。他们壮烈牺牲的消息传到狱中，许晓轩怀着对敌人的无比愤恨和对战友的深切悼念，写下了祭奠战友的七律诗《吊许建业同志》：

噩耗传来入禁宫，悲伤切齿众心同。
文山大节垂青史，叶挺孤忠有古风。
十次苦刑犹骂贼，从容就义气如虹。
临危慷慨高歌日，争睹英雄万巷空。

十

1949 年 10 月 1 日，中华人民共和国成立了。

中国人民解放军向大西南进军，重庆解放在即。11 月 14 日，蒋介石由台湾飞到重庆，亲自部署了对西南的应急措施，并安插一批特务游击潜伏和对革命者实行血腥大屠杀。

解放军的炮声隐约可闻。难友们准备迎接解放。在曙光即将到来的时候，国民党反动派对集中营中的革命者开始了疯狂的屠杀，300 多人被残杀，连不满周岁的婴儿也未能幸免……

生死关头，许晓轩对难友说，如果在我临死的时候，敌人问我有什么要求，我就说，要看当天的《新华日报》，看后死无遗憾了！

他在黑狱窗口凝视着新中国的曙光，怀着对党的深厚感情、崇高的共产主义信念，留下口头遗言："请转告党，我做到了党教导我的一切，在生命的最后几分钟，仍将这样……希望党在胜利以后，经常注意整党、整风，提高党的战斗力，不断纯洁党的组织。"

当刽子手叫他出来的时候，许晓轩把自己身上的一件棉衣脱下，披在一位难友身上说："我穿着没多少用了，同志，你披上吧！能用多久就用它多久。"随后大步跨出牢房，气宇轩昂地走向刑场。他蔑视地声斥敌人，"你们这些狗东西也活不了几天，人民就要审判你们了！"

刽子手胆战心惊地扣动了扳机，罪恶的子弹射向他的躯体……

这一天，是 1949 年 11 月 27 日。

牺牲时，许晓轩年仅 33 岁。

11 月 30 日，重庆解放。

党组织收殓死难烈士遗体的时候，发现许晓轩烈士的双手仍被手铐紧锁着。

他们的遗体被安葬在苍松翠柏护卫着的歌乐山上。1950 年 1 月 15 日，在青年馆为死难烈士举行了隆重的追悼大会。刘伯承、邓小平亲往祭奠，并与张际春、李达联名写了挽联：为烈士复仇，彻底消灭反动派；争人民幸福，努力建设新中国。

重庆解放后，脱险出狱的革命志士罗广斌把狱中同志对党组织的临终嘱托写成《重庆党组织破坏经过和狱中情形的报告》，其中包括对党提出的“防止领导成员腐化”“加强党内教育和实际斗争的锻炼”“重视党员特别是领导干部经济、恋爱和生活作风问题”“严格进行整党整风”等八条“狱中意见”。

1961年，罗广斌、杨益言根据在狱中与敌人斗争经历创作的革命长篇小说《红岩》出版发行，旋即家喻户晓。小说中以许晓轩为主要原型的许云峰、齐晓轩等英雄的事迹，激励了一代又一代人牢记烈士嘱托，赓续初心和使命，为党的事业不懈奋斗！

本节引用资料：
①赵迎昭、宗华月，《歌乐山下，黎明前的红色爱情》，《重庆日报》，2018年11月27日。
②冯晓蔚，《许晓轩：牺牲在黎明曙光前的革命志士》，《中华魂》杂志，2016年第5期。
③邱冰清，《许晓轩：共产党人是不可动摇的》，新华网，2019年5月27日。
④《许晓轩：铮铮誓言今犹在》，《江都日报》，2021年3月25日。
⑤赵宽宏，《石榴花开岁岁红》，《中国国防报》，2021年10月11日。
⑥郝铭鉴、胡惠强主编，《革命烈士遗文大典》，上海文化出版社，2001年6月版。
⑦《为了民族复兴·英雄烈士谱》，《许晓轩：共产党人是不可动摇的》，《人民日报》，2019年7月4日。